HEYNE BÜCHER

W0221042

Fantasy

Herausgegeben von Friedel Wahren

Ein Verzeichnis weiterer Bände dieser Serie
finden Sie am Schluß des Bandes.

ROLAND GREEN

CONAN
DER BESCHÜTZER

Sechsundvierzigster Roman der Conan-Saga

Deutsche Erstausgabe

WILHELM HEYNE VERLAG
MÜNCHEN

HEYNE SCIENCE FICTION & FANTASY
Band 06/5436

Titel der Originalausgabe
CONAN THE GUARDIAN
Übersetzung aus dem Amerikanischen
von Edda Petri
Das Umschlagbild malte Thomas Thiemeyer
Die Karten auf Seite 6/7 und 8
zeichnete Erhard Ringer
Die Innenillustrationen
sind von Klaus D. Schiemann

Umwelthinweis:
Dieses Buch wurde auf
chlor- und säurefreiem Papier gedruckt.

Redaktion: F. Stanya

die Erstausgabe erschien bei Tom Doherty Associates, Inc.,
New York (›A TOR Book‹)

Printed in Germany 1996
Umschlaggestaltung: Atelier Ingrid Schütz, München
Technische Betreuung: M. Spinola
Satz: Schaber Satz- und Datentechnik, Wels
Druck und Bindung: Presse-Druck, Augsburg

ISBN 3-453-09492-1

Die Hyborische Welt Conans

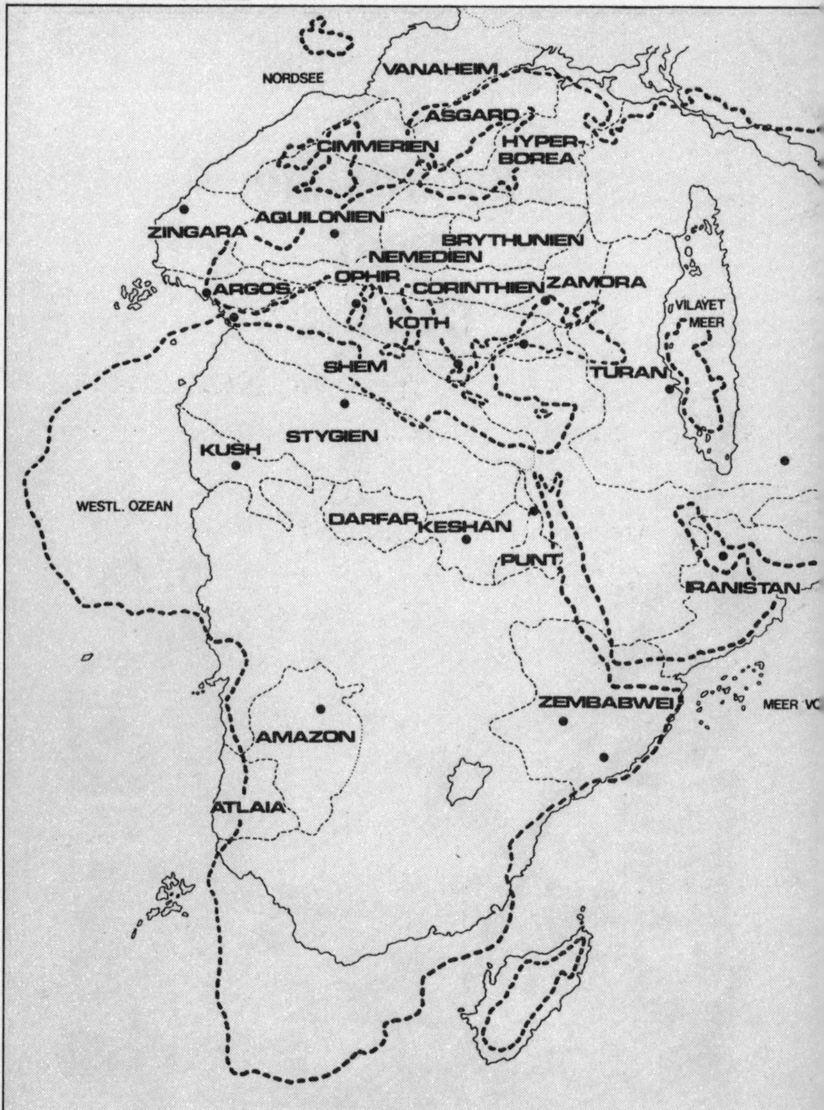
NORDSEE
VANAHEIM
ASGARD
CIMMERIEN
HYPER-
BOREA
ZINGARA
AQUILONIEN
BRYTHUNIEN
NEMEDIEN
OPHIR
ARGOS
CORINTHIEN
ZAMORA
VILAYET
MEER
KOTH
SHEM
TURAN
STYGIEN
KUSH
WESTL. OZEAN
DARFAR
KESHAN
PUNT
IRANISTAN
ZEMBABWEI
AMAZON
ATLAIA

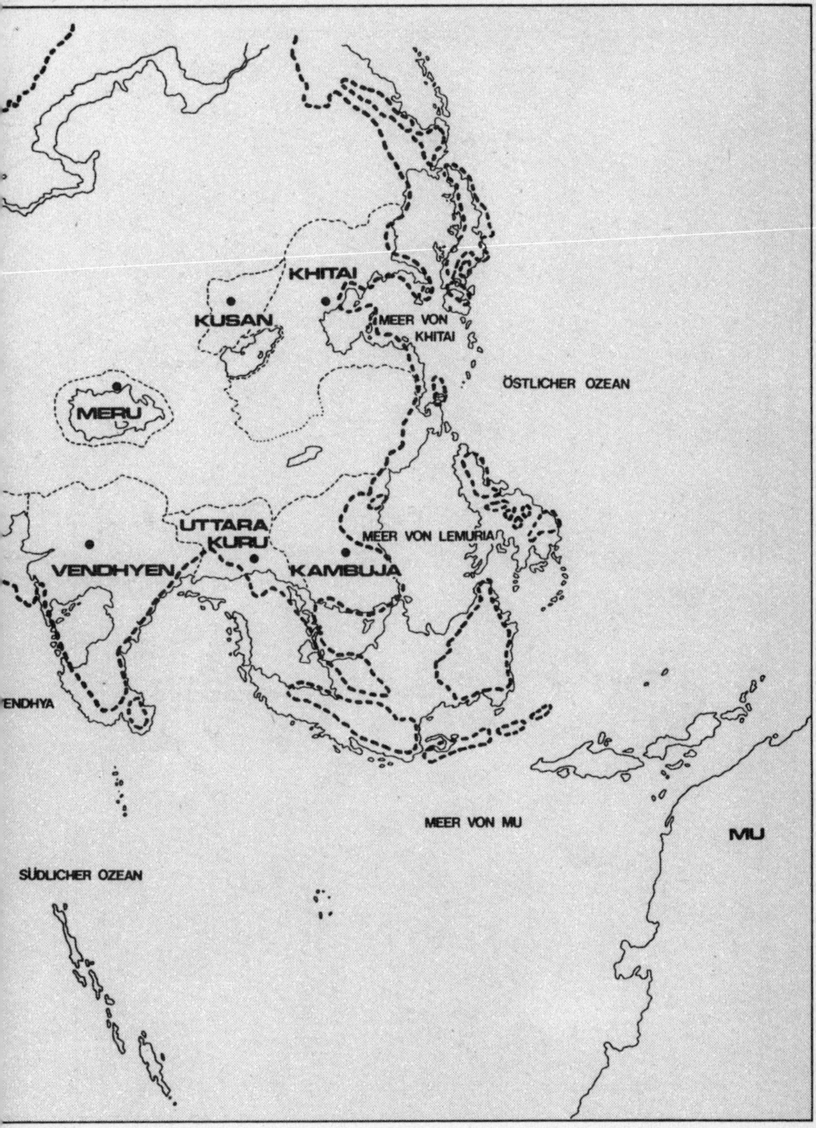
KHITAI
KUSAN
MEER VON
KHITAI
ÖSTLICHER OZEAN
MERU
UTTARA
KURU
MEER VON LEMURIA
VENDHYEN
KAMBUJA
ENDHYA
MEER VON MU
MU
SÜDLICHER OZEAN

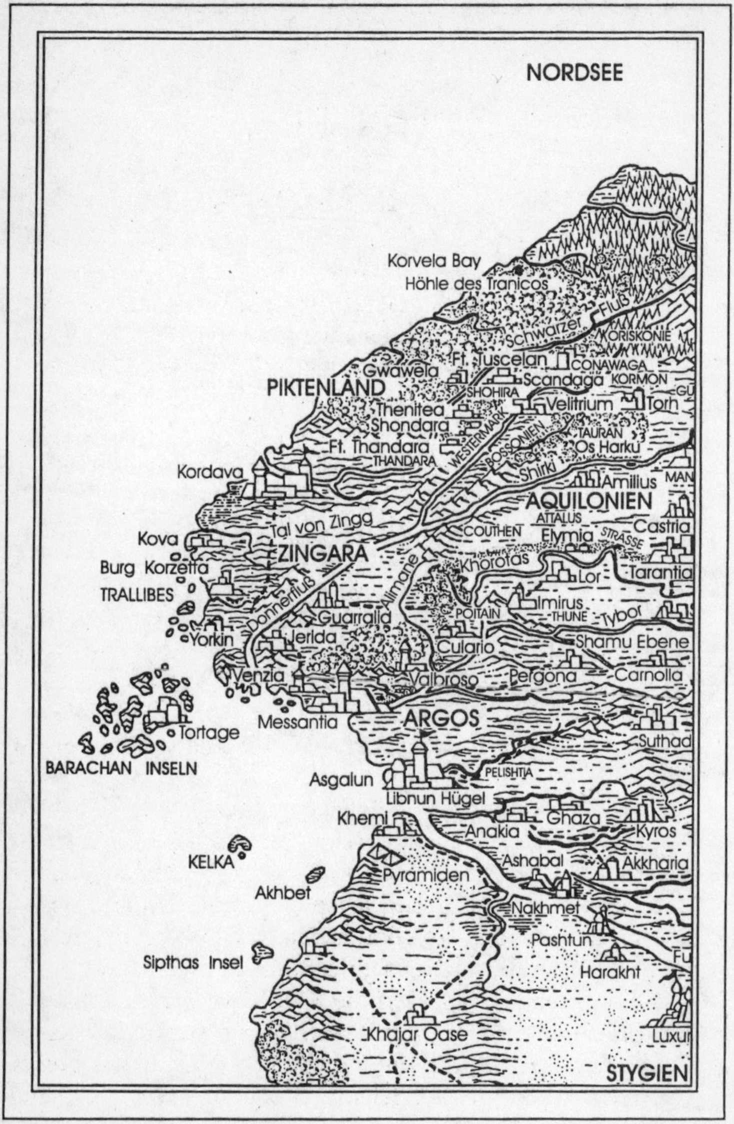
NORDSEE
Korvela Bay
Höhle des Tranicos
Schwarzer Fluß
KORISKONIE
Ft. Tuscelan
CONAWAGA
Gwawela
PIKTENLAND
SHOHIRA
Scandaga
KORMON
Thenitea
Velitrium
Torh
Shondara
WESTERMARK
BOSSONIEN
TAURAN
Ft. Thandara
Os Harku
THANDARA
Shirki
Kordava
Amilius
AQUILONIEN
Tal von Zingg
ATTALUS
Kova
COUTHEN
Elymia
STRASSE
Castria
ZINGARA
Burg Korzetta
Khorotas
Alimane
Lor
Tarantia
TRALLIBES
Donnerfluß
Imirus
POITAIN
THUNE
Tybor
Guarralid
Yorkin
Jerida
Shamu Ebene
Culario
Venzia
Valbroso
Pergona
Carnolla
Messantia
ARGOS
Tortage
Suthad
BARACHAN INSELN
PELISHTIA
Asgalun
Libnun Hügel
Ghaza
Khemi
Anakia
Kyros
KELKA
Ashabal
Akkharia
Pyramiden
Akhbet
Nakhmet
Pashtun
Sipthas Insel
Harakht
Khajar Oase
Luxur
STYGIEN

Prolog

Argos liegt neben Ophir, dem ältesten aller von Menschen bewohnten Länder, seit die Ozeane Atlantis verschlangen. Obgleich Argos nicht so ehrwürdig wie Ophir ist, besitzt es doch über ein beachtliches Alter.

In jenen Tagen, als das dunkle Reich des Acheron alles vor ihm hinwegzuspülen schien, flohen die Bewohner aus Ophir und erreichten am westlichen Meer einen hervorragend geeigneten Hafen. Einige Menschen flohen noch weiter. Sie segelten, bis sie das besiedelte Land, ja die ganze Menschheit hinter sich gelassen hatten.

Doch fanden einige, daß sie weit genug geflohen seien, als sie den Hafen erreicht hatten. Wo Sümpfe und Hügel die Verteidigung leicht machten, begannen sie mit dem Bau einer starken Festung, die den Hafen beherrschen sollte. Bis ans Ende der Zeit würde der Hafen die Festung versorgen, es sei denn, die Heerscharen des schwarzen Acheron lernten zu schwimmen.

Andere Reiche formten sich um Argos herum: Zingara, Nemedien, Koth und Shem. Alle hatten mit Argos gemeinsame Grenzen. Doch in keinem gab es so viele Kaufleute, die fähig genug waren, herauszufinden, wie ein Handwerker aus Asgakin in Shem für Kupferbarren, aus den Bergen Bossoniens gewonnen, zahlen würde.

Im Lauf der Zeit wurden die Kaufleute von Argos zu Herrschern. Sie regierten mit leichterer – zumindest beständigerer – Hand als die Könige der Nachbarländer. Argos war daher keine leichte Beute für Monarchen, deren Habgier ihre Klugheit bei weitem übertraf.

Die Bewohner von Argos lernten bereits in der Kindheit, mit Waffen umzugehen. Zeigten sie auch in offener Feldschlacht keine überragenden Fähigkeiten, konnten sie sich jedoch hinter den eigenen Mauern gegen alle schützen, mit Ausnahme der gewaltigen Armeen Aquiloniens. In Friedenszeiten zahlten die Kaufleute für Wächter. Das waren Männer, die durch das Los dazu bestimmt wurden, die Grenzen zu bewachen und im Land – in den Städten und Dörfern – die Bewohner vor Banditen und Dieben zu schützen. Im Notfall traten sie auch gegen Invasoren auf dem Feld an, um den Bürgern Zeit zu verschaffen, sich zu sammeln.

Fünfmal erkauften die Wächter mit ihrem Blut die Zeit, die die Bürger brauchten. Dreimal kämpften sie so tapfer, daß die Invasoren nicht warteten, bis die Bürger sich gesammelt hatten. Sie hatten nichts erreicht, sondern mußten mit leeren Händen und blutigen Häuptern fliehen.

Als im fernen, windumtosten Cimmerien der Junge Conan als Sohn eines Schmieds geboren wurde, war der größte Teil eines Jahrhunderts vergangen, seit jemand versucht hatte, Argos zu erobern. Zweifellos schoben Generäle in jedem Land Holzfiguren auf Landkarten umher, um zu zeigen, wie sie Argos besiegen könnten. Möglicherweise glaubten einige sogar daran, ihre ehrgeizigen Pläne durchführen zu können – wenn sie ausreichend betrunken waren.

Doch immer und überall siegten die Nüchternen, und Argos wurde in Frieden gelassen.

Aber kein Land kann so alt wie Argos werden, ohne daß in ihm – gleich Moos auf dem Stamm einer uralten Eiche – Geheimnisse wachsen. Manche dieser Geheimnisse betreffen Angelegenheiten, über die weise Männer nur flüsternd hinter vorgehaltener Hand oder überhaupt nicht sprechen.

Als Conan der Cimmerier aus Turan floh, um Hauptmann einer Freien Söldnertruppe zu werden, kannte nur ein einziger Mensch in Argos diese Geheimnisse. Er nannte sich Lord Skiron, doch war das nicht der Name, den seine Mutter ihm gegeben hatte. Beinahe ebenso sicher war, daß er ein anderes Gesicht zur Schau trug als die Natur ihm verliehen hatte.

Akimos von Peram schauderte in der feuchtkalten Luft der Höhle und zog die Brokatrobe aus khitischer Seide fester um die breiten Schultern. Das Gewand war warm gefüttert, ebenso die Tunika, die er darunter trug. Doch gegen die Eiseskälte in der Höhle vermochten sie kaum mehr auszurichten als der hauchdünne Schleier eines Tanzmädchens.

Skiron hatte ihn wirklich sehr tief in diese Unterwelt geführt, in dieses Höhlenlabyrinth, das einst den Messantiern als letzte Zuflucht gedient hatte. Abgesehen vom flackernden Schein der Fackeln, die einen ungleichen Kampf gegen die Finsternis austrugen, war nie ein Lichtstrahl hierhin gedrungen. Hier unten befanden sie sich vielleicht unter dem Burggraben, unter dem See Hyrxa, unter dem Fluß Khoratas, ja sogar unter dem Meer!

Bei letzterem Gedanken blickte Akimos beklommen nach oben, als befürchte er, der Fels über ihm könnte plötzlich bersten und grüne Wassermassen über ihn hereinbrechen und ihn ertränken.

Ein verhaltenes Hüsteln lenkte seinen Blick nach unten. Skiron stand neben einem bronzenen Kohlebecken, ein schwaches Lächeln umspielte die schmalen Lippen. Neben ihm kniete der taube Sklave ohne Zunge und hielt sein Gerät.

Akimos errötete, als ihm bewußt wurde, daß Skiron die Beklommenheit seines Arbeitgebers sehr wohl bemerkte. Der Kaufmannsprinz bemühte sich, mit rauher Stimme zu sprechen, um sich nicht noch mehr zu verraten.

»Nun denn, Mann, mach schon! Oder hast du einen Zauber gegen Rheumatismus und Lungenfieber, denn beides werde ich unweigerlich von hier mitnehmen, wenn ich noch länger warten muß.«

»Es wäre klug, mich mit Skiron anzusprechen«, sagte der Zauberer. »Noch besser wäre es, wenn du deine Lippen dazu bringen könntest, das Wort ›Lord‹ zu formen.«

Mit beiden Händen fuhr er geschwind über das Kohlebecken dahin. Der dünne rote Rauch, der von den Kohlen aufstieg, kräuselte sich, wurde dichter und nahm Gestalt an. Akimos' Gesicht spiegelte sich im Rauch. Anfangs trug er eine Krone, doch keine, die er kannte. Es war ein breiter Goldreif, dicht mit Rubinen und Smaragden besetzt, wie man sie in Vendhyen schliff.

Als nächstes erblickte er sich mit bloßem Haupt. Gleich darauf verzerrte sich das Gesicht, als litte es grausamste Schmerzen. Der Mund des Trugbilds öffnete sich zu einem stummen Todesschrei, der im Kopf des lebenden Manns nachhallte.

Schließlich sah Akimos seinen Kopf vom Hals bis zur Krone aufgespießt verwesen. Vögel hatten die Augen herausgepickt, so daß ihm nur die leeren Höhlen entgegenstarrten.

Er schluckte. »Ich denke ...«

»Du hast gedacht, du könntest dir Ungeduld erlauben, Lord Akimos. Ich hielt es für das beste, dir zu zeigen, wohin solche Ungeduld dich führen könnte.«

»Ich danke für diese Lektion, Lord Skiron«, sagte Akimos. Ja, er würde diesen Mann mit Freuden König der Sonne und des Mondes nennen, wenn das die heutige Arbeit beschleunigte!

Doch Skiron war bereits wieder beschäftigt. Auf eine herrische Geste hin reichte ihm der Sklave zwei Phiolen mit Puder, der die Farbe getrockneten Blutes hatte.

Noch eine gebieterische Handbewegung und der Sklave brachte Holzkohle.

Skiron warf die Holzkohle auf die rote Glut im Becken. Sofort waberte die Hitze empor. Akimos und der Sklave waren von Schweißperlen bedeckt, doch Skiron schien von der Hitze nichts zu spüren, obgleich er dem Becken am nächsten stand.

Noch einmal winkte der Zauberer dem Sklaven. Dieser brachte eine schlichte Messingdose, wie Frauen von niedrigem Stand sie benutzen, um Lippenpomade und Gesichtspuder aufzubewahren. Akimos hätte beinahe gelacht, als er einen so gewöhnlichen Gegenstand inmitten all der Schatten und der Magie sah. Doch das Lachen verging ihm sofort, als Skirons uralte Augen sich in die seinen bohrten.

Konnte der Zauberer Gedanken lesen? Akimos hatte gehört, daß es in anderen Ländern Magier gab, die das konnten. Doch alle Menschen mit derartigen Fähigkeiten waren bereits vor drei Generationen, als Hipparos der Große die Herrschaft innehatte, aus Argos verbannt worden. Und Skiron war ein gebürtiger Argosser …

Die Hände des Zauberers glitten so schnell wie Ottern dahin, wenn sie angriffen. Die beiden Phiolen mit dem karmesinroten Pulver schienen ins Kohlebecken hineinzuspringen. Akimos hielt den Atem an. Er erwartete, riesige dicke Rauchwolken aus der heißen Glut aufsteigen zu sehen.

Statt dessen löste sich sogar das dünne graue Rauchfähnchen über den Holzkohlen auf, als werde es von einem riesigen Maul aufgesogen. Überrascht stand Akimos mit offenem Mund da. Sogar der Geruch des Rauchs war verschwunden. An seiner Stelle drang ihm ein beißender Geruch in die Nase, als hätte man größere Mengen von Kräutern und Gewürzen vermischt und verrotten lassen, ehe man sie anzündete. Schnell schloß Akimos den Mund und bekämpfte den dringenden Wunsch, die Hände vors Gesicht zu schlagen.

Wieder schossen Skirons Hände auf das Kohlebecken zu. Diesmal warf er die Messingdose in die Richtung der Glut. Doch anstatt zu fallen, *schwebte* die Dose langsam wie eine Seifenblase nach unten. Eine Handbreit über den glühenden Kohlen hielt sie inne.

»Für ein Straßenvergnügen ist das gut und schön, Lord Skiron«, sagte Akimos. Er sprach ebenso zu den Gedärmen, die sich in seinem Bauch zusammenkrampften, wie zu dem Zauberer, der breitbeinig neben dem Kohlebecken stand und jetzt die Hände mit den langen Fingern auf dem Rücken verschränkt hatte.

Über Skirons hagere Züge huschte ein Lächeln, das gleichzeitig Verachtung ausdrückte. Er hob beide Hände über den Kopf und brachte sie ruckartig nach unten. Dann rief er ein einzelnes Wort in einer Sprache, die Akimos weder verstand noch zu lernen begehrte.

Die Dose veränderte sich. Sie wurde größer. Innerhalb eines Wimpernschlags war sie dreimal so groß wie zu Beginn. Dann wuchs sie immer weiter, bis sie die Größe einer Schafhirtenhütte erreicht hatte. Sie wechselte auch die Farbe: Von gelbbraun wie gewöhnliches Messing über Karmesinrot und Aquamarinblau zu einem leuchtenden Smaragdgrün, das Akimos blendete, dann zu einem mitternächtlichen Schwarz, das die Höhle so hell wie ein Tag um die Mittagszeit erscheinen ließ …

Während Akimos angestrengt in die Dunkelheit blickte, spürte er, wie seine Seele durch die Augen aus dem Körper in die Dose gesogen wurde. Schnell schloß er die Augen. Das alptraumhafte Gefühl, leergesaugt zu werden, verschwand.

Der Prinz aus dem Kaufmannsstand leckte die trockenen Lippen und öffnete die Augen. Die Dose hatte wieder ihre natürliche Farbe, nicht jedoch die ursprüngliche Größe. Immer noch schwebte sie mannshoch über dem

Kohlebecken. Seltsame Zeichen und noch seltsamere Figuren zuckten wie Schlangen über ihre Oberfläche. Akimos bekämpfte seine Angst, indem er sich bemühte, den Zeichen und Figuren Namen zuzuordnen, doch ließ der Erfolg sehr zu wünschen übrig.

Um Akimos Angst vor dem Unheimlichen zu beschwichtigen, das Skiron hier heraufbeschworen hatte, bedurfte es mehr als nur das Erkennen eine Fluchs in altkothischer Sprache. Und Skiron hatte es auf seinen ausdrücklichen Wunsch hin entfesselt…

Die letzten Zeichen und Figuren schlängelten sich von der Dose fort, blieben noch einen Augenblick in der Luft hängen und verschwanden. Da erhob Skiron wieder die Stimme. Doch diesmal stieß er keine Worte hervor, sondern miaute. Es klang furchterregend, wie eine Katze, die schreckliche Todesqualen litt.

Vor Akimos' Augen öffnete sich die Dose, und aus dem Deckel *wuchsen Zähne* heraus. Im Vergleich zu diesen Zähnen waren die eines Löwen winzig. Jeder Zahn war halb so lang wie Skirons Arm.

Einer dieser Arme machte eine Geste. Im nächsten Moment erhob sich die Dose höher in die Luft und stürzte sich auf den Sklaven. Die Alptraumzähne gruben sich in den Hals des Unglücklichen.

In der Höhle herrschte Todesstille, die Stille einer Welt jenseits des Grabs. Der Sklave konnte keinen Laut ausstoßen, Blut rann ihm aus dem Hals. Und Akimos wagte nicht sich zu rühren.

Skiron wartete, bis Akimos nicht einmal den eigenen Atem mehr hören konnte. Dann ging er zur Dose, als wollte er einen Wachhund von einem ungebetenen Besucher abziehen, und schlug mit den Innenseiten der Hände darauf.

Die Dose sprang auf und gab den Sklaven frei, der vor den Füßen seines Herrn zusammenbrach. Zwischen zwei Atemzügen schrumpfte die Dose wieder auf die ursprüngliche Größe und fiel klappernd auf den glitschigen Boden der Höhle.

Skiron strich wieder mit beiden Händen über das Kohlebecken. Eine bläuliche Rauchwolke, so groß wie ein Kinderkopf, stieg empor. Der Zauberer nahm sie behutsam wie eine Eierschale in die Hände und trug sie zu dem auf dem Boden liegenden Sklaven. Er ließ sie auf dessen blutenden Hals fallen.

Die tiefen Bißwunden von den Zähnen der Dose und sogar das Blut auf der Haut des Sklaven verschwanden sofort. Der Sklave öffnete die Augen, betastete den Hals und schien sogleich wieder in Ohnmacht zu fallen.

»Steh auf, du Trottel!« fuhr Skiron ihn an. »Wenn ich das Gerät selbst tragen muß, lasse ich dich beim nächsten Mal vielleicht länger bluten.« Während er die Worte aussprach, damit Akimos sie hören konnte, teilte er sie dem Sklaven durch schnelle Handbewegungen gleichzeitig mit.

Der Sklave sprang auf die Füße, löschte die Glut im Kohlebecken und verstaute den Rest des Geräts seines Herrn in dem Ledersack, den er sich auf den Rücken warf. Skiron trat vor Akimos. In einer Hand trug er die Dose.

»Das war mit Sicherheit eine bessere Vorführung einer Illusion als ich sie je auf der Straße gesehen habe«, sagte der Kaufmannsprinz.

Skiron lächelte ihn an, als sei er eine Katze und habe eine Maus vor sich. »Illusion, sagst du, der du größer als irgend jemand in Argos sein könntest? Schau dir diese Dose an, betrachte sie wie das Hauptbuch eines deiner Buchhalter.«

Akimos blickte auf die Dose. Aus eigenem Antrieb machten seine Hände plötzlich Abwehrgesten. Die Dose hatte immer noch Zähne, und an jeder Zahnspitze glänzte frisches Blut.

»Wann soll ich mit meinem Werk beginnen, Akimos?« fragte der Zauberer. »Und ich welchem Haus?«

»Als erstes Lady Livia«, antwortete Akimos. »Es ist ein Haus mit Mädchen und alten Männern, die schwach an Geist oder Gliedern sind – oder beidem.«

»Ich habe nicht gehört, daß man sich das über Lady Livia erzählt«, erwiderte Skiron.

»Du verdienst dein Gold als Zauberer, nicht als Ratgeber!« wies Akimos ihn barsch zurecht. »Ich gebe zu, daß Lady Livia keine Törin ist. Aber was kann eine Frau schon ausrichten, wenn ihr Haushalt in Panik ist? Was kann ein Weiser ausrichten, wenn er von Toren umgeben ist?«

Skiron überzeugte sich, daß sein Sklave abmarschbereit war. Dann blickte er den Kaufmannsprinzen an.

»Akimos, ich hoffe für dich, daß du niemals die Antwort auf diese Frage erfahren mußt.«

Er machte kehrt und folgte seinem Sklaven mit großen Schritten, ehe Akimos diese Worte richtig begriffen hatte, geschweige denn, ehe er etwas zu erwidern vermochte.

Skiron gestattete sich nicht zu lachen, bis er lange durch die Tunnel gegangen war und sich seinem Haus am Tor des Mephranos näherte. Erst dann setzte er sich auf den feuchten Stein und lachte, bis ihm die Rippen so weh taten, als hätte ihn ein Maultier getreten.

Ha, was war dieser Akimos doch für ein Narr, daß er seine Macht anzweifelte! Das Entsetzen des Kaufmannsprinzen, als er die vorgeführten Mächte gesehen hatte! Und das Schicksal, das diesem Mann bevorstand, wenn Skiron ihn nicht mehr brauchte!

Doch das würde noch geraume Zeit auf sich warten lassen! Der Gedanke daran, daß er noch lange warten mußte, ernüchterte Skiron. Akimos brauchte Zeit, um noch ein halbes Dutzend Rivalen zu besiegen und der größte Kaufmann in Argos zu werden. Zeit, bis die Archons und die Wächter ihm aus der Hand fraßen! Zeit, die Schule für Zauberer einzurichten und großzügig auszustatten, die Skiron gründen wollte. Und Zeit für all die vielversprechenden Jünglinge – ja, und auch die Mädchen –, die kommen würden, um das zu lernen, was Skiron ihnen mit Freuden beibringen wollte.

Dann würden Skiros und seine Schüler die Zauberei zurück nach Argos bringen! Die Männer, die sich einzig und allein darauf verstanden, mit Münzen zu klingeln, würden ihnen den Weg freigeben. Und die Zauberer von Koth, die Skiron aufgetragen hatten: »Geh und bringe dir selbst alles bei, was du kannst!« würden dann zugeben müssen, daß er ihr Gebot befolgt hatte – und nicht ohne Erfolg.

Alle würden dann tot sein! Ja, alle die Männer, deren Entlassung in Skirons Seele tiefe Wunden hinterlassen hatte, die noch nicht verheilt waren. Doch aus dem Schattenreich konnten sie ihn beobachten, wie er über Argos herrschte, und dann würden sie wissen, daß sie sich geirrt hatten.

Wieder lachte Skiron. Diesmal leise. Dann winkte er seinem Sklaven. Gemeinsam stiegen sie die letzten fünfzig Schritte des unterirdischen Gangs zu einem Felsspalt empor. Der Sklave schlüpfte durch den Spalt, während Skiron sich noch einmal umdrehte und die geballte Faust emporreckte. Dann stieß er drei kurze Worte hervor.

Um die Fußabdrücke im Boden herum wirbelte der Staub auf und tanzte. Im nächsten Augenblick waren jegliche Fußspuren verschwunden, und nichts deutete mehr darauf hin, daß dort jemand gegangen war. Finsternis verschluckte den Tunnel. Skiron verschwand mit der Laterne durch den Felsspalt.

Eins

»Hauptmann! Bewaffnete auf der Straße!«

Helgios, der Hauptmann der Wächter des Hauses Ossertes, nahm Helm und Füße vom Tisch in der Wachstube. Er stülpte den vergoldeten Helm auf den kahl werdenden Kopf und trat ans Fenster.

Der Wachposten hatte die Wahrheit gemeldet. Ein bunter Haufen Bewaffneter kletterte den Berghang hinab zum Ende der Großen-Khorotas-Brücke. Die Männer entstammten offenbar allen möglichen Völkerschaften. Gemeinsam war ihnen nur, daß ihre Kleidung zerrissen und ihre Haare verfilzt waren. Die Klinge schien ihnen locker zu sitzen.

Ein Mann hob sich von allen anderen ab, nicht nur, weil er sie um eine halbe Kopfeslänge überragte. Er hatte breite Schultern, bewegte sich jedoch mit der Anmut einer Raubkatze. Die lange, blauschwarze Mähne fiel ihm auf die Schultern, die in einem kurzen Kettenhemd steckten. An der Seite schwang eine Lederscheide mit einem offenbar vielfach benutzten Breitschwert.

Helgios' Überzeugung, daß er es mit Banditen zu tun habe, geriet ins Schwanken. Nein, dieser Mann sah nicht wie der Anführer einer Banditenhorde aus. Doch Karela, die Hure mit den flammendroten Haaren, hatte auch nicht so ausgesehen und trotzdem erst vor kurzem mit ihren Taten ganz Ophir in Aufruhr versetzt. Vielleicht waren die Fremden eine Schar freier Söldner?

»Wachen!« rief Helgios.

Sein Ruf pflanzte sich über die Brücke hinweg zu beiden Seiten fort. Die Tore schlossen sich an beiden Enden. Bogenschützen kletterten die Leitern zu den Ausgucken über den Wachstuben empor. Die Männer fluchten laut, wenn Holzsplitter sich in ihrer Kleidung verfingen oder ins Fleisch drangen. Im Schatten unterhalb der Brücke hantierten zwanzig Soldaten mit Öl und Zunder, um jederzeit den hölzernen Mittelteil der Brücke in Brand stecken zu können.

Helgios hatte zwar einen Bauch angesetzt und die meisten Haare verloren, aber er war nicht so alt, daß er je pflichtvergessen handeln würde. Selbst wenn alle Heerscharen Aquiloniens vor der Brücke aufmarschiert wären, hätten sie Helgios, den Sohn des Arthrades, stets bereit gefunden, die Große Brücke zu verteidigen.

Conan der Cimmerier hatte keineswegs geplant, sich den Grenzen von Argos in Begleitung von vierzig Männern zu nähern. Er war ein erfahrener Kämpe und keineswegs ein Narr, obgleich er noch nicht das vierundzwanzigste Lebensjahr erreicht hatte. Er war sich auch durchaus bewußt, daß Argos für Truppen freier Söldner kaum Verwendung hatte.

Ein einzelner Mann, der mit Waffen umgehen konnte und Erfahrung als Hauptmann besaß, hatte vielleicht die Chance, im Haus eines Kaufmanns eine Anstellung zu finden und so für die Männer seiner alten Abteilung sorgen zu können, die möglicherweise vorbeikamen.

Bald würde Conan das wissen. Die neuen Herrscher Ophirs reinigten mit erbarmungsloser Hand ihr Land von allen freien Söldnern. Der Cimmerier war sicher, daß er einige der Männer wiedersehen würde, die er im Morgengrauen an den Hängen des rauchenden Tor Al'Kiir verlassen hatte, wo sich ein böser Gott zur letzten Ruhe gebettet hatte. Sobald Conan diese Männer wiedersah, würde seine Abteilung wieder marschieren, zwar unter neuen Farben und zweifellos mit vielen neuen Gesichtern, doch wieder als eine kriegerische Schar, mit der man rechnen mußte. Das waren die Hoffnungen des Cimmeriers. Die Wirklichkeit sah anders aus.

Conan war noch keine zwei Meilen von jenem furchtbaren Schlachtfeld fortmarschiert, als er nicht mehr allein war. Zwillingsbrüder, beinahe noch Knaben, die in Blezuis Abteilung gedient hatten, schlossen sich ihm an. In ihren Augen sah Conan Hunger, Angst und die Erinnerung an den schrecklichen Anblick, als ihre Kameraden, welche die Bürgerkriege überlebt hatten, auf Befehl Iskandirans des Adlers bei lebendigem Leib gepfählt worden waren.

Er konnte diese jungen Burschen ebensowenig dorthin zurückschicken, wo man ihnen Pfähle durch die Eingeweide treiben würde, wie er eine Frau hätte schlagen können. Er setzte seine gut erlernten und nie vergessenen Fähigkeiten ein und stahl auf einem Bauernhof ein Huhn, um den beiden die erste ordentliche Mahlzeit seit Tagen vorzusetzen. Am nächsten Morgen marschierten sie beim ersten Hahnenschrei zu dritt weiter auf der Straße.

Vier Tage später zählte Conans Schar bereits siebzehn Männer. Nach weiteren vier Tagen hatte er schon an die dreißig Mann. Zwei Tage danach betrachtete der Cimmerier mit finsteren Blicken die Schar, die das Wild verschlang, das sie im königlichen Forst gewildert und über dem Feuer aus königlichen Bäumen gebraten hatten.

»Crom! Ich wollte mich unbemerkt nach Argos wegstehlen. Jetzt errege ich ebensoviel Aufsehen wie ein Bart im Gesicht eines Eunuchen.«

Die Männer lachten, wurden jedoch gleich wieder ernst, als der Cimmerier fortfuhr:

»Wir befinden uns keine drei Tagesmärsche vor

Argos' Grenze. Ich bin sicher, daß die Männer des Adlers in den Grenzgebieten so zahlreich umherlaufen wie Flöhe auf einem Schakal. Daher werden wir als vereidigte Schar freier Söldner weitermarschieren oder gar nicht. Schwört, meine Befehle zu befolgen und eure Kameraden so zu beschützen, wie ihr von ihnen beschützt werden wollt. Schwört das bei allem, was euch heilig ist! Wenn es morgen hell wird, will ich keinen mehr hier sehen, der diesen Eid nicht geleistet hat!«

Für die Vereidigungen mußte Conan jeden Gott bemühen, den er kannte, und noch ein paar unbekannte Gottheiten. Endlich war es vorbei. Als seine Abteilung in Richtung Grenze aufbrach, fehlten nur zwei Mann.

Der Weitermarsch verlief ohne Schwierigkeiten, zumindest ohne Scharmützel mit den Soldaten Iskandrians des Adlers. Vielleicht war es klug von diesem Mann, nicht mit einem großen Heer gegen Argos vorzurücken, solange die Krone Ophirs auf dem jugendlichen Haupt Moranthes II. noch so unsicher ruhte.

Die Argosser hatten zwar nur ihre Wächter und ihre festen Wälle, doch ihre Freunde in anderen Ländern hatten mehr, sehr viel mehr. Im Nu konnten sie ihre Soldaten in Marsch setzen und Gold springen lassen, um die Ophirer in Bedrängnis zu bringen – und vielleicht bei dieser Gelegenheit den unerfahrenen Händen Moranthes ein paar Stücke Land zu entreißen.

Conan wünschte sich sehr, daß Iskandrian sich zu einer derartigen Torheit hinreißen lassen würde, denn dann bestand durchaus die Möglichkeit, daß die Argosser ihren Widerwillen gegen Söldner schlucken würden – und zwar ungesalzen und ungekocht! Und ihre Verbündeten würden ihm mit Sicherheit einen Platz in der Armee geben, wenn sie gegen Ophir marschierten.

Dann konnte er einige Blutschulden für den Tod seiner Kameraden, Hauptleute und Soldaten, eintreiben, die gepfählt worden waren. Der Cimmerier hatte nicht allzu freundliche Erinnerungen an die edlen Herrn in Ophir, die Söldner als Spielfiguren in ihren blutigen Intrigenspielen benutzt hatten. Für die Hälfte dieser sauberen Herrschaften war ein Söldner weniger wert als einer ihrer Jagdhunde.

Doch am Abend des dritten Tags mußte Conan seine Träume begraben. Die Grenze kam in Sicht. Bei Sonnenaufgang des vierten Tags befahl er seinen Männern, sich zu waschen und stadtfein zu machen, damit die Kinder bei ihrem Anblick nicht Schreikrämpfe bekämen. Alle gehorchten – mehr oder weniger mit Erfolg. Dann führte Conan sie den Abhang zur Straße hinab, die zur Großen-Khorotas-Brücke führte.

Der Wasserdrache war weder der älteste noch der größte Vertreter seiner Art. Aber er war zweifellos der hungrigste. Als die Magie Argos verließ, verschwanden auch die Zaubersprüche, die ihn belebten, und er schlief über zwei Jahrhunderte lang im Schlamm mitten auf dem Grund des Khorotas.

Jetzt waren ganz schwache belebende Einflüsse von den Zaubersprüchen, die Skiron so freigiebig verteilte, durch das Wasser zum Ruheplatz des Drachen gedrungen. Der Drache wachte auf und stellte fest, daß er Hunger hatte. Fisch besänftigte zwar die Bauchschmerzen, nicht jedoch die Schmerzen in seinem winzigen Verstand.

Dort lag die Erinnerung an warmblütige zweibeinige Beute, die man in die Tiefe ziehen konnte, wenn sie durch Furten watete oder sich in den schwankenden Booten zu weit hinauslehnte. Diese Erinnerungen führten den Drachen flußaufwärts, wo er einst gelegen und vergeblich gewartet hatte.

Aber jetzt war irgend etwas anders als früher. In den Booten fuhren viel weniger Beutetiere, und kaum jemand watete noch durch die Furt. Wo früher die

Leckerbissen durch den Fluß marschiert waren, erhob sich jetzt ein schrecklicher Steinhaufen und lenkte die Strömung in neue ungeahnte Bahnen.

Der Drache suchte flußauf- und flußabwärts. Gelegentlich erwischte er ein Kind, das zu nah am Ufer gespielt hatte, oder er verspeiste eine Frau, die beim Wäschewaschen knietief im Wasser stand. Doch immer kehrte er zu dem Steinhaufen zurück, weil er spürte, daß dort oben das lag, wonach er suchte.

Der Drache konnte die Steine nicht hinaufklettern. Jedenfalls noch nicht. Stets erinnerte er sich aber daran, daß die Zweibeiner oft stolperten und ins Wasser fielen. Dann erledigte ein schneller Biß mit den scharfen Fängen das Opfer.

Ohne zu atmen, ohne zu blinzeln wartete der Drache unendlich geduldig unter der Brücke.

»Halt, wer da?« hielt ein Posten auf der Brücke Conan an. Der Soldat trug eine rote Tunika mit Brustharnisch und einen hohen Bronzehelm und hielt die Speerspitze auf den Cimmerier gerichtet.

Conan schritt weiter, bis die Speerspitze nur noch einen Fingerbreit von seiner Brust entfernt war. Ruhig legte er eine Hand auf den Speerschaft und drückte sie nach unten.

»Conan, Hauptmann der Freien Söldner, mit seiner Truppe«, antwortete der Cimmerier so gelassen, als würde er sich nach dem Preis für ein Zimmer in einer Herberge erkundigen.

Einige von Conans Männern lachten über den verdutzten Gesichtsausdruck des Wachpostens. Conan gebot ihnen mit einem scharfen Blick Schweigen. Es näherten sich weitere Wachposten. Ein Hauptmann zu Pferd führte sie über die Brücke.

Als der Hauptmann vor dem Cimmerier angelangt war, hob Conan die Hand zum offziellen Gruß.

»Ehre und Ruhm, Hauptmann! Mit wem habe ich die Ehre?«

»Helgios, Sohn des Aranthes, Brückenhauptmann bei den Wächtern von Ossertes, grüßt dich – äh?«

»Er sagt, sein Name sei Conan«, erklärte der Wachposten.

Die schwarzen Brauen des Cimmeriers trafen sich auf der Stirn. Der Soldat wich vor dem drohenden Blick sofort zwei Schritte zurück. »Ich pflege *stets* die Wahrheit zu sagen, Hauptmann Helgios.«

»Ich ebenfalls, Hauptmann Conan«, sagte Helgios. »Und deshalb werde ich dir gleich noch mehr Wahrheit sagen. In Argos ist kein Platz für Freie Söldner. Schon gar nicht, wenn bei uns Friede herrscht, und höchst selten, wenn wir uns im Krieg befinden. Solange die Wächter ihre Pflicht erfüllen ...«

Nach Helgios' weitschweifigen und ausführlichen Erklärungen wußte Conan auch nicht mehr, als ihm bereits bekannt gewesen war. Er hörte, wie seine Männer hinter ihm leise murrten. Er verschränkte die Arme über der breiten Brust.

»Nun denn, Hauptmann Helgios«, sagte er. »Ist es uns jetzt gestattet, Argos zu betreten, um uns nach irgendeiner anderen Arbeit umzusehen, welche in den Augen der Götter und Menschen ehrlich und gesetzlich ist?«

»Ihr dürft hinein, ja, wenn ein Bürger von Argos für jeden von euch bürgt, damit ihr nicht zu Bettlern oder Dieben werdet.«

»Hauptmann«, sagte Conan mit einem Ton, als spräche er zu einem Kleinkind. »Nur wenige meiner Männer sind jemals in Argos gewesen und kennen auch keine Bürger von Argos.«

»Und schon gar keine, die eine Bürgschaft stellen würden«, ergänzte Helgios. »Die Männer von Argos haben besseres zu tun als Gold für ungewaschene Cimmerier und deren abgerissene Bettlerschar hinauszuwerfen.«

Ohne sich umzudrehen, gebot Conan seinen ärgerlich murrenden Männern mit einer herrischen Geste Schweigen. Er hatte die Bogenschützen gesehen, die auf den Brückentürmen und auf der anderen Seite des Khorotas postiert waren. Es bedurfte zwar nur eines Befehls, und dieser aufgeblasene Hauptmann würde mitsamt seinen Soldaten die Fische füttern, doch würden die Sieger nicht so lange leben, um ihren Erfolg zu genießen.

Der Cimmerier war froh, daß er vier erfahrene Männer in den Büschen am ophirischen Ende der Brücke versteckt hatte. Sie konnten alles sehen und hören und würden den Bericht über das Schicksal seiner Truppe an alle anderen Freien Söldner weitergeben, die ebenfalls in Argos Zuflucht suchen wollten. Das war das mindeste, was Conan seinen Mitkämpfern schuldete, die flohen vor den Schergen des Adlers, die bereit waren, jeden aufzuspießen.

»Allerdings sind Männer wie ihr, die ihr als freie Söldner gewiß nicht schlecht gelebt habt …« Helgios gelang es, keine Miene zu verziehen. »Ja, gewiß seid ihr nicht so arm, wie ihr zu sein vorgebt. Das Gesetz gestattet auch, daß ihr selbst die Bürgschaft entrichtet.«

»Ach, in der Tat, ist das so?« Conan konnte einen Mann, der auf Bestechung wartete, eine Meile gegen den Wind riechen. Im Vergleich zu diesen Kerlen roch ein Misthaufen wie ein Rosenbeet. Doch schadete es nie, sich nach dem Preis des Manns zu erkundigen.

»Wie hoch ist denn die Bürgschaft?«

»Pro Mann zwei Drachmen, für dich vier – ohne das Recht, eine Klinge mitzuführen. Solltest du deinen Stahl mitnehmen wollen …«

»Sehen wir etwa wie Mörtelträger aus?« rief einer aus Conans Truppe empört. »Bewege deine Zunge etwas schneller, du lächerlicher Hauptmann, sonst reiße ich sie dir heraus. Das schwöre ich bei Erliks Messinghammer!«

»Schweigt!« rief Conan. Dann blickte er Helgios scharf an. »Ich möchte nicht so übel sprechen wie dieser Mann, Hauptmann Helgios, doch …?«

»Sieben Drachmen pro Mann. Fünf ans Schatzamt und zwei in die Kasse des Hauses der Wächter. Ich habe das Recht, für das Haus zu kassieren.«

Conan verschluckte das Lachen, was einigen seiner Männer nicht gelang. »Du mußt glauben, daß die Luft in Argos Nektar und das Wasser süßer Wein ist, sonst würdest du nicht von ehrlichen Männern so viel verlangen, um sie ins Land zu lassen.«

»Argos ist ein friedliches Land, und wir sind *fest* entschlossen, daß es auch so bleibt«, entgegnete Helgios ungerührt.

»Nun, dann gibt es ja keinen Streit zwischen uns«, sagte Conan.

Es wäre ihm leicht gefallen, den von Helios verlangten Preis zu bezahlen – sogar einen noch höheren, da er aus Karelas Beute so viele Juwelen besaß, daß er eine kleine Stadt hätte kaufen können. Doch kannte er sich in der Welt gut genug aus, um Helgios diesen Schatz nicht zu zeigen. Der Hauptmann würde sich mit dem üblichen Schmiergeld niemals zufrieden geben, wenn man ihm vor Augen führte, daß er mühelos einen weit größeren Reichtum bekommen könnte.

Der Cimmerier wandte sich an seine Truppe. »Nun denn. Wie es aussieht, sind die Börsen der Argosser ziemlich leer und sie wollen sie mit unserer Hilfe füllen. Wenn ihr das Leder eurer Stiefel wert seid, habt ihr gewiß ein paar Münzen beiseite gebracht. Ich bin bereit aus meiner Tasche für jeden wirklich armen Tropf die Bürgschaft zu bezahlen, der dazu nicht imstande ist.«

»Tretet vor, Männer, und zahlt, was ihr könnt. Bringt's

hinter euch, dann können wir heute noch vor Nachteinfall unter einem richtigen Dach guten Wein trinken.«

Wenige Männer blieben zurück. Flüche zu der erstaunlichsten Vielfalt an Göttern stiegen empor, während sie finstere Blicke auf Helios abfeuerten. Der Anführer der Wächter saß mit sorglosem Grinsen im Sattel, als perle alles wie Wasser an einer Ente an ihm ab.

Conan ließ seine Männer nicht aus den Augen, als diese einzeln vortraten und die Münzen für die Bürgschaft ablieferten. Auf einige mußte er später besonders achten, damit sie nicht in einer dunklen Nacht Helgios die Kehle durchschnitten. Noch vor wenigen Jahren hätte er zu ihnen gehört; doch die Jahre hatten Conan sehr verändert, seit er als junger Heißsporn in eine Abteilung turanischer Freischärler eingetreten war.

Der Haufen Münzen auf den Pflastersteinen vor Helgios' Pferd wuchs beständig. Conan überlegte, daß es wohl reichen würde, wenn er den kleinsten Edelstein herausholte, einen roh geschnittenen Opal, der laut Karela einst eine Götterstatue geziert hatte (aber Karela war im Geschichtenerzählen beinahe so erfinderisch wie im Bett).

Jetzt trat ein Mann vor, der sich Trattis nannte. Er hielt seinen leeren Geldbeutel hoch und strich sich über die abgerissene Kleidung. Er sah aus, als hätte man mit seinen Sachen einen Schweinestall ausgemistet.

»Verzeiht, edle Herren«, sagte Trattis mit weinerlicher Stimme. »Aber ich habe in letzter Zeit viel Pech gehabt …«

»Pech? Du elender Lügner!« stieß ein Mann hinter Conan aus und schob den Cimmerier beiseite. Dann ging er zu Trattis. »Ich habe gesehen, wie du in der Nacht, nachdem du dich uns angeschlossen hast, Perlen gezählt hast.«

»Perlen?« fragte Helios und musterte Trattis und den

großen Mann daneben, der Raldos hieß und mit der Streitaxt hervorragend umgehen konnte. Plötzlich wurden die Augen des Hauptmanns groß. Er riß sein Schwert aus der Scheide und rief:

»Packt diesen Mann!«

Pech für Helgios und Glück für Trattis war, daß die Soldaten nicht wußten, welchem der beiden Männer dieser Befehl galt. Unschlüssig betrachteten sie die Söldner. Da zückte Trattis ein Messer und sprang zurück. Raldos wollte ihn aufhalten, doch Trattis rammte ihm das Messer in den Bauch. Helgios schlug wild um sich, doch nur in die leere Luft, denn sein kostbares Zierschwert war vom Pferd aus ziemlich unbrauchbar.

Trattis hetzte zum Brückengeländer, kletterte hinauf und sprang. Als Conan das Geländer erreichte, sah er, wie der Mann mit einem sauberen Kopfsprung im Wasser eintauchte und verschwand. Der Cimmerier löste den Schwertgurt und legte das Kettenhemd ab. Er wartete darauf, daß Trattis wieder auftauchte. Kein Mensch konnte auf ewig die Luft anhalten oder gegen die Strömung des reißenden Khorotas schwimmen.

Als Conan sich der Stiefel entledigt hatte, wußte er, daß die Luft in Trattis Lunge fast aufgebraucht sein mußte. War er direkt zum Grund vorgedrungen und hatte sich wie ein Amboß in den Schlamm gebohrt? Spielte ihm seine Phantasie einen Streich oder bewegte sich tatsächlich ein riesiger dunkler Schatten unter der Brücke, um den sich die Wellen kräuselten?

Einbildung oder nicht. Khorotas würde die Perlen nicht bekommen! Mit einem mächtigen Satz schwang sich der Cimmerier übers Geländer und sprang flußabwärts genau zu der Stelle, wo Trattis verschwunden war.

Der Flußdrache war einen Moment lang völlig überrascht, als ein Körper beinahe direkt über ihm durch die

Oberfläche hereinbrach. Die Überraschung legte sich so schnell, wie es dem langsamen Verstand dieser Kreatur entsprach. Ein Menschenbein streifte seinen Kamm. Da sah er, was in seiner Reichweite war.

Der erste Zweibeiner war von der Brücke gefallen! Viele würden folgen. Der Drache rollte sich auf den Rücken, riß den Rachen auf und schwamm auf sein Opfer zu.

Trattis hatte nur noch wenig Luft in den Lungen, da die meiste beim Aufprall aufs Wasser herausgepreßt worden war. Trotzdem versuchte er zu schreien, als der Rachen durchs trübe Wasser auf seine Brust zuschwamm. Doch sofort schluckte er Wasser und war bereits fast ertrunken, als die fingerlangen spitzen Zähne ihm Herz und Lunge durchbohrten.

Der Drache schüttelte den Körper des Zweibeiners mehrmals kräftig, aber kein Teil löste sich. Anscheinend war dieser Zweibeiner noch nicht zum Verzehr geeignet. Der Drache erinnerte sich jedoch, daß die Zeit dieses Problem lösen würde. Er mußte jetzt nur einen Ort finden, wo er die Beute ausreichend lange liegen lassen konnte ...

Wieder teilte sich das Wasser über dem Drachen. *Noch ein* Zweibeiner stürzte in den Fluß. Wasserdrachen konnten ohne magische Unterstützung nur schlecht sehen, doch jetzt bedurfte es keiner scharfen Augen, um die Gliedmaßen zu erkennen, die das Wasser aufwühlten.

Dieser Zweibeiner war eindeutig noch am Leben. Blieb er länger in diesem Zustand, konnte er möglicherweise entfliehen. Der Gedanke an so viel Fleisch, das seinen Bauch füllen konnte, verdrängte alle anderen Überlegungen im Kopf des Drachen.

Das Monster machte den Rachen auf. Der tote Trattis schwamm frei davon. Dann wendeten sich die spitzen Fänge dem Cimmerier zu.

Im Gegensatz zu Trattis tauchte Conan mit reichlich Luft zum Atmen und mit klarem Verstand in den Khorotas ein. Im nächsten Moment wünschte er, daß er sein Schwert in der Hand hielte.

Was vor ihm im braungrünen trüben Fluß auftauchte, war nicht schlimmer als viele der Ungeheuer, gegen die er in Vendhya, Khitai und so vielen Ländern gekämpft hatte, daß er sie nicht mit beiden Händen zu zählen vermochte. Allerdings war dieses Biest in der Tat *riesig* und hing bestimmt zäh am Leben, mochte dieses natürlich oder nicht sein. So viel hatte es mit dem Cimmerier gemeinsam.

Conan krümmte sich und zückte den Dolch. Dann trat er mit aller Kraft gegen die Schuppennase des Drachen, um ihn abzulenken und sich etwas Freiraum zu verschaffen. Die Nase war offensichtlich ein sehr empfindlicher Körperteil. Das Wasser schäumte, als der Drache sich vor Schmerzen wand und sich auf den Rücken rollte.

Conan sah jetzt den breiten Streifen der faltigen weißen Haut unter der Kehle. Dort schien der Schuppenpanzer so dünn zu sein, daß ein Dolch hindurchdringen konnte. Blitzschnell stieß Conan zu. Ein dunkler Blutstrom trübte das Wasser noch mehr. Wieder wand sich das Ungeheuer vor Schmerzen.

Der Cimmerier war erstaunt, wie schnell der Drache sich drehte und ihn erneut angriff. Die spitzen Fänge zerfetzten Conans Kleidung und ritzten die Haut, jedoch nur oberflächlich.

Der Angriff des Ungeheuers ermöglichte es Conan, den Kamm auf dem mächtigen Kopf mit einer Hand zu packen. Mit der anderen stieß er den Dolch tief ins rote Auge, das ihn unter dem Kamm entgegenfunkelte.

Der Cimmerier hatte das Gefühl, mitten in einen Vulkanausbruch unter Wasser geraten zu sein. Das Ungeheuer tobte so wild im Todeskampf, daß Conan am ganzen Leib wie zerschlagen war. Mit aller Kraft hielt er den Kamm und das Heft des Dolches fest. Ihm war klar, daß das Ungeheuer ihn mit einem Schlag des Schwanzes oder der Beine töten konnte.

Conan war auch sicher, daß der Todeskampf des Drachen so lang dauern konnte, daß er ertrinken würde und die Welt für ihn mit einem Marsch der Frostriesen enden würde. Doch zu seiner Überraschung hatte er immer noch Atemluft übrig, als die wilden Bewegungen des Ungeheuers aufhörten. Mit einigen kraftvollen Stößen brachte er sich an die Oberfläche. Er konnte es kaum fassen, wieder in der Wärme und dem Sonnenlicht zu sein. Schnell holte er mehrmals tief Luft. Dann griff er nach der Dolchscheide.

»Crom!«

Die Scheide war weg – und damit auch das, was auf der Rückseite eingenäht war: Die Juwelen des Szepters von Ophir. Die Edelsteine, mit denen er einem ganzen Heer von Söldnern den Zugang nach Argos hätte kaufen können, nicht nur einer kleinen Schar!

Conan rief noch einige andere Gottheiten außer Crom an. Dann hörte er auf zu fluchen. Crom verlieh einem Mann den Verstand, Pläne zu entwerfen, und den Mut, sie auszuführen, wenn ihm das Glück hold war. Crom gab jedoch keinem Mann das Recht zu jammern, wenn es in der Welt nicht immer so zuging, wie er es sich wünschte.

Die Juwelen waren weg. Falls Trattis jedoch wirklich Perlen besaß – und so, wie er nach Raldos Beschuldigung halsüberkopf geflohen war, schien das sehr wahrscheinlich zu sein –, mußte er Trattis Leiche suchen.

Die Suche dauerte eine Zeitlang. Als Conan die Leiche endlich fand, war sie weder unversehrt noch allein. Die Strömung hatte sie zu einem Kiesstrand mehrere Schritte flußabwärts von der Brücke angetrieben. Bauern, ungefähr ein halbes Dorf, standen daneben und begafften den Toten.

Als Conan, gleich einem Flußgott aus dem Khorotas heraussstieg, flohen die Gaffer entsetzt. Zurück blieben nur ein kleiner Junge, der gestolpert und dann gefallen war, und ein etwas älteres Mädchen, das zurücklief und ihm beim Aufstehen half.

Als Conan sich vor den beiden aufbaute, nahm das Mädchen Kies in die schmutzige Hand und fletschte die Zähne.

»Wenn du meinen Bruder oder mich anrührst, dann ...«

Der Cimmerier lächelte. »Dann was?«

»Dann kannst du dir den Kies aus den Augen klauben, du großer ...« Ihre nächsten Worte spielten darauf an, daß unter Conans Ahnen eine Reihe von hauptsächlich ekelhaften Tieren wäre.

Der Cimmerier mußte schließlich laut lachen, worauf das Mädchen abrupt verstummte.

»Mylady, das ist wirklich ein armseliger Dank, den ich dafür bekomme, daß ich mich mit dem Flußmonster herumgeschlagen habe.«

Das Mädchen starrte ihn fassungslos an. Dann wanderte ihr Blick von Conans zerschundener Seite zu dem übel zugerichteten toten Tratti und schließlich zum Fluß.

»Du hast... du hast mit dem Flußdämonen gekämpft? Du... ganz allein?«

Conan zeigte mit dem Daumen auf Trattis. »Na ja, er war nicht imstande mir zu helfen, aber dafür kann er nichts. Und was den Dämonen betrifft – ich habe nicht nur mit ihm gekämpft, sondern ihn getötet. Darauf wette ich ein gutes Schwert. Wenn du mein Wort anzweifelst, kannst du in den Fluß springen und nach der Leiche tauchen. Sie liegt flußabwärts von der Großen Brücke ...«

Das Mädchen beendete das Gespräch abrupt, indem es ohnmächtig wurde. Der Bruder heulte sofort los, so laut wie eine verlorene Seele. Mehrere Dorfbewohner kamen mit Sensen und Heugabeln herbeigelaufen, um die Kinder vor dem zu retten, was der Fluß ausgespuckt hatte.

Der Cimmerier mußte unangenehm viel Zeit aufwenden, um ihnen zu erklären, daß er das Ungeheuer, das sie den Flußdämon nannten, in der Tat getötet hatte, er aber weder ein Zauberer wäre noch Magie eingesetzt hätte.

»Ich habe dem Biest lediglich meinen Dolch ins Auge gestoßen«, erklärte er mürrisch. »Ganz gleich, ob es ein natürliches oder magisches Wesen ist, reicht das, wenn die Augen nahe am Gehirn liegen. Ihr Schwachköpfe seid also sicher, denn nur Crom allein weiß, *ob* ihr ein Gehirn habt.«

Nach geraumer Zeit wurde Conan klar, daß die Bauern keine Schwachköpfe waren, sondern lediglich nicht fassen konnten, daß die Bedrohung durch den Flußdämon plötzlich vorüber war. Ferner bezweifelten sie vielleicht doch, daß alles ohne Zauberei geschehen war – das jedoch bedeutete, daß der ›Dämon‹ auch ein magisches Wesen sein mußte.

Der Cimmerier verabscheute und mißtraute jeglicher Art von Zauberei. Für ihn lag ein Teil des Anziehungskraft von Argos darin, daß in diesem Land Zauberei kaum bekannt war und schon gar nicht ausgeübt wurde. Doch jetzt schien ihm, daß er über Argos noch eine Menge lernen mußte.

Es dauerte eine geraume Zeit, die Dorfbewohner zu überreden, ihn die Leiche Trattis untersuchen zu lassen. Als Opfer des Flußdämons glaubte man anscheinend, er verdiene irgendein obskures Zauberritual, ehe man ihn mit Kräutern verbrannte, die bei Neumond vom siebten Sohn eines siebten Sohns gesammelt worden waren –

oder ähnlichen Unsinn. Conan war es gleichgültig, ob die Bauern Trattis' Leiche bei einem Dorffest am Spieß brieten, solange sie ihn vorher nach den Perlen suchen ließen.

Gerade als die Bauern den Cimmerier in die Nähe der Leiche ließen, ritt Helgios mit einer Schar seiner Wächter herbei. Conans eigene Männer folgten in einiger Entfernung. Der Cimmerier ging ihnen entgegen und berichtete oben auf dem Ufer kurz über seine Abenteuer im Khorotas.

Wie ein Mann wichen die Wächter vor ihm zurück. Nur Helgios blieb. Er wollte den Dorfbewohnern nicht zeigen, daß ein Hauptmann der Wächter Angst hatte. Conan fiel jedoch auf, daß das Gesicht des Hauptmanns unter der Sonnenbräune blaß war und daß er im Schatten am Fluß mehr schwitzte als vorher in der Sonne auf der Brücke. Mit einer Hand machte Helgios schnell Abwehrgesten gegen bösen Zauber.

Als Helgios damit fertig war, hatte Conan Trattis' Leiche untersucht. Ein paar seiner Männer standen neben ihm. Der Cimmerier fluchte diesmal nicht, obgleich er ebensoviel Grund gehabt hätte. Die Perlen waren genauso wie die ophirischen Juwelen verloren. Zweifellos lagen sie auf dem Grund des Flusses oder im Rachen des toten Drachen.

Conan stellte sich vor, was Helgios sagen würde, wenn er ihn darum bat, das Ungeheuer aus dem Fluss zu bergen und dann in den Eingeweiden herumzusuchen. Doch er konnte Helgios um etwas bitten, das ihm der Mann vielleicht gewähren würde. Und wenn nicht, würde es auch keinen Schaden anrichten.

»Hauptmann Helgios«, sagte Conan. »Hast du das Geld für unsere Bürgschaft?«

»Nun, nicht ganz. Es fehlen mindestens zwei Drachmen für jeden Mann«, antwortete Helgios.

»Genau die Summe, die an deinen Fingern kleben

bleiben würde«, sagte Conan *nicht*. Statt dessen zuckte er mit den Schultern. »Wie du meinst. Aber an etwas möchte ich dich erinnern. Das Ungeheuer, das ich getötet habe ...«

»Das du angeblich getötet hast.«

»Das ich getötet habe«, wiederholte Conan. »Das Ungeheuer scheint bei den Menschen am Fluß tiefen Eindruck gemacht zu haben. Sie werden es nicht vergessen oder undankbar sein. Ferner habe ich ein bißchen Blut verloren, und einer meiner Männer sein Leben.«

»Dein Mann war ein ganz gewöhnlicher Dieb. Auf seinen Kopf war ein Preis ausgesetzt, noch ehe er zu Karela gekommen ist«, entgegnete Helgios mit finsterer Miene.

»Davon weiß ich nichts«, verteidigte sich der Cimmerier. Helgios schien von Conans Beziehung zu Karela, der Roten Falkin, nichts zu wissen. Es schien ihm am besten, ihn nicht aufzuklären.

»Ich weiß nur, daß der Mann durch seinen Eid an mich gebunden war und ich ihm deshalb etwas schuldig bin«, erklärte Conan. »Was würdest du sagen, wenn wir die Tötung des Ungeheuers gegen die noch fehlende Summe der Bürgschaften für mich und meine Männer aufrechnen?«

»Ich würde sagen, daß das eine Beleidigung der Gesetze von Argos wäre«, fuhr Helgios ihn an. »Diese Gesetze sind streng und eindeutig.«

»So dürfte auch der Gerechtigkeitssinn der Dorfbewohner sein«, erklärte der Cimmerier. »Sie werden erfahren, daß du uns wie Bettler davongejagt hast, nachdem ich sie von dem Ungeheuer befreit habe. Das wird ihnen bestimmt nicht gefallen, und sie werden allen, die Ohren haben, davon erzählen, was ihnen nicht gefallen hat.«

»Dann wird in Argos jeder Mensch mit Ohren von Hauptmann Helgios und den Wächtern der Großen

Brücke hören. Was meinst du, Hauptmann? Wird den Leuten gefallen, was sie hören? Glaubst du, daß dein Haus es mit Freuden hören wird?«

Habgier und gesunder Menschenverstand kämpften auf Hauptmann Helgios' breitem Gesicht eine erbitterte Schlacht. Schließlich schlug er auf den Sattelknauf. Er sah aus, als würde er am liebsten vor Conans Füße spucken, wenn er das gewagt hätte.

»Nun gut«, sagte er schließlich. »Ihr braucht jetzt keine weitere Zahlung für die Bürgschaft zu leisten. Aber ich warne dich. Es kann sein, daß man dich innerhalb eines Jahres nach deiner Ankunft in Argos wegen der noch ausstehenden Bürgschaft zur Rechenschaft ziehen wird. Es könnte auch sein, daß man dir bestimmte Arbeiten verbietet.«

»Wie du willst«, sagte Conan. »Aber eine Frage hätte ich noch: Darf jeder meiner Männer im Dorf bleiben, wenn er das möchte?« Dem Cimmerier waren die Blicke aufgefallen, mit denen einige seiner Männer die jungen Frauen des Dorfes gemustert hatten. Er rechnete damit, daß einige ihn bitten würden, im Dorf bleiben zu dürfen. Das konnte ihm nur recht sein, denn dort war der richtige Ort, um Neuigkeiten aus Ophir zu hören und sie an die Große Straße nach Argos weiterzugeben.

Helgios schüttelte halb verärgert, halb belustigt den Kopf. »Hauptmann Conan, ich dachte immer, die Cimmerier hätten ihren ganzen Verstand in den Schwertern. Niemals hätte ich geglaubt, daß einer wie ein Händler im Basar von Shem feilschen würde.«

»Du hast auch bezweifelt, daß Cimmerier sich waschen!« meinte Conan. »Soll ich bleiben und dir noch mehr über mein Volk beibringen?«

Helgios besaß wenigstens die Größe, über sich selbst lachen zu können. »Hauptmann Conan, ich glaube nicht, daß diese Lektionen sich mit meiner Würde vertragen. Sammle deine Männer – alle, die nach Argos wollen – und macht euch abmarschbereit, während mein Schreiber die Bürgschaftsdokumente ausstellt.«

Conan machte die in Iristani übliche Geste der Hochachtung mit der offenen Hand. »Ich höre und gehorche, Hauptmann Helgios.«

Zwei

Lady Livia, Herrin und Erbin des Hauses Damaos, wachte auf und wußte sofort, daß etwas nicht stimmte.

Sie wußte nicht, was nicht in Ordnung war. Das graue Licht, das in ihr Schlafgemach fiel, enthüllte nichts. Sie zog die leichte Bettdecke hoch, bis nur noch die Augen hervorschauten, und sah sich im Gemach um.

Das war keine leichte Aufgabe. Das große Schlafzimmer in Damaos Palast hätte in kleineren Häusern leicht als Festhalle dienen können. Die Deckenfresken mit Wolken und Adlern waren so hoch wie die Masten eines Fischerboots. Vor den Fenstern, die zum Garten hinausgingen, waren Gitter aus vendhyschem Teakholz und Intarsien aus Elfenbein, das nicht von der Schwarzen Küste stammte, sondern das kostbarere aus Vanaheim war. Wo keine kostbaren Teppiche aus Iranistan den Boden bedeckten, sah man kunstvolle Mosaiken mit Blumen, die in keinem Garten wuchsen, und Fabeltieren. Das Auge konnte sich an den Hunderten von Farben nicht sattsehen.

Livia hätte die gemütlichen Räume im Kinderflügel des Palastes vorgezogen, in denen sie ihre Mädchenjahre verbracht hatte. Als sie in diesen riesigen Raum gezogen war, in dem jedes Wort wie in einer Gruft hallte, hatte sie keineswegs das Gefühl gehabt, das wahre Haupt des Hauses Damaos zu sein. Statt dessen war ihr bewußt geworden, daß sie kaum älter als ein Kind war.

»Ich muß das vergessen, um meine Pflicht als Haupt unseres Hauses zu erfüllen«, hatte sie Reza, dem Haushofmeister, erklärt. »Wäre es nicht klüger, mich da zu lassen, wo ich mich wohl fühle, damit ich bei klarem Verstand bleibe?«

»Dann würden sich die Leute das Maul zerreißen, daß dein Verstand auf Abwege geraten wäre«, widersprach Reza ihr mit der Vertraulichkeit eines alten Dieners. »Das wäre außer deiner Jugend noch ein schwarzer Punkt gegen dich.«

»Ich bin neunzehn Jahre alt, mündig genug, um das Haupt dieses Hauses zu sein«, hatte Livia schnippisch entgegnet.

Reza hatte nicht gelächelt. »Aber, Mylady, gerade hast du gesagt, daß du fast noch ein Kind wärst.«

»Ach, Reza, du ... du!« Verzweifelt hatte sie nach einer Bezeichnung gesucht, die Reza schockieren würde. Doch einen Moment später wußte sie, daß es sinnlos war. Reza war gebürtiger Iranistani und früher Feldwebel bei der turanischen Söldnerkavallerie gewesen. Eine argossische Dame aus vornehmer Familie konnte nichts sagen, was ihn schockiert hätte.

Am Ende hatte Livia doch getan, was Reza für die Würde des Hauses Damaos angemessen hielt, und war in dem riesigen Schlafgemach geblieben. Sie schlief sogar in dem Bett, das ihrem Vater gehört hatte, obgleich sie nur schlecht in dem Bett schlief, in dem sechs Personen Platz gehabt hätten.

Livia beendete schließlich die Musterung ihres Gemachs, soweit ihr die Vorhänge des Himmelbetts gestatteten. Gerade war sie zu der Überzeugung gelangt, daß ihre Ängste unbegründet waren, als sie Metall auf dem Mosaik klirren hörte. Sie erstarrte.

Das Morgengrauen erlaubte ihr, durch die Vorhänge zu sehen. Am Fuß des Betts stand ein großer Spiegel aus Silber in einem Rahmen aus vergoldeter Bronze. Dieser Spiegel bewegte sich jetzt. Schwankend schob er sich unablässig näher an die rechte Seite des Betts.

Livias Verstand bemühte sich, ihre Augen Lügen zu strafen. Blitzschnell griff sie unter die seidenen Kopfkissen. Außer dem gelben Nachthemd aus hauchdünnem Leinen lag dort ein Dolch. Die scharfe turanische Klinge steckte in einem aquilonischen Griff und war für ihre Hand nach Maß gearbeitet worden.

Nur Livias Zofen wußten, daß Livia nackt mit einem Dolch unter dem Kopfkissen schlief. Was Reza nicht wußte, konnte er nicht kritisieren.

Livia setzte sich auf. Ihr langes blondes Haar floß über die nackten Schultern. Sie hielt den Dolch mit der rechten Hand, das Hemd hatte sie um die linke gewickelt. Einer der alten Wächter der Karawanen ihres Vaters hatte ihr beigebracht, den Stahl so zu führen.

Der Spiegel rückte immer näher. Livia spürte, wie ihre Hände feucht wurden. Sie leckte sich die Schweißperlen von der Oberlippe. Jetzt wußte sie, daß mit Sicherheit etwas nicht stimmte. Magie war im Spiel.

Quietschend blieb der Spiegel stehen. Livia hätte schwören können, daß er sich leicht vor ihr verbeugt hatte. Dann wirbelten Schemen über die silberne Oberfläche. Sie waren karmesinrot, kobaltblau und golden. Die Wirbel hatten keine festen Formen, schienen aber intensiv an Livias Gedanken zu zerren und sie einzuladen, in ihnen das zu sehen, was sie sich im tiefsten Herzen wünschte.

Wie Nebelfetzen griffen die Schemen aus dem Spiegel nach Livia. Die Vorhänge am Bett blähten sich, als wehte eine starke Brise. Dabei regte sich kein Windhauch im Schlafgemach. Kalter Schweiß perlte auf Livias Haut.

Magie. Kein Zweifel. Und sie rührte nicht von einem Freund Livias oder ihrem Haus her. Sie hätte nicht sagen können, woher sie das wußte, aber sie war sich ihrer Sache ganz sicher.

Wie konnte sie dagegen ankämpfen? Livia erinnerte

sich daran, was ihre Stiefmutter eines Abends nach einer Fehlgeburt in ihren Becher gemurmelt hatte.

»Magie arbeitet sehr viel mit der Vorstellungskraft. Wenn man sich fest einredet, daß keine Magie vorhanden ist, stehen die Chancen gut, daß sie nicht wirkt – oder zumindest, daß ihre Wirkung sehr abgeschwächt wird.«

Livias Stiefmutter hatte wenig getan, um ihr Leben oder das ihres Vaters glücklicher zu machen, aber die Frau hatte Verwandte tief in den Bergen, dicht bei der Grenze zu Aquilonien. Dort oben pflegten die Dorfbewohner noch eigene Sitten und Gebräuche, die viel älter waren als die Reiche, die behaupteten, über sie zu herrschen. Sie kümmerten sich wenig um Könige oder Archonten, jedoch viel um das uralte Wissen ihrer weisen Frauen.

Livia wollte herausfinden, ob in den dunklen Worten ihrer Stiefmutter Weisheit lag.

Sie schloß die Augen und redete sich ein, daß sie im Bett läge und sich in einem Zustand zwischen Wachen und Schlafen sei und daß sich im Schlafgemach nichts, aber auch gar nichts ereignete. Nichts ereignete sich. Nichts würde sich ereignen.

Nichts war geschehen. Nichts geschah. Nichts würde geschehen …

Eine Kraft, die weder in ihr noch außerhalb von ihr war, sondern irgendwo in beidem steckte, zwang sie gnadenlos, die Augen zu öffnen. Die bunten Schemen tanzten jetzt noch näher und wilder vor ihr. Sie schienen Bilder in Livias Kopf zu malen, nicht vor ihren Augen. Bilder ihres Gesichts. Die Augen waren leer, der Mund vor Müdigkeit erschlafft.

Eine unheilbare Krankheit? Oder vielleicht der Tod? Nein. Sie spürte in ihren Brüsten ein Kribbeln und im Bauch Wärme. Obwohl sie noch Jungfrau war, wußte sie, was *das* bedeutete.

Die schemenhaften Bilder waren sie selbst, brodelnd vor Begierde und Lust wie ein Tier. Der Zauberer ließ sie diese Lust jetzt intensiv spüren. Er hoffte, mit dieser Begierde ihren Verstand zu verwirren und sie für die nächste Attacke zu schwächen …

Livia konnte die Augen nicht mehr schließen, aber sie kämpfte gegen das Bild in ihrem Kopf. Sie wehrte sich gegen die Lust. Sie beschwor das Bild herauf, in dem ihr Schlafgemach bis auf eine zur Decke wirbelnde Staubsäule leer war, in dem das schmutzige Wasser des Khorotas alles überschwemmte – allerdings hätte es einer Flut bedurft, wie jene, die einst Atlantis unter sich begraben hatte, um den Damaos-Palast auf dem Berg zu füllen.

Die wilde Lust verließ sie nicht, verschlang sie jedoch auch nicht. Livia mußte hart kämpfen, aber sie hatte die Kraft dazu. Jetzt war sie imstande, die Glieder zu bewegen. Schnell stieg sie aus dem Bett und machte zwei Schritte auf dem dicken vendhyschen Teppich. Die Wolle hüllte ihre Zehen in angenehme Wärme.

Livia hätte nicht sagen können, wie lange der Kampf dauerte. Als die Schemen sie plötzlich verließen, sah sie, daß das Morgengrauen sich in rosiges Sonnenlicht verwandelt hatte. Die Schattenbilder hatten sich aufgelöst wie Nebelfetzen, denen sie so geglichen hatten. Livia taumelte und wäre auf den Teppich gefallen, hätte sie sich nicht am Bettpfosten festgehalten.

Dann wirbelte sie wieder herum. Ein alptraumhafter Lärm. Grauenvolle Schreie erklangen aus der Tiefe des Palasts. Livia stieß sich vom Bettpfosten ab. Sie hatte drei unsichere Schritte in Richtung der Tür gemacht, als diese aufflog. Ihre beiden Zofen stürzten herein und warfen sich auf den Boden. Die Röcke hatten sie bis zu den Knien geschürzt.

Hinter ihnen rollte der Wagen herein, auf dem die beiden Livias Frühstück hatten bringen wollen. Keine menschliche Hand schob ihn, als er die Zofen überrollte. Als er über ihre zuckenden Körper fuhr, neigte er sich so, daß vom Tablett heißes Kräuterwasser auf die beiden spritzte. Eine Dienerin schrie vor Schmerzen.

Derselbe Karanwanenwächter, der Livia gelehrt hatte, mit dem Dolch umzugehen, hatte ihr auch viel über Kampftaktik beigebracht. »Wenn jemand oder etwas Unbekanntes sich bewegt, mußt du es als erstes aufhalten. Danach kannst du vielleicht erraten, was es ist.«

Livia lief zum Wagen und stemmte sich mit ihrem ganzen Gewicht dagegen. Sie war keine kleine Frau und auch nicht schwächlich, weil sie viel geritten und geschwommen war.

Der Wagen bebte und schien gegen sie zu kämpfen. Livia preßte noch kräftiger dagegen. Der Wagen bebte noch stärker. Im nächsten Augenblick aber fiel er schon auseinander. Livias Frühstück ergoß sich auf die Zofen, die schreiend aufsprangen und sich die Stellen rieben, wo sie verbrüht waren.

Livia packte die eine an der Hand. »Was ist los, ihr dummen Hühner?« schrie sie.

Die Dienerin blickte sie stumm an. Livia holte aus, um ihr eine Ohrfeige zu versetzen. Da sprang die andere Zofe vor.

»Mylady, Ihr seid unbekleidet!«

»Ach was! Trolle fliegen mit Kleidern davon!« schrie Livia. »Hat der Zauber alle in diesem Haus stumm und dämlich gemacht?«

Die Zofe schluckte. »Dann wißt Ihr …?«

»Ich kämpfe seit vor dem Morgengrauen gegen Magie in diesem Gemach. Ich konnte erst schreien, als ihr hereingekommen seid. *Was ist passiert?*«

Jedes Schiff auf dem Meer hätte diese Frage hören können. Livia musterte die Dienerinnen wütend, die sie wie tote Fische anstarrten. Dann schaute sie zur Tür.

Ein langer und breiter Schatten fiel in den Raum.

Reza trat ein. Mit keinem Muskelzucken verriet er, daß er bemerkt hatte, daß seine Herrin nackt war. Er hielt den Kopf hoch und legte die Hände zusammen.

»Lady Livia, auf dieses Haus und alles darin wurde ein Zauber geworfen. Bei manchen Gegenständen wurden Form und Substanz so verändert, daß sie Menschen verletzen können, die nicht vorsichtig sind.«

»Wie viele sind verletzt?«

»Nur wenige und keiner benötigt einen Arzt. Im Palast herrscht so große Angst, daß man keine Gäste empfangen kann. Aber Schlimmeres ist nicht geschehen.«

Livia verließ die Kraft. Mit einem langen tiefen Seufzer mußte sie sich aufs Bett setzen. Sie schlug die Hände vors Gesicht.

Nach einiger Zeit, die Livia wie ein Jahrhundert vorkam, wurde ihr bewußt, daß Reza vor ihr stand. Ihr wurde ebenso bewußt, daß sie immer noch nackt war. Nirgends sah sie ihr Nachthemd.

Sie schnippte mit den Fingern. »Ein Nachthemd und meine Hausrobe, sofort!« befahl sie den Zofen. Während diese in den Truhen kramten, schenkte Livia ihre Aufmerksamkeit wieder Reza.

»Ich habe angeordnet, daß die Verletzten über den alten Stallungen zu Bett gebracht werden«, sagte er. »Die Gärten scheinen in Ordnung zu sein, deshalb habe ich die Gärtnergehilfen angewiesen, beim Wegschaffen der kaputten Gegenstände zu helfen. In der Küche herrscht auch Unordnung, doch scheinen die Essensvorräte nicht verdorben zu sein, so daß die Köche ihre Arbeit wieder aufnehmen können. Wir sollten also imstande sein, Lady Doris von Lokhri samt Sohn standesgemäß zu bewirten.«

»Erbarmen, ihr Götter!« rief Livia. »Lady Doris und Lord Harphos hatte ich völlig vergessen.«

Rezas Gesicht drückte beredt aus, was er nie in Worte gefaßt hätte: Er wünschte, daß sie alle Lady Doris und ihren unreifen Sohn vergessen könnten. Doch dieses Glück ward dem Haus Damaos nicht zuteil. Livia war als die reichste unverheiratete Frau in Argos der Hauptpreis auf dem Heiratsmarkt. Seit sie vor einem Jahr volljährig geworden war, reichten die Finger beider Hände nicht aus, um die Namen der Bewerber und Möchtegernbewerber aufzuzählen.

Der linkische, picklige Harphos war als letzter hinzugekommen. Im Gegensatz zu den anderen kam er jedoch mit einer nicht zu unterschätzenden Verbündeten: seiner Mutter, Lady Doris. Harphos würde bestimmt nichts sagen, wenn Livia ihn heute vertröstete. Bei seiner Mutter lag der Fall anders.

Lady Doris würde nicht nur reden, sondern viele Fragen stellen. Wenn sie durch faire Mittel keine Antworten bekäme, würde sie sich keineswegs zu gut sein, auch unfaire einzusetzen. Livia hatte keinen Zweifel, daß Doris für die meisten ihrer Diener einen genügend hohen Preis zahlen würde, um an Informationen zu gelangen. Eine Ausnahme bildete nur Reza.

Welche Wahl blieb Livia? Sie konnte Lady Doris und ihren Sprößling so empfangen, als sei alles in schönster Ordnung. Oder sie konnte sie ausladen und ihnen die Wahrheit erzählen. Oder sie konnte sie mit einer Lüge abwimmeln, die allerdings innerhalb eines Monats ruchbar sein würde.

Über letztere Möglichkeit wollte Livia gar nicht nachdenken. Lady Doris würde niemals glauben, daß der magische Angriff eine unwichtige Angelegenheit gewesen sei, falls sie ausgeladen würde.

Livia konnte nichts anderes tun, als den Besuch wie verabredet stattfinden zu lassen. Sollten die Gäste neugierige Fragen stellen, mußte sie ihr bestes geben, um ihre Neugier zu stillen.

Vielleicht konnte ihr Lady Doris sogar einige brauchbare Ratschläge erteilen. In Argos nannte niemand sie eine Törin, allerdings waren viele der Meinung, daß sie ihren Verstand nicht an ihren einzigen Sohn weitergegeben hatte.

Lady Doris würde jedoch keinen Rat geben, ohne einen Preis dafür zu verlangen. Vielleicht sogar ein Ehegelöbnis, das nur mit sehr viel Gold und einem größeren Skandal als diese Zauberei gebrochen werden könnte.

Livia lief es plötzlich kalt über den Rücken, als sie daran dachte, daß dieses Gelöbnis Harphos Rechte im Bett zugestehen würde. Der Schauder hörte auf, als sie sich an die Lust erinnerte, die der Zauberer ihr eingeflößt hatte. Gab es einen Mann – einen Gemahl –, der im Bett diese Lust in ihr wecken und dann stillen konnte?

Wenn sie noch viel Zeit damit verbrachte, sich über Dinge Sorgen zu machen, die nicht zu ändern waren, würde sie nicht empfangsbereit sein, wenn Lady Doris und Harphos eintrafen. Livia betrachtete die Schatten auf den Teppichen und schüttelte müde den Kopf.

»Reza, ist mein Badezimmer so in Ordnung, daß ich es benutzen kann?«

»Ich rufe sofort einen Boten, um das herauszufinden, doch solltest du dich zuvor bekleiden, Mylady.«

»Na schön.« Livia klatschte in die Hände und streifte das Hemd über, das ihr die Zofen reichten. Dann ließ sie sich in die Hausrobe helfen.

Man erwartete Lady Doris und ihren Sohn um die fünfte Stunde. Nachdem alle im Haus wie die Galeerensklaven geschuftet hatten, war der Damaos-Palast bis dahin wieder einigermaßen in Ordnung. Zwar konnte jeder Trottel sehen, daß irgend etwas nicht stimmte, aber es sah nicht mehr aus, als hätte eine Schar von Kozaki-Banditen dort übernachtet.

Livia stand im Schatten des Säulenhalle und war sich bewußt, daß sie der Dienerschaft viel verdankte. Alle hatten ihre Angst vergessen und wie Soldaten ihre Posten ausgefüllt. Selbst ihre Zofen hatten so hart gearbeitet, die Räume wieder in Ordnung zu bringen, daß sie sie daran erinnern mußte, die schmutzigen Kleider zu wechseln. Und Reza – ja, für ihn genügten weder ausreichend Worte noch Belohnungen.

Livia strich sich eine unbotmäßige Locke aus dem Gesicht. Ihr Haar war morgens noch offen gewesen. Jetzt erhob es sich zwei Handbreit über ihrem Kopf. Es war zu einer Krone hochgebürstet worden und mit den großen Kämmen aus Gold und Perlen ihrer Mutter festgesteckt. Sie trug ein Gewand aus feinster blauer khitaischer Seide, dessen Farbton ihren Augen glich. An ihrem Hals hing die herrliche Rubinkette des Hauses Damaos. In der Mitte funkelte der Geheime Stern, so groß wie die Faust eines Kleinkinds.

Es konnte nicht schaden, Lady Doris daran zu erinnern, daß das Haus Damaos mit ihrem Haus *keine* Verbindung nötig hatte – auch mit keinem anderen. Wenn Livia die Heiratsanträge aller Bewerber abwies, würde nichts Schlimmeres passieren, als daß sie ein keusches Leben führen mußte. Das würde zwar kein ideales Leben sein – sie erinnerte sich daran, wie sie vor Lust und Begierde gebebt hatte, aber sie war nicht den Launen eines Manns wie Harphos ausgeliefert.

Am Fuß des Hügels erklang eine Trompete. Eine zweite gesellte sich zu ihr. Das Horn des Torwächters antwortete. Nach geraumer Zeit hörte man wieder die Trompeten. Sie schienen nicht näher gekommen zu sein. Livia legte den Kopf schief. Sie glaubte, Rufe zu hören, vielleicht waren es Flüche. Dann schrien Esel und Kühe muhten.

Sie schickte ein kurzes unpassendes Gebet zum Himmel, daß Lady Doris zwischen den Bauern stecken geblieben sei, die ihr Vieh zum Markt trieben. Dann läutete sie nach Reza.

»Ist alles bereit?«

»Alles, was Götter oder Menschen verlangen können, ist getan, Mylady.«

»Ja, aber wird das auch für Lady Doris genug sein? Sie ist kein Mensch. Manchmal frage ich mich, welche Achtung sie den Göttern erweist.«

Rezas Züge verrieten seine Mißbilligung über diese leichtfertige Äußerung.

»Verzeih mir, Reza. Du weißt, daß ich mehr die Tochter meines Vaters als die meiner Mutter bin.«

»Beide haben dich zu dem gemacht, was du jetzt bist, Mylady, und ich glaube, daß beide sehr stolz auf das Ergebnis wären.«

»Die Götter mögen dich für diese freundlichen Worte segnen, Reza, und … o Mitra! Da kommen sie!«

Eine stattliche Karawane kam durchs Tor: Vier berittene Wachen, zwei Sänften, jede von acht schwitzenden Sklaven getragen, mehr als zehn Diener zu Fuß und nochmals vier Wachen zu Pferd als Nachhut.

»Der Pferdeknecht hat doch hoffentlich Anweisung, die Pferde zu untersuchen, während er sie füttert und tränkt, oder?« fragte Livia. Es würde ihr viel verraten, wenn sie erführe, ob Lady Doris ihre eigenen Pferde oder gemietete Pferde mitgebracht hatte und ob die eigenen gut oder schlecht im Futter wären. Es war kein Geheimnis, daß es mit dem Haus Lokhri bergab ging. Wie schnell und wie weit es bereits heruntergekommen war, wollte Livia gern erfahren, und die Pferde konnten vielleicht etwas darüber verraten.

»Es war der erste Befehl, den ihr dem Pferdeknecht gegeben habt, Mylady«, versicherte ihr Reza. Livia konnte sich um alles auf der Welt nicht daran erinnern, einen solchen Befehl erteilt zu haben. Sie vermutete, daß Reza das selbst erledigt hatte. Doch gehorchte man seinen Anordnungen ebenso, als würden sie von ihr kommen oder von den Göttern.

Zauberer vermochten ihre Dienerschaft in Angst und Schrecken versetzen und ihr Haus in Unordnung bringen, aber keinem Menschen war ein Zauber bekannt, der irgend jemand im Damaos-Palast dazu bringen könnte, dem Haushofmeister nicht zu gehorchen.

Die Karawane marschierte jetzt den gewundenen Pfad zum Säulengang empor. Reza hob die Hand. Vom Dach stieß eine silberkehlige Trompete einen hellen Ruf aus. Die Pferde stampften und wurden unruhig. Ihre Reiter machten besorgte Gesichter.

Als die Stallburschen herbeieilten, um sich um die Pferde der Gäste zu kümmern, blieben auch die Träger stehen und setzten die Sänften ab. Lady Doris stieg als erste aus. Laut Gesetz war ihr Sohn das Haupt des Hauses Lokhri, aber Lady Doris scherte sich wenig um das Gesetz und noch weniger um das Gerede der Leute. Ihre Zunge war eine derartig scharfe Waffe, daß selbst die jungen Männer, die sich Harphos' Freunde nannten, kein gutes Wort für ihn einlegten, weil sie nicht auf der Seidenstraße nach Khitai als Banditen bei lebendigem Leib totgeschlagen werden wollten.

Harphos stieg als nächster aus. Wie immer sah es so aus, als würde er gleich mit dem Gesicht im Staub landen. Doch ebenso gelang es ihm immer, diese Peinlichkeit zu vermeiden. Vor Livias Augen hielt er sich nicht am Dach der Sänfte fest, als sei er ein Ertrinkender, der an einem Baumstamm Halt suchte. Sein Haar war stets kurz geschnitten, obwohl ihn diese Mode bei seinem langen Gesicht überhaupt nicht stand. Allerdings waren diesmal Tunika, Gewand und Stiefel neu und farblich beinahe auf einander abgestimmt.

»Der Segen unseres Hauses möge auch auf dem Eurem ruhen, Lady Doris«, sagte Livia förmlich.

Lady Doris wendete die Augen von den Statuen am Weg lange genug ab, um der Höflichkeit genüge zu tun, und schritt die Stufen zu Livia in die Säulenhalle hinauf.

Sie war nicht so groß wie Livia, dafür hatte sie einen üppigeren Busen und breitere Hüften. In ihrer Jugend war sie eine der schönsten Frauen von ganz Argos gewesen, selbst jetzt war in ihrem rabenschwarzen Haar kein einziger Silberfaden zu finden.

Harphos trat zu den beiden Frauen. Seine Augen hingen so gebannt an Livia, daß er beinahe gestolpert wäre. Seine Mutter mußte ihn dann erinnern, den Gruß zu erwidern. Livia wandte kurz das Gesicht beiseite, weil sie nicht sicher war, ob sie ein Lächeln oder ihre Tränen verhehlen wollte. Harphos war als Mann kein Preis, aber niemand verdiente, so unter Lady Doris' Daumen zu sein wie er.

»Ich sehe, du hast einen der neuen Abgüsse von Polyemius' *Läufer*«, sagte Lady Doris. »Eine wunderschöne Statue, wenn man derartige Kunstwerke mag.«

Livias Hände krümmten sich beinahe zu Klauen. Seit dem Tod ihres Vaters war keine Begegnung mit Lady Doris ohne eine derartige gemeine Spitze von der älteren Frau verlaufen. In Wahrheit besaß das Haus Damaos einen der ältesten Abgüsse des Meisterwerks von Polyemius, vielleicht sogar das Original. Doch Lady Doris würde sich eher aufs Rad flechten lassen als das zuzugeben, denn es war mehrere Jahre her, seit ihr Haus in der Lage gewesen war, auch nur eine weit minderwertigere Plastik als die von Polyemius zu kaufen.

»Über Geschmack und vieles andere können wir uns in Muße und sehr viel gemütlicher im Haus unterhalten«, sagte Livia. »Das Rosengemach ist für uns hergerichtet.« *Und wenn auch nur ein winziger Porzellansplitter noch zu sehen ist, seien die Götter den Dienern gnädig, denn Reza wird es nicht sein!*

Sie streckte Harphos die Hand entgegen. »Komm, Lord Harphos! Wir haben einen neuen Jahrgang aus Nemedien. Mich würde deine Meinung darüber interessieren.«

Harphos trank wenig, aber sie mußte doch *irgend etwas* zu diesem armen Trottel sagen. Als Dank erntete sie ein schwaches Lächeln von Harphos und einen erstaunten Blick von Lady Doris, als ihr Sohn Livias Arm nahm.

Lady Doris machte weiterhin große Augen, als sie durch den arg mitgenommenen Palast gingen. Livia vertraute ganz auf Rezas Urteil und den fleißigen Dienstboten. Daher gab sie sich nicht die Mühe, die Gäste durch unbeschädigte Räume zu führen. Außerdem war Lady Doris zu oft hier gewesen, als daß sie nicht Verdacht geschöpft hätte.

Das Rosenzimmer war ausreichend aufgeräumt. Die Kletterrose, die sich zum Sonnenloch in der Mitte der Decke emporrankte, hatte seit dem gestrigen Abend noch mehrere herrliche Blüten hervorgebracht. Ihr zarter Duft kämpfte ziemlich erfolglos gegen Lady Doris' schweres Parfüm.

Diener brachten Obst, Kuchen und einen großen Krug nemedischen Weins, der in einem Tontopf mit Schnee als Kühler stand. Livia hob den Krug, hielt aber plötzlich inne und betrachtete ihn auf Armeslänge.

Am Rand des Kühlers fehlte ein kleines Stück, so groß wie eine Kinderhand. Offenbar hatte ein Diener in der Küche die Beschädigung übersehen. Selbst Reza konnte nicht überall sein.

Livia wollte das Mißgeschick verschweigen, doch Lady Doris war durch ihr Zögern aufmerksam geworden.

»Deine Dienerschaft ist anscheinend nicht mehr so gewissenhaft wie früher«, sagte Lady Doris spitz. »Hat das Haus Damaos jetzt auch schon Probleme, gute Dienerschaft zu finden?«

Sie sah aus, als würde sie vor Freude sofort auf dem Tisch tanzen, falls sich ihre Vermutung als richtig erwiese. Livias Antwort war so kühl wie der Schnee.

»Nein. Ein kleines Mißgeschick, wie es überall geschehen kann, als wir das Haus für euren Empfang bereit machten.«

»Ziemlich viele Mißgeschicke würde ich sagen«, mischte sich Harphos ein. »Ich habe gesehen, daß überall sauber gemacht wurde – sehr gut sogar – und dennoch ...«

Er brach ab, denn Livia war ein Wort entschlüpft, das eine Dame ihrer Herkunft und ihres Standes nicht kennen durften. Dann lachte er nervös.

»Tut mir leid, Livia. Wenn du lieber nicht darüber sprechen möchtest ...«

»Ich wüßte nichts, wofür ich mich schämen müßte«, entgegnete sie lächelnd. Soeben hatte er das Klügste gesagt, was sie seit Jahren von ihm gehört hatte. Und er hatte sich tatsächlich bei ihr entschuldigt – ohne daß seine Mutter ihn aufgefordert hatte, ja, wenn Livia an Lady Doris Gesichtsausdruck dachte, sogar ohne ihre Zustimmung.

»Nun gut, dann laßt uns doch darüber sprechen«, sagte Lady Doris energisch. »Wir alten Familien müssen doch gegen die Torheiten der Dienerschaft zusammenhalten, sonst stürzen unsere Paläste noch über unseren Köpfen ein.«

Sollten nachlässige Diener je Lady Doris unter dem Schutt des Lokhri-Palastes begraben, würde Livia diesen Tag zu einem öffentlichen Freudentag erklären. Doch da die Frau noch lebte und Gast unter ihrem Dach war, behielt sie diesen Gedanken für sich.

Das Gespräch drehte sich danach um fallengelassene Vasen, angebranntes Essen und umgekippte Nachttöpfe. »Ich frage mich, ob jemand mit Zaubersprüchen den Verstand unserer Diener verwirrt hat – falls Magie im Spiel ist«, sagte Lady Doris abschließend.

Zum Glück sagte sie das, als sie sich noch ein paar Trauben nahm. So entging ihr, daß Livia zusammenzuckte. Die junge Frau faßte sich schnell und sagte mit fester Stimme: »Magie? Genausogut könnte man den Atlantern die Schuld geben.«

»So lange ist Magie noch nicht aus Argos verschwunden«, widersprach Doris. »Als ich vorgestern mit Lord Akimos speiste, hörte ich zufällig, wie der Vierte Archon sagte, er werde keine öffentlichen Gelder ausgeben, um Hexenjäger einzustellen.«

»Wer? Lord Akimos oder der Archon?«

»Der Archon natürlich. Allerdings – jetzt, wenn ich es mir recht überlege – schien Lord Akimos dieselbe Meinung zu vertreten. Als er das Haus betrat, wirkte er müde und niedergeschlagen, aber ...«

Als Lady Doris endlich aufhörte zu erzählen, was jeder Gast dort getragen, gegessen und getrunken hatte, konnte Livia ihre Nervosität kaum noch verbergen. Auch Harphos hätte die Mutter am liebsten unterbrochen, traute sich jedoch nicht. Als Livia ihn wieder freundlich anlächelte, wagte er den Mund aufzumachen.

»Ich frage mich, ob der Archon und Lord Akimos das Recht dazu haben«, sagte Harphos. »Vor einigen Tagen wurde doch dieser Flußdrache bei der Großen Brücke über den Khorotas getötet. Die Fischer und Bauern hatten fast ein Dutzend Frauen und Kinder im Fluß verloren, aber niemand konnte sich vorstellen, daß dort ein Drache hauste. Ich habe gehört, daß dieser Drache der erste ist, den man seit einem Jahrhundert wieder gesichtet hat.«

»Bei einem Trinkgelage mit den Hauptleuten der Wächter kannst du unmöglich die Wahrheit gehört haben«, wies Lady Doris ihn scharf zurecht.

»Aber Mutter, man hat es tatsächlich so erzählt. Ein Hauptmann von freien Söldnern hat das Ungeheuer getötet. Er sprang in den Fluß, nachdem einer seiner Männer von der Brücke gefallen war, und traf auf den Drachen, der fraß gerade ...«

»Harphos, vergiß nicht, daß du am Tisch einer Lady bist«, unterbrach ihn Lady Doris. »Denk auch dran, daß ich dir eingeschärft habe, über welche Themen wir hier sprechen und über welche nicht.«

Livia war versucht, wieder das für eine Lady unpassende Wort zu sagen – eigentlich sogar mehrere. Vielleicht würde Harphos weitersprechen, wenn sie Lady Doris so entsetzte, daß sie verstummte.

Aber vielleicht konnten Schweine fliegen! Nein, viel wahrscheinlicher war es, daß Lady Doris Fassung und Sprache sofort wiederfinden würde. Und dann würde sie sich mit Sicherheit fragen, warum Livia sich so für den Flußdrachen interessierte.

Laut den alten Schriftrollen wurde vor einem Jahrhundert Magie aus Argos verbannt. Ein Jahrhundert ohne Zauberei oder Flußdrachen – und jetzt war innerhalb weniger Tage ihr Palast durch Zauberei verwüstet worden und ein Flußdrache trieb im Khorotas sein Unwesen.

Livia hatte nicht die Absicht, ihren Atem mit Gebeten zu verschwenden, daß alles nur ein Zufall sein möge. Sie mußte mit Reza sprechen. Er hatte es zwar nur selten nötig, sich in einer der Schenken etwas zu trinken zu kaufen, aber vielleicht würde er dort etwas hören, wenn die Zungen gelockert waren. Vielleicht konnte sie sogar mit diesem Söldnerhauptmann sprechen.

Livia richtete die Gedanken wieder auf ihre Gäste. Für Lady Doris reichte die Hälfte des Verstands, aber wenn sie den armen Harphos übersähe, wäre das so, als würde sie einem Welpen einen Fußtritt versetzen.

Drei

Es gab heißere Sonnen als die in Argos. Es gab dünnere Luft, als man auf den Hängen der Rabirischen Berge atmete. Es gab viel schwerere Arbeit, als in diesen Bergen Holz zu fällen.

Conan hatte diese drei Strapazen alle schon durchgemacht, doch nicht als freier Mann. Aber noch nie hatte er alle drei Qualen auf einmal erleiden müssen. Zudem mußte er noch eine Söldnertruppe führen – oder wenigstens vor größeren Schwierigkeiten bewahren.

Für die Schar des Cimmeriers war es sehr mühsam, die zwei noch ausstehenden Drachmen für die Bürgschaft zu verdienen. Abgesehen von der Handvoll Männer, die im Dorf hatten bleiben wollen, war Conan bemüht, alle zusammenzuhalten.

Conan kannte den Blick in den Augen zu vieler Argosser. Wenn auch nur ein Söldner Ärger machte, würden alle deshalb leiden müssen. Je näher er seine Leute vor Augen hatte, desto weniger Ärger würden sie machen – jedenfalls glaubte er das.

Dem Cimmerier war klar, daß nur wenige Argosser eine ganze Söldnertruppe einstellen würden. Wenige hatten soviel Gold, und noch weniger hatten Arbeit für so viele neue Leute, die so lange währte, bis die Männer ihre Bürgschaft abgezahlt hätten.

Die Tage vergingen, und sie hatten immer noch keine Arbeit gefunden. Es gab mehrere Hauptleute der Wächter (und nicht nur Helgios), die ihm unmißverständlich zu verstehen gaben, welches Schicksal der Truppe bevorstand, falls sie nicht bald Arbeit fänden.

»Als erstes verliert ihr euer Silber«, sagte ein Hauptmann, als Conan eines Abends mit ihm bei einem Wein saß, der beinahe Essig war. »Und dann wird es nicht lange dauern, bis wir euch auffordern, wieder dahin zurückzukehren, woher ihr gekommen seid.«

Wieder zurück über die argossische Grenze nach Ophir in die Grenzländer. Vom Khorotas aus sah man die Lagerfeuer von Iskandrians Schergen auf den Bergen funkeln. Diesmal würden Conan und seine Männer nicht der Entdeckung entgehen, selbst wenn die Argosser so höflich wären, die Ophirer nicht vor ihrem Kommen zu warnen! Nach allem, was Conan bis jetzt von den Argossern gesehen hatte, würde er keinem Wächter so weit trauen, über die Tugend seiner Schwester zu wachen. Beim richtigen Preis würde er sie sofort an die nächste Schenke verkaufen.

»Und wenn wir uns nicht dafür entscheiden, in Ophir zu sterben?«

»Dann habt ihr euch entschieden, in Argos euer Leben zu beenden, Hauptmann Conan. Gegen wie viele Wächter könnt ihr kämpfen?«

»Mehr, als du dir offenbar vorstellen kannst, falls ihr so töricht sein solltet, uns zum Kampf zu zwingen.«

»Oh, wir werden nicht die Toren sein! Na ja, jedenfalls nicht allein. Die Ehre können wir uns teilen. Was die Götter dazu sagen, wirst du vor mir herausfinden, da du sie höchstwahrscheinlich vor mir sehen wirst.«

Conan bekämpfte den Wunsch, den Wächter wenigstens in diesem Punkt Lügen zu strafen, indem er ihm sofort den Hals umdrehte. Doch dann würden mehr als zwanzig Männer, die dem Cimmerier den Treueid geschworen hatten, qualvoll aufgehängt oder langsam gepfählt werden. Seine Hände zuckten deshalb nur.

»Wir haben zusammen Wein getrunken, Cimmerier«, fuhr der Wächter fort. »Deshalb schulde ich dir einen Gefallen.«

»Wenn man darauf wartet, daß ein Argosser einem einen Gefallen erweist, verhungert man leicht«, entgegnete Conan mürrisch.

»Bei mir nicht. Wenn deine Männer für schwere Arbeit kräftig genug sind, solltest du in den Rabirischen Bergen mal nachfragen.«

»Welche Arbeit ist das?«

»In den Minen, im Steinbruch, beim Straßenbau, Holzfällen, wer weiß? Das ändert sich je nach Jahreszeit oder nach den Launen der Kaufleute.«

Conan glaubte dem Mann. Seine Erfahrungen im Umgang mit Kaufleuten hatte ihn gelehrt, daß diese Krämer in bezug auf Launen mit den Göttern wetteifern konnten. Und was die Arbeit betraf – der Vorschlag klang vernünftiger als alles, was er bisher in Argos gehört hatte.

Conan bestellte noch mehr Wein und dankte dem Hauptmann. Am nächsten Tag bat er um die Erlaubnis, mit seinen Männern in die Berge gehen zu dürfen. Sie wurde ihm anstandslos gewährt. Die Söldner fluchten und murrten. Zwei desertierten auch, aber der Rest war noch bei Conan, als die Berggipfel den Horizont im Norden durchbohrten und die Schluchten von den Schlägen der Äxte widerhallten.

Lord Akimos rutschte im Sattel hin und her, um die Schmerzen im Rücken und im Gesäß zu lindern. Er löste auch die Riemen seines Reiterumhangs, der so tief einschnitt, als wolle er ihm den Kopf von den Schultern trennen.

Nichts konnte die Tatsache ändern, daß er zu alt war, um ins Gebirge zu reiten, noch dazu in Verkleidung. Diese Verkleidung erforderte auch, daß er nur mit einer kleinen Eskorte reiten durfte und auf Pferden, die vom Abdecker kamen.

Akimos blieb jedoch keine andere Wahl. Wenn bekannt würde, daß er in den Norden geritten war, um mit dem Drachentöter zu sprechen, würde das sogleich Skiron zu Ohren kommen.

Dann würde sich seine Lage sehr schnell verschlimmern. Skiron könnte den Drachentöter in einem Duell zwischen Magiern vernichten. Aber selbst wenn Skiron unterläge, würde Akimos nur noch einen Zauberer haben und diesem auf Gedeih und Verderb ausgeliefert sein, anstatt von zwei Magiern, die er gegenseitig ausspielen konnte.

Lord Akimos zügelte seinen Klepper und gab mit der Hand nach hinten seiner Eskorte das Zeichen zum Halten.

»Zeit, den Pferden eine Rast zu gönnen. Um Mitras willen, reicht mir die Flasche.«

Wenn er so viel Wein trank, um die Schmerzen zu betäuben, würde er aus dem Sattel fallen. Doch ein paar Schluck würden den Staub zwischen den Zähnen wegspülen und ihn an die Welt außerhalb dieser elenden Berge erinnern.

Akimos setzte die Flasche an. Da trug der Wind den Klang der Axtschläge herbei. Abrupt mischten sich in die Schläge wütende Schreie. Akimos steckte die Flasche in den Gürtel und spornte sein Pferd an. Seine Eskorte zückte die Schwerter und nahm die Bogen von der Schulter, als sie den steilen Pfad hinaufpreschten.

Conan benötigte nicht die Warnung des Shemiten Talouf, daß die Zwillinge am Ende ihrer Beherrschung waren. Seit Tagen hatte er sie ebenso scharf beobachtet wie der kleine Mann, der hervorragend mit dem Dolch umzugehen verstand und den er zu seinem Feldwebel gemacht hatte.

Als er Jarenz wütend schreien hörte, drehte er sich schnell um. Der junge Bursche hüpfte auf einem Bein und hielt sich fluchend den blutenden anderen Fuß. Als er Wächter kommen sah, rannte er los.

Talouf blieb ihm dicht auf den Fersen. Er war zwar erst seit wenigen Tagen Feldwebel, doch hatte er bereits etwas gelernt: Sein Messer steckte immer noch in der Scheide. Der Cimmerier und der Shemite erreichten den gefällten Baum gleichzeitig mit Vandar. Jarenz' Bruder war von unten herbeigelaufen.

Jetzt waren auch die Wächter da. Einer schwang seinen Stock, der andere eine kurze Peitsche. Vor Vandars Nase sauste auf Armeslänge die Peitsche durch die Luft.

»Zurück an die Arbeit!« brüllte ein Wächter. »Wir kümmern uns um deinen Bruder.«

»Ja, so gut wie mit dem Seil, das so verfault ist wie der Fraß, den ihr uns vorsetzt!« schrie Vandar. Vor Wut brach ihm fast die Stimme. Er machte einen Schritt nach vorn.

Wieder pfiff die Peitsche. Diesmal landete sie auf Vandars Schulter. Der Söldner stieß einen tierischen Schrei aus und stürzte sich auf den Wächter.

Er erreichte sein Ziel jedoch nicht, denn Talouf warf sich zwischen die beiden Männer direkt Vandar vor die Füße. Der hochgewachsene junge Bursche fiel zu Boden. Der Wächter hob erneut die Peitsche, um sie Vandar über den Rücken zu ziehen.

Doch der lange Arm des Cimmeriers schoß über die Schulter des Wächters und packte die Peitsche in der Luft. Ein kurzer Ruck und der Riemen befand sich in Conans kräftiger Hand.

Der Wächter fuhr herum. Der Stiefel des Cimmeriers hakte sich um seinen Knöchel, so daß er das Gleichgewicht verlor und er auf die Erde stürzte. Lässig hielt Conan die Peitsche in der Hand.

»Ich gebe dir die Peitsche erst zurück, wenn du gelernt hast, daß man sie bei freien Männern nicht benutzt«, erklärte Conan mit finsterem Blick.

»Wer behauptet, daß deine Affenhorde freie Männer sind?« höhnte der Wächter mit dem Stock, den er immer noch hoch erhoben hielt. Allerdings war er beim Kampf zurückgewichen und hatte sich in Sicherheit gebracht.

»So steht es auf dem Bürgschaftsdokument geschrieben und ...«, antwortete Conan.

»Was? Du kannst lesen? Ein Cimmerier, der lesen kann und der auch noch ein Scherzbold ist? Welche Wunder wird dieser Tag noch ... au!«

Conan hatte den Wächter blitzschnell hochgehoben und ihm den Stock aus der lahmen Hand gerissen. »Für dich gebrochene Knochen und ausgeschlagene Zähne, wenn du deine Zunge nicht besser hütest. Ruf deinen Hauptmann. Ich möchte mit ihm diese Angelegenheit regeln. Los, beweg dich!«

Der Mann hätte sich nicht schneller entfernen können, wenn man ihn mit einem Katapult abgeschossen hätte. Der Mann mit der Peitsche stand auf und musterte Talouf. Der Shemite hatte die Hand am Heft des Dolchs. Vandar hatte keine Waffen, aber sein Gesicht hätte alle Dämonen in die Flucht gejagt.

Conan deutete mit dem Daumen ins Tal. »Los, geh zum Blutsauger. Wenn er zu besoffen ist, um heraufzusteigen, bringst du uns Salben und Verbandszeug. Ich habe im Leben schon mehr als eine Wunde versorgt.«

»Du ...«

Conan dehnte die Peitsche. Seine Armmuskeln wölbten sich. Der Lederriemen zerriß wie ein Nähfaden.

»Hau ab! Sonst ist die nächste Wunde nach denen von Jarenz deine, um die ich mich kümmern muß.«

Der Wächter hielt es für klug zu gehorchen. Allerdings machte er sich nicht so schnell aus dem Staub wie sein Kamerad.

Conan beugte sich zu Jarenz hinab. »So, dann wollen wir uns mal deinen Fuß anschauen.«

»Danke, Hauptmann. Danke«, stammelte der junge Bursche. »Ich werde dir nie genug danken können …«

»O doch, das wirst du«, unterbrach ihn der Cimmerier. »Danke mir, indem du das Maul hältst, wenn der Hauptmann zu uns heraufkommt. Vielleicht können wir diesen Tag ohne einen weiteren Kampf beenden, wenn ich die Sache nur mit ihm regeln kann.«

»Jawohl, Hauptmann. Natürlich, Hauptmann. Ich werde so still sein wie …«

»Fang gleich an.«

Jarenz machte den Mund auf, schloß ihn jedoch wieder, ohne etwas gesagt zu haben. Talouf und Vandar lachten.

Conan wünschte, er könnte auch an etwas denken, was ihn zum Lachen bringen würde. Er hörte Hufschlag. Der Hauptmann der Wächter war also bereits auf dem Weg herauf und offensichtlich mit berittener Eskorte.

Akimos hörte beim Ritt bergauf Trompetenschall und Trommelschlag. Wächter mit Stöcken und Kurzschwertern rannten an ihm vorbei. Sie überholten Akimos so mühelos, als würde dieser auf einer Schildkröte reiten.

Die Wächter verschwanden hinter einer Biegung. Laute Rufe begrüßten sie. Akimos wollte seinem Gaul die Sporen geben, aber dann fiel ihm der Zustand seines Reittiers ein. Er schwor sich, daß er – falls er nochmals inkognito durchs Land reisen müßte – dies nur als jemand täte, der auf einem guten Roß saß.

Hinter der Biegung lag eine Lichtung, ein frischer Kahlschlag. Baumstämme lagen, bereits entrindet, aufgestapelt da, ehe man sie ins Tal in den Fluß rollte, um sie zu Wasser weiterzubefördern. Auf dem Stapel stand ein Riese. Die blauschwarze Mähne fiel auf die breiten

Schultern. Er gab Männern in abgerissener Kleidung, die Äxte und Hämmer schwangen, Befehle, sich zu verteilen.

Akimos war weder Soldat, noch Karawanenwächter oder Söldner gewesen, aber er hatte Männer aller dieser Berufe in Aktion erlebt. Daher sah er auf den ersten Blick, daß er einen Hauptmann vor sich hatte, der seine Männer kampfbereit machte.

Die Gesichter der Wächter verrieten, daß sie derselben Meinung waren wie er. Sie griffen zu den Waffen, doch selbst die Bogenschützen waren blaß und schwitzten. Alle blieben in sicherer Entfernung von diesem Hünen, sogar der Hauptmann.

Dieser trat jetzt zu Akimos. »Lord ...«

»Psst! Hüte deine Zunge, du Narr!«

»Nun gut, Ratsherr. Bleibt lieber hier. Dieser wahnsinnige Cimmerier und seine Männer haben zwei meiner Wächter niedergestreckt. Sie lehnen es strikt ab, sich unserer Rechtsprechung zu unterwerfen.«

Als Akimos die Männer musterte, welche für Gerechtigkeit sorgen sollten, konnte er das Mißtrauen des Cimmeriers nachfühlen. Er hätte sich ebenfalls nicht auf den Gerechtigkeitssinn des Hauptmanns verlassen.

Plötzlich schoß Akimos eine Erinnerung wie ein Blitz durch den Kopf. Hatte man nicht behauptet, der Drachentöter habe wie ein Cimmerier ausgesehen?

»He, du da!« rief Akimos den Hünen an. »Ich bin ein Ratsherr bei Lord Akimos. Er sucht nach dem Zauberer, der den Flußdrachen bei der Großen Brücke über den Khorotas getötet hat. Weißt du, wo ich ihn finden kann?«

Über das Gesicht des Cimmeriers huschte die Andeutung eines Lächeln. Doch die blauen Augen blieben so eiskalt wie der Himmel im Norden. »Schon möglich. Vielleicht könnte ich es dir sagen, aber nur, wenn sich meine Mühe auch lohnt.«

Akimos bewahrte nur mit Mühe eine ernste Miene. Der Hauptmann der Wächter stand kurz vor einem Wutanfall.

»Und wieviel würde mich das kosten?« fragte Akimos und ritt etwas näher. »Mein Herr kennt den Wert einer Information, aber auch den einer Drachme.«

»Wie viele Drachmen kostet die Strafe für meine Männer?«

Akimos blickte fragend zum Hauptmann der Wächter. Der Mann zuckte mit den Achseln. »Das hängt davon ab, wieviel der Holzhändler verlangt und wie schwer meine Soldaten verletzt sind.«

»Und wie lange müssen wir auf die Summe warten?«

»Mehrere Tage, aber weniger als einen Monat.«

»Und in der Zwischenzeit kann ich Lord Akimos erklären, warum ich den Zauberer nicht habe finden können, was?«

Akimos wäre nicht erstaunt gewesen, wenn der Hauptmann tot umgefallen wäre. Langsam fand er die Situation belustigend. Feilschen lag ihm im Blut, er war auf diesem Gebiet ein Meister geworden, sei es in einem Gefängnis, an Bord eines Schiffs oder hier, wo die Berggipfel am nördlichen Horizont nagten.

»Nein, nein … ich kann einen Preis nennen. Aber wenn mein Herr diesen für nicht ausreichend hält …«

»Mein Herr wird ihm jeden Schaden ersetzen. Er hat bereits mit deinem Herrn abgesprochen, daß ich in diesen Angelegenheiten Handlungsvollmacht besitze.«

Jetzt las er auf dem Gesicht des Hauptmanns mehr Habgier als Angst. Akimos stieg ab und klopfte ihm auf die Schulter. »Komm schon, mein Freund. Unsere Herren sind sich bereits einig. Warum sollten wir uns da noch streiten?«

Der Hauptmann warf den Kopf nach hinten. »Nein,

dazu besteht in der Tat kein Grund, wenn du hundert Drachmen hast.«

»Hundert!« Akimos quiekt so empört wie ein Schwein, das gerade kastriert wurde. »Mein Herr wird mich einen Kopf kürzer machen, wenn er mehr als sechzig zahlen soll.«

»Meiner wird mich mit bloßen Händen erwürgen, wenn seine Soldaten desertieren, weil ihnen nicht Gerechtigkeit zuteil geworden ist.«

»Hundert Drachmen sind für zwei verletzte Wächter eine schreiende Ungerechtigkeit. Das ist das Lösegeld für den Kronprinzen von Aquilonien!«

»Na ja, vielleicht siebzig ...«

Akimos wandte sich beiseite, damit nur sein Pferd das Lächeln sehen konnte, das er nicht zu unterdrücken vermochte. Der Mann hatte sich bereit erklärt zu feilschen. Jetzt würde er lernen, was es hieß, mit einem Kaufmannsprinzen aus Argos zu feilschen!

Conan beobachtete das Feilschen mit kaum verhohlenem Vergnügen. Talouf machte sich nicht die Mühe, sein Grinsen zu unterdrücken. Die übrigen Männer in Conans Truppe ließen die Wächter nicht aus den Augen. Sollte es zum Kampf kommen, würden die Bogenschützen der Wächter viel dazu beitragen, die zahlenmäßige Unterlegenheit auszugleichen, zumindest bis sie tot waren.

Conan war wirklich nicht begierig zu kämpfen. Wäre er allein gewesen, wäre er schon längst auf dem Weg übers Gebirge. Zingara und Aquilonien lagen in dieser Richtung, und diese Länder machten längst nicht so viel Schwierigkeiten wie Argos, wenn es um einen Mann mit einem guten Schwertarm handelte.

Doch der Cimmerier war nicht allein. Er hatte über zwanzig Männer, die durch einen Eid an ihn gebunden waren und die er weder zurücklassen noch über die

Berge führen konnte. Er mußte ihr Schicksal hier in Argos klären. Vielleicht wollten ihm die Götter jetzt einen Weg zeigen, indem sie ihm diesen Lord Akimos schickten. (Wenn dieser Mann nur ein Ratgeber des Lords war, dann war er, Conan, der Hohe Priester Sets!)

Endlich nickte der Hauptmann der Wächter und brummte seine Zustimmung. »Ich nehme das Angebot an. Aber falls mein Herr es ablehnt, rate ich dir, in die piktische Wildnis zu fliehen, um meiner Rache zu entgehen.«

»Ach, keine Angst«, erklärte Akimos. »Ich bin zu alt und zu fett, als daß ich den Dienst bei meinem Herrn verlassen würde. Ich habe dir wirklich die Wahrheit gesagt.«

Conan wartete mit vor der Brust verschränkten Armen, bis die Drachmen von einer Hand in die andere gewandert waren. Als der alte Mann über die Baumstämme geklettert war und vor ihm stand, grüßte ihn der Cimmerier mit der offenen Hand.

»So, Hauptmann, jetzt hoffe ich aber, daß mein ... das Gold meines Herrn etwas gekauft hat, das es auch wert ist.«

Conan grinste. »Würdest du glauben, daß *ich* der Drachentöter bin?«

Die Überraschung seines Gegenübers war offensichtlich. »Du ... du bist ein Zauberer?«

Jetzt war Conan an der Reihe, überrascht zu sein, doch verbarg er sein Staunen hervorragend. Warum brauchte Lord Akimos einen Zauberer? In Argos waren Zauberer sehr selten. Das war eines der guten Dinge, die der Cimmerier bis jetzt über dieses Land gelernt hatte. Am besten sagte er irgend etwas, das gut klang, auch wenn es nicht der Wahrheit entsprach.

»Ich habe eine gewisse Macht über Waffen«, sagte Conan. »Ich bin mir allerdings nicht ganz sicher, ob mir das beim Kampf mit dem Drachen geholfen hat. Ich habe gehört, daß diese Ungeheuer zweifellos über Zauberkraft verfügen, aber diese Kräfte haben weder dem Drachen geholfen noch mir geschadet.«

»Ja, gewiß«, sagte der Mann im Reiterumhang und blickte mißtrauisch umher, ob jemand sie belauschte. »Hauptmann …«

»Conan.«

»Ah, derselbe, der die Söldner in Ophir anführte.«

»Dein Herr scheint überall Spione zu haben.«

»Er kann es sich leisten, zumal Wissen noch mehr Reichtum einbringt. Das gilt jedoch nicht nur für Kaufleute, sondern könnte auch auf dich zutreffen.«

»Welche Art von Wissen?«

»Deine Zauberkunst.«

»Meine …« Conan schloß den Mund. Offenbar hatte er sich tatsächlich nicht verhört. Akimos hatte ›Zauberkunst‹ gesagt. Das hieß nicht, daß einer von beiden den Verstand verloren hatte, sondern es machte Akimos nur noch interessanter.

»Ja, deine Magie«, wiederholte Akimos. »Wenn du sie zum Wohl einer jungen Dame anwenden würdest, einer Freundin von mir, die dringendst Hilfe braucht, winkt dir reicher Lohn.«

Conan mußte sich zusammennehmen, um Akimos nicht ins Gesicht zu lachen, während der Kaufmannsprinz redete. Als Akimos jedoch die Geschichte von denen mit Zauber arbeitenden Feinde Lady Livias beendet hatte, schoß dem Cimmerier urplötzlich ein Gedanke durch den Kopf.

»Ich werde der Lady dienen, so gut ich es vermag«, sagte Conan. Das zumindest war die Wahrheit. »Aber ich bin nicht nur ein Zauberer, sondern auch ein Hauptmann. Diese Männer sind durch ihren Eid an mich gebunden. Ich werde sie nicht der Willkür von Kerlen wie diesem Hauptmann der Wächter überlassen.«

»Deine alte Truppe kann selbstverständlich mit dir

kommen«, versicherte ihm Akimos. Conan ließ den Mann noch eine Weile weiterreden, ehe er ihm erklärte, wieviel für die argossische Bürgschaft seiner Männer noch zu zahlen war. Das Gesicht des Kaufmanns verlor sofort die Farbe. Er war sprachlos.

Doch lange brauchte er nicht, um seine Sprache wiederzufinden. »Selbstverständlich, Hauptmann Conan. Nicht alle von Lady Livias Feinden dürften sie mit Magie bekämpfen. Gute Männer mit einem scharfen Stahl in den Händen werden sicher ebenfalls gebraucht. Wie viele Männer willst du denn mitbringen?«

»Alle.«

»Alle?«

»Alle, die bei meiner Truppe bleiben wollen. Das sind mindestens zwanzig.«

Akimos wälzte offensichtlich Zahlen im Kopf. Conan grinste und schlug ihm so kräftig auf die Schulter, daß der Kaufmannsprinz eine halbe Drehung ausführte. »Komm schon, Mann. Dein Herr konnte locker hundert Drachmen ausspucken. Da werden noch mal hundert seine Schatztruhe nicht leeren.«

»Hundert …?«

»Unsere Bürgschaften, etwas für anständige Kleidung und ordentliche Stiefel. Lady Livia würde es uns kaum danken, wenn wir wie der letzte Abschaum von Aghrapurs Bettlern vor ihrer Schwelle stehen.«

»Jaa, neiin«, meinte Akimos.

Sie wurden schnell handelseinig. Danach lächelte auch Akimos wieder. Schließlich ging der Kaufherr zurück zu seinem Gaul und holte die Drachmen. Conan setzte sich auf einen Baumstamm und schlug dreimal mit der Faust dagegen.

Aus der Höhlung unter dem Stamm tauchte Talouf auf. Er wischte sich die Holzspäne und die Erde von der Kleidung. »Alles in Ordnung, Talouf?«

»Alles bestens, Hauptmann. Wenn ich das Feilschen

in einem Basar gesehen hätte, hätte ich mich gefragt, wo der Kerl das gestohlen hat, was er verkaufen wollte.«

»Der Gedanke war mir auch gekommen. Aber es ist kein schlechter Weg, von hier wegzukommen, wenn ich mich bei einer reichen alten Vettel als Zauberer ausgeben soll. Damit ist endlich die Bürgschaft für unsere Truppe bezahlt und wir kommen nach Messantia. Und danach – nun, als Söldner hat man immer einen hellen Verstand und schnelle Finger.«

»Fast wie ein Dieb, was?«

Conan war sicher, daß Talouf auf seine eigene frühere Laufbahn als Dieb anspielte, nicht auf die seines Hauptmanns. Talouf hatte Männern so viele Geldbörsen aus den Taschen gezogen und ihre Ehefrauen im Bett beglückt, daß er nicht nur in seiner Heimat Shem, sondern in vielen anderen Ländern zum Tode verurteilt worden war.

»Wir müssen einen Boten zu den Männern im Dorf schicken«, sagte Conan. »Wer ist am besten geeignet?«

»Vandar.«

»Braucht Jarenz ihn nicht?«

»Er hinkt, aber er ist kein Krüppel. Und Vandar würde für dich jetzt durchs Feuer waten. Schick ihn lieber gleich los, ehe die Begeisterung wieder abflaut.«

»Wann hast du zum letztenmal jemandem vertraut, Talouf?«

»Das war an meinem fünften ... nein, am vierten Namenstag ...«

Conan schüttelte den Kopf und stand auf. »Kümmere dich um die Männer, Feldwebel. Ich werde sehen, ob unser Freund, der Kaufmann, innerhalb eines Tagesritts einen Laden kennt, wo es ordentlichen Wein gibt.«

Vier

Livia aus dem Haus Damaos lag mit dem Gesicht nach unten auf dem Divan ihres Badezimmers, während ihre Mägde sie mit vendhyschem Duftöl einrieben und massierten. Die Luft im Raum duftete nach dem Öl und war warm und feucht vom Badewasser. Livia wünschte sich, sie könnte einfach in den Schlaf sinken, und alle Probleme ihres Hauses würden beim Aufwachen der Vergangenheit angehören …

Sie hörte ein bekanntes Klopfen an der Tür.

»Reza?«

»Mylady, ich bringe wichtige Neuigkeiten.«

»Einen Moment.«

Livia setzte sich auf und schlüpfte in die zitronenfarbene Robe, die ihr eine Zofe reichte. Dann barg sie das feuchte Haar unter einer Haube und rief. »Herein.«

Reza trat ein. Seine leise Raubkatzenart war nicht das Einzige, was an diesem Mann erstaunlich war, wenn man seine Größe berücksichtigte. Er trug seine Arbeitstunika. Sein Gesicht war finster wie Gewitterwolken.

Die Mägde warfen einen Blick auf ihn und rafften eilends die Flakons mit dem Duftöl an sich und flohen, als stünde der Raum in Flammen. Am liebsten hätte Livia ebenfalls die Flucht ergriffen, doch das verbot ihr die Würde. Ihr blieb keine Wahl. Sie mußte sich trotz ihrer hohen Stellung die schlechten Nachrichten anhören.

»Lord Akimos tut uns einen Gefallen«, sagte Reza. »Zumindest steht das in diesem Brief.«

»Wenn du erlaubst...« Livia streckte die Hand aus. Reza gab ihr das Pergament.

»Das hat kein Schreiber verfaßt«, sagte sie. »Das ist sein eigenes Gekritzel.« Sie überflog die Zeilen. Ihre Brauen hoben sich. Die Haare standen ihr zu Berg.

»Wie hat er von dem Angriff erfahren?«

»Soll ich mich erkundigen?«

»Durch Lady Doris ... oder was meinst du?«

»Höchstwahrscheinlich.«

Livia schüttelte den Kopf. »Wenn wir fragen, weiß sie, daß wir unsicher sind und daß sie dazu beigetragen hat. Das Vergnügen gönne ich ihr nicht. Vielleicht hat aber auch Harphos den Mund aufgerissen, nicht sie.«

Rezas Gesicht verriet, was er am liebsten mit dem jungen Mann angestellt hätte. Livia schüttelte den Kopf. »Wenn wir irgend etwas gegen ihn unternehmen, würden wir ihn vor seiner Mutter beschämen. Was hat er getan, um das zu verdienen?«

»Er hat sich gut genug für dich gehalten«, stieß Reza ärgerlich hervor. »Atlantis wird sich eher aus dem Meer erheben, als daß das wahr wäre.«

»Wenn es in Argos wieder Zauberei gibt, weiß keiner, was noch alles geschehen kann«, sagte Livia. Aber sie mußte über Rezas Empörung lächeln. Der Mann hatte keine Kinder und wachte über sie wie ein Vater, nachdem ihr Vater und ihr Ziehvater gestorben waren.

»Eines wird mit Sicherheit nicht geschehen: Harphos wird niemals der passende Gatte für dich sein«, erklärte Reza hartnäckig. »Vielleicht könnte er sich ordentlich entwickeln, wenn man ihn sich selbst überlassen würde, aber wird seine Mutter ihn aus dem Kinderzimmer laufen lassen, solange sie lebt?«

»Was du sagst, klingt wirklich weise«, sagte Livia. »Doch laß uns jetzt zu Lord Akimos zurückkehren. Er schreibt, daß er uns einen Zauberer schicken will, der auch Hauptmann einer Söldnertruppe ist. Also ein Soldat und ein Zauberer *mit* zwanzig Söldnern. Und er ist nicht irgendein Wald-und-Wiesen-Zauberer, sondern der Mann, der den Flußdrachen bei der Großen Brücke getötet hat.«

»In Messantien gibt es aber keine Flußdrachen zu töten«, sagte Reza. »Und es mißfällt mir, einen Haufen Fremde bei uns aufzunehmen, ganz gleich welche Magie dieser Hauptmann beherrscht.«

»Wenn ein Zauberer uns angreift, kann uns ein anderer Zauberer vielleicht verteidigen«, meinte Livia. »In Argos sind Zauberer nicht so verbreitet, daß wir es uns leisten können, so einen wie einen verfaulten Kohlkopf wegzuwerfen. Wenn wir einen aus Shem oder Koth holen müssen, dauert das furchtbar lange und dann erfahren noch mehr Fremde, daß wir uns in Gefahr befinden.«

»Stimmt«, gab Reza zu. »Dann ist diesem ... diesem Hauptmann Conan also freier Zutritt zum Palast gewährt?«

»Ja, und auch einigen seiner Männer.«

»Nicht allen?«

»Nur so viele, wie du und unsere Diener jederzeit überwältigen können, wenn es nötig wäre. Sie werden auch nicht lange vor uns Geheimnisse bewahren können.«

»Ja«, sagte Reza. Jetzt strahlte er. Livia hätte schwören können, daß sich seine Nasenflügel wie bei einem edlen Schlachtroß blähten, das in der Ferne Trompetenschall hört.

»O ja, Reza, ich traue dir zu, daß du diese Geheimnisse sehr schnell aus ihnen herausholen wirst.« Sie lächelte. »Wenn du das nicht schaffst, müßte ich mich fragen, ob du tatsächlich in Turan ein Feldwebel warst oder nur die Latrinen gereinigt hast.«

Lord Akimos Drachmen reichten nicht aus, um Conans ganze Truppe mit Pferden zu versorgen. Sie mußten fünf Tage lang marschieren, bis sich die weißen Mauern Messantias vor ihnen über die Bucht erhoben.

Es war nicht gerade einer der leichtesten Märsche, die Conan bisher zu bewältigen gehabt hatte. Die Straßen waren hervorragend, das Wetter war es ebenso, das Land fruchtbar und einladend. Aber es gab mehr als eine Weinschenke zwischen dem Holzfällerlager und Messantia. Tatsache war, daß sie sogar jeden Tag auf mehr als nur eine Weinschenke stießen.

Conans Geduld und Kräfte waren bis zum äußersten gefordert, um seine Männer zumindest auf den Beinen zu halten. Auf halber Strecke hätte er sie liebend gern sich selbst überlassen. Von ihm aus hätten sie sich sinnlos besaufen können, während er weiter nach Messantia marschierte. Sobald er in Lady Livias Palast Quartier bezogen hätte, könnte er denjenigen den Befehl schicken nachzukommen, die nüchtern genug waren, ihn auszuführen.

Bei diesem Plan gab es jedoch einen Haken: die Argosser. Conan hatte wenig Grund, ihnen zu trauen. Alle seine Instinkte wehrten sich dagegen. Mit Sicherheit würden sie feststellen, daß die Söldner eins oder mehrere ihrer feingesponnenen Gesetze gebrochen hätten. Dann wäre Conans Truppe wieder dort, wo sie gewesen wäre. Und zweifellos würde auch Lord Akimos wütend auf sie sein, weil sie seine großzügige Geste vermasselt hatten.

Die letzte Meile nach Messantia führte bergab, so daß selbst Männer mit Kopfschmerzen und ausgetrockneten Kehlen die Strecke in guter Zeit zurücklegen konnten. Conan ritt als letzter auf einem Gaul, der höchstens noch den Krähen zum Fraß hätte dienen können, während Talouf mit dem Maultier der Truppe die Vorhut bildete. Auf dem Maultier lagen zwei Männer quer, die keiner an diesem Morgen hatte auf die Beine stellen können.

Eine berittene Patrouille der Wächter kam ihnen entgegen, musterte den Haufen und Conans Geleitbrief mit Akimos' Siegel. Dann ließ man sie passieren. Ehe sie das Obstgartentor von Messantia erreichten, wurden sie noch zweimal kontrolliert. Am Torhaus hielten die Wachposten sie bis weit nach der Mittagsstunde auf.

»Diese grünen Jungs sollen alle die Syphilis kriegen«, murmelte Jarenz. »Was könnten sie gegen uns ausrichten, wenn wir zu den Klingen greifen?«

Conan hätte beinahe gelacht, denn einige der Wächter sahen alt genug aus, um Jarenz' Großvater zu sein.

Talouf zuckte mit den Schultern. »Ich habe allein an diesem Tor an die hundert Mann gezählt«, sagte der Shemite. »Ich wette, daß sie unter zwanzig Söldnern – von denen kaum einer gestern abend nüchtern war – ein ziemliches Blutbad anrichten könnten.«

Die mächtigen Mauern Messantias waren so eindrucksvoll, daß sie jeden Mann mit einem Schlag nüchtern machten. Sie waren so hoch wie fünf Männer und mindestens so dick wie drei. Hinzu kam noch der Schutzwall der Wächter. Selbst wenn die Straßen in der Stadt mit Gold gepflastert gewesen wären, hätte es sich jeder, der etwas Verstand hatte, zweimal überlegt, ob er versuchen könnte, in diese Mauern eine Bresche zu schlagen.

Endlich händigte man ihnen einen Paß aus, ein feineres Pergament als Conans Ernennungsurkunde zum Hauptmann in der turanischen Armee. Niemand erklärte ihnen den Weg zum Damaos-Palast, aber wie konnten sie sich in einer Stadt verirren, die nur halb so groß wie Aghrapur war?

Die Antwort lautete: nur allzuleicht. Dreimal schafften sie es, in die Irre zu laufen. Das letzte Mal kostete es sie das Maultier. Anscheinend waren sie in ein Viertel geraten, wo die Menschen zwischen Sonnenaufgang und Abend nur zu Fuß gehen durften.

»Meiner Meinung nach sollten wir diese verfluchte Stadt schnellstens verlassen«, sagte ein Söldner verdrossen, der gezwungen war, zu Fuß zu gehen, nachdem man das Maultier konfisziert hatte. »Auf den Straßen ist kein Mist, weil sie sich den hinter die Ohren schmieren.«

Conan war langsam geneigt, dem Mann zuzustimmen, als sie schließlich ein Tor in einer Mauer erreichten, die den meisten Städten in Ophir zur Zierde gereicht hätte. Zitronenbäume in voller Blüte erhoben sich über die vergoldeten Spitzen der Mauer. An einer silbernen Schnur hing eine große Glocke. Daneben ein Hammer. Conan schlug mit dem Hammer gegen die Glocke, bis ihre Klänge in den fernen Bergen widerzuhallen schienen.

»Wer da?« erklang eine Stimme hinter dem Tor.

»Hauptmann Conan begehrt mit seiner Abteilung Einlaß ins Haus Damaos auf Geheiß von Lord Akimos.«

»Sein Siegel.«

Das war ein Befehl. Conan zog es vor zu gehorchen und zeigte das Pergament mit dem eindrucksvollen blauen Wachssiegel vor. Gleich darauf öffnete sich das äußere Tor, dessen Bohlen mit Eisenbändern beschlagen waren. Dann gab der unsichtbare Torwächter Befehl, auch das innere Tor aus vergoldeter Bronze zu öffnen. Ein weißer Kiesweg führte pfeilgerade zu einem Haus aus weißem und blauem Marmor.

Haus? Eher ein Palast. Kein Aristokrat hätte ihn in Aghrapur als Herrensitz abgelehnt, selbst der königliche Palast Ophirs war kaum größer. Doch in keiner Stadt stand unter den Säulen eine Frau wie jene, welche Conan und seine Männer begrüßte.

Reich war Lady Livia, das stand außer Zweifel. Aber ein altes Weib? Vielleicht in vierzig Jahren, doch hielt Conan selbst das für unwahrscheinlich. Wenn die Götter ihr gewogen blieben, würde sie nie diese strahlenden meerblauen Augen verlieren, auch nicht die stolze Haltung. Immer würden sich alle Männer nach dieser wunderschönen Erscheinung umdrehen, für die, da sie noch jünger als der Cimmerier war, Männer sofort eine Stadt erobern und plündern würden.

Ihr Haar hatte die Farbe reifen Weizens und wurde über dem feinen Oval des Gesichts von Kämmen gehalten, von denen jeder einzelne so wertvoll war, daß er als Lösegeld für einen Prinzen hätte dienen können. Das weiße Gewand aus khitaischer Seide bedeckte sie vom Hals bis zu den Knöcheln, trotzdem entgingen Conans scharfen Augen nicht die Rundungen des Busens und der Hüften, wo der Stoff die Figur ganz eng umschloß.

Sie streckte dem Cimmerier eine cremefarbene Hand mit langen, feinen Fingern entgegen. Am Handgelenk funkelte ein mit Rubinen besetzter goldener Armreif. Ihre Stimme klang wie reiner Bergquell.

»Willkommen zum Dienst im Haus Damaos, Hauptmann Conan. Ich bin Lady Livia. Unser Haushofmeister Reza wird sich um deine Männer kümmern.«

Jetzt erst bemerkte Conan den Schatten Livias, einen bereits ergrauten Mann, der beinahe so groß war wie er selbst. Der Mann war unverkennbar Soldat gewesen. Er trug ebenfalls ein weißes Gewand, das aber aus feinem Leinen war und mit blauer Borte verziert. Obgleich sein Gürtel mit Muscheln verziert war, wirkte der lange iranistanische Krummdolch durchaus gefährlich.

»Wir konnten noch nicht passende Quartiere für alle deine Männer vorbereiten«, sagte Reza. »Wir können zehn davon und dich jedoch unterbringen. Für den Rest werden wir gute Unterkünfte in einer Herberge unweit des Hafens besorgen.«

Die Abteilung teilen – und was dann? Mißtrauen stieg in dem Cimmerier hoch. Er kreuzte die Arme über der Brust, um die Hände von den Griffen des Schwerts und des Dolches fernzuhalten, und verneigte sich.

»Euer Wunsch ist mir Befehl, Mylady. Aber wir haben auf Feldzügen schlechter als Bettler gelebt. Wir lagern gern im Garten, wenn ihr uns Zelte gebt.«

»Das täte ich gern«, sagte Livia. »Doch dann würde mich der Geist meines Vaters verfolgen, und die Gärtner würden sich ins Meer stürzen. Nein, gib uns etwas Zeit, dann können wir dir und deinen Männern bessere Quartiere als Zelte im Garten anbieten.«

Livia wendete sich zur Seite. Conan wußte, daß er entlassen war und daß diese Frau ihre Entscheidung gefällt hatte. Ihm entging auch nicht, daß Reza ihn scharf beobachtete. Doch warf der Haushofmeister auch schnelle Blicke nach rechts und links. Unauffällig folgte er Rezas Blicken und entdeckte die Männer, die sich verborgen glaubten, doch jederzeit hervorstürzen konnten.

Vielleicht war dieser Palast eine Falle. Die Straßen Messantias waren mit Sicherheit eine. Im Augenblick gab es für seine Truppe keinen klaren Fluchtweg.

Doch würde der Cimmerier einen finden. Das schwor Conan in der Hoffnung, daß gnädige Götter ihn hörten. Aber im Grunde war es ihm gleichgültig, ob sie es taten oder nicht. Wenn nötig, würde er sich einen blutigen Weg mit dem Breitschwert freikämpfen und Livias Männer niedermachen. Das war für ihn eine Frage der Ehre.

»Talouf«, fragte er leise, »gibt es einen Mann, dem du es zutrauen würdest, die Männer in der Herberge zu führen?«

»Kirgesthes hat sich recht gut bewährt, doch brauche ich ihn eigentlich selbst und …«

»Nicht halb so dringend, wie ich dich brauche, wenn wir mit den Schlangen in ihren Nestern kämpfen.«

»Schlangen?« Talouf grinste. »Das Weib sieht nicht wie eine Schlange aus, obgleich ich nichts dagegen hätte, ein bißchen mit ihr zu kämpfen.«

»Die Sache hier ist kein Scherz«, wies ihn der Cimmerier zurecht und zauste Talouf leicht am Bart. »Vergiß das nicht und sag das auch allen, die es vielleicht vergessen.«

»Jawohl, Hauptmann«, sagte Talouf keineswegs reumütig.

»Gut. Kirgesthes wird in der Herberge führen, du und ich hier. Für den Rest der Männer soll das Los entscheiden.«

Das war eine angemessene Lösung. Außerdem wußte Conan nicht im geringsten, welche Männer an welchem Platz am nützlichsten wären, bis er die Antworten auf einige Fragen hatte.

Er schwor abermals, daß er diese Antworten haben würde, noch ehe die Sonne wieder unterging, oder er würde seine Truppe aus Messantien herausführen.

Lady Livia beobachtete durch einen Schleiervorhang, wie die zehn Männer durch das Tor hinausmarschierten, die das Los in die Herberge geschickt hatte.

Unhörbar trat Reza hinter sie. Offenbar war auch er zutiefst beunruhigt, denn er hatte nicht geklopft.

»Ich wünschte, dein Ziehvater wäre noch am Leben.«

Lächelnd drehte Livia sich um. »Reza, als ich das zum letzten Mal gesagt habe, hast du mich belehrt, daß Wünsche der Tod der Weisheit seien.«

»Auch der guter Soldaten. Aber es ist wahr. Verzeih mir, Mylady, ich wollte dich nicht beleidigen.«

»Reza, du könntest mich nicht beleidigen, selbst wenn du ein Jahr über die passende Wendung nachdenken würdest. Dafür danke ich den Göttern. Sag mir jetzt, was du von unserem Hauptmann Conan hältst. Ehrlich gesagt, hatte ich jemand in deinem Alter erwartet.«

»Das Söldnerleben ist etwas für junge Männer, Mylady. Wenn ein Söldner in meine Jahre kommt, hat er entweder den Dienst quittiert, oder er ist tot. Mit fünfzig ist einer nur dann noch Soldat, wenn er in der Schlacht Glück, doch beim Beutemachen Unglück gehabt hat.«

»Ich bin nicht sicher, ob du nicht auch wieder Soldat sein wirst, wenn Conan sich nicht als Freund des Hauses Damaos erweist. Auf mich wirkt er wie ein Mann, den man sehr schwer täuschen oder töten kann.«

Reza nickte mit finsterer Miene. »Das sind weitgehend auch meine Gedanken. Wir können nun wie geplant vorgehen oder uns unwissend stellen, bis Conan uns die Wahrheit sagen will oder zeigt, indem er die Befehle seines Herrn ausführt.«

Trotz des heißen Nachmittags lief es Livia kalt über den Rücken. Selbst als ihr Ziehvater für ihr Erbe vor Gericht kämpfte, hatte sie nicht bangen müssen, im Bett ermordet zu werden. Jetzt konnte sie nicht mehr unbeschwert schlafen – zumindest nicht, bis Reza sein Werk vollbracht hatte.

Fünf

Conan schritt durch die Gärten des Damaos-Palasts. Er trug eine Leinentunika nach argossischer Mode, das Schwert an der Seite und einen langen Stab aus Eschenholz in der Hand.

Man hatte ihm Sandalen angeboten, aber seine Sohlen waren kein schlechter Ersatz für Leder. Manche seiner Männer verachteten die Tunika als weibisch, doch er gab sich friedlich. In Argos trugen freie Männer diese Tracht. Beinkleider kennzeichneten den Barbaren.

Das Gewand gewährte einem Mann Bewegungsfreiheit beim Kampf gegen die Feinde. Mühelos konnte er die Waffen zücken. Mehr verlangte der Cimmerier nicht von einem Kleidungsstück, sei es ein Lendenschurz, eine Rüstung oder ein königliches Gewand.

Vor ihm breitete sich ein Rasen aus, der von einem Barbier nicht besser hätte gepflegt werden können, so fein säuberlich waren die Grashalme geschnitten. Alles ist viel zu gepflegt, dachte der Cimmerier und dachte an Rezas Warnung. Dann stieß er den Stab kräftig in den Boden. Beim vierten Stoß gab die Erde mit sanftem Seufzer nach. Doch der anschließende Klang von Metall, als das Eschenholz in der Erde versank, klang alles andere als sanft. Blitzschnell schlossen sich die Eisenfänge der Falle um den Stab. Darauf hatte er gewartet.

Reza und seine Leute verstanden ihr Handwerk in der Tat. Diese Fallen waren nicht die einzigen listigen Vorrichtungen, ungebetene Besucher davon abzuhalten, den Palast zu stören. Conan war sicher, daß er noch weitere entdecken würde.

Er mußte sich unbedingt als erstes eine bessere Ortskenntnis von Messantia aneignen, vor allem welche Geheimwege aus der Stadt herausführten – und das möglichst schnell. Wenn Lady Livia feststellte, daß er ebensowenig ein Zauberer wie ein Priester war, konnte er sich als bestes Los für sich und seine Männer erhoffen, aus ihrem Dienst gejagt zu werden. Sie brauchte noch zwanzig Bewaffnete mehr genauso wie ein Loch im Kopf.

Conan verließ den Rasen und trat schnell hinter einen Baum. Die Nachtvögel sangen nicht mehr. Jetzt wurde ihm bewußt, daß sie ihre Lieder schon beendet hatten, ehe die Falle zugeschnappt hatte. Er blickte zur Mauer hinüber.

Ein dunkler Schatten tauchte auf. Er warf ein dick gefüttertes Wams auf die Spitzen. Leise stieß der Cimmerier den Ruf der schwarzen Eule aus. Gerade wollte er sein Schwert ziehen, als die dunkle Gestalt mit dem gleichen Ruf antwortete. Gleich darauf führte Conan den Mann, der Belgor hieß, hinter den Baum.

»Wie läuft's in der Herberge?«

Der hagere Mann mit den gestutzten Ohren runzelte die Stirn. »Ach, ziemlich gut. Vandar kam heute Nachmittag angeritten. Aber da sind zwei Männer, die wie die Fledermäuse von den Dachbalken hängen. Die Männer von Kirgesthes sagen, daß sie mit dem Lord Ratgeber, oder wer immer das war, in den Bergen gewesen seien.«

Lord Akimos Männer waren in der Herberge und beobachteten Conans Leute? Offenbar warteten sie auf irgend etwas.

»Haben sie mit unseren Männern geredet?«

»Nicht daß ich wüßte… nein, warte mal, Hauptmann. In der vorigen Nacht habe ich gesehen, wie einer mit Douras geredet hat.«

»Denkt Douras immer noch, daß er anstelle von Kirgesthes Feldwebel sein sollte?«

Belgor hob abwehrend die Hände. Conan funkelte ihn wütend an. »Crom, Mann, ich frage nur, ob Douras immer noch das Maul so weit aufreißt wie auf dem Marsch hierher.«

»Na ja, er wird mir nicht dankbar sein, wenn ich sage, daß …«

»Wenn du nicht sofort redest, werde ich Schlimmeres mit dir anstellen, als nur nicht dankbar zu sein.«

»Jawohl.«

Das Wort hatte anscheinend Belgors Sprachgewalt erschöpft, aber Conan hatte genug gehört. Offenbar tat Akimos genau das, was der Cimmerier an seiner Stelle auch getan hätte: Such dir einen unzufriedenen Mann aus den unteren Rängen und mach ihn zu deinem Spion! Man konnte ihn vielleicht sogar so weit aufbauen, daß er die Truppe anführen konnte, falls man jemanden außer Conan brauchte …

Belgor machte jetzt den Eindruck, noch mehr reden zu wollen, aber der Cimmerier gebot ihm mit einer Handbewegung zu schweigen. Nur um Haaresbreite war Conan in seinem Leben mehrmals die Flucht gelungen. Dabei hatte sich sein Gehör so geschärft, daß er jetzt hörte, daß einige Vögel nicht nur verstummten, sondern auch flohen.

»Zurück über die Mauer und sag Kirgesthes, er soll Douras genau beobachten.«

»Hauptmann …?«

»Klettre auf die Mauer, Mann, oder ich werfe dich hinüber und hoffe, daß du auf deinem leeren Kopf landest! Haben sie dir den Verstand zusammen mit den Ohren gestutzt?«

Jetzt hörte Belgor – wie Conan – auch die Schritte, die sich durch den Garten näherten. Die Männer gaben sich Mühe, keinen Laut zu machen, aber der Cimmerier hatte in Vendhya Elefanten leiser auftreten hören. Belgor lief zur Mauer und kletterte blitzschnell an dem Seil hinauf, das er vorher hatte hängen lassen. Dann zog er es zu sich nach oben und war verschwunden.

Der Cimmerier zückte den aquilonischen Dolch mit der kräftigen Klinge und ließ das Breitschwert in der Scheide. Er wollte diese Männer überraschen. Das war am leichtesten aus dem Gebüsch heraus zu bewerkstelligen. Da war eine kurze Klinge einer langen überlegen. Er legte sich auf die Lauer.

Conan hatte im Garten geeignetere Plätze gesehen, um in Deckung zu gehen. Aber jetzt war er nun einmal hier und konnte warten, ohne sich zu rühren. Er war so reglos wie die Steine des hundert Schritte näher am Palast liegenden glänzenden Teichs. Die Gegner mußten sich ihm nähern, also konnten sie sich nicht so still verhalten wie er, selbst wenn sie Meister im Anschleichen waren.

Das Warten dauerte qualvoll lang. Offenbar bewegten sich die Männer ganz langsam, und sie hatten eine ziemliche Strecke zurückzulegen. Von der rückwärtigen Mauer bis zum Hintereingang des Palasts waren es mehr als zweihundert Schritte. Der Cimmerier hatte in vielen Ländern gesehen, daß von kleineren Grundstücken ganze Familien lebten.

Jetzt näherten sich die Männer nicht mehr so lautlos wie zuvor. Conan hatte den Eindruck, als *wollten* sie gehört werden. Normalerweise hätte er diesen Gedanken als absurd verworfen, doch in Messantia schien nichts so verworren zu sein, als daß es nicht die Wahrheit sein könnte.

Allmählich kam ihm eine Rückkehr nach Ophir immer weniger töricht vor. Dort wußte ein freier Söldner zumindest, wer seine Feinde waren und wie er gegen sie kämpfen konnte, auch, welches Schicksal ihn im Fall einer Niederlage erwartete: Er würde mit dem

Schwert in der Hand sterben. In Argos kam ihm alles vor wie die Schachteln, die er in Khitai gesehen hatte: In jeder Schachtel steckte eine kleinere, bis der Kern des Ganzen nicht größer als eine Erbse war.

Zwischen zwei Atemzügen trat plötzlich Grabesstille im Garten ein. Conan mußte die Ohren spitzen, um die Männer atmen zu hören. Dieses Lärmen war also nur ein Trick gewesen! Nun, vielleicht war es an der Zeit, diesen Gaunern ein paar Sachen beizubringen, die sie über Cimmerier und freie Söldner nicht zu wissen schienen.

Kein Blatt rührte sich, als Conan zu der Stelle hinkroch, wo er die Männer zuletzt gehört hatte. Sie waren hinter der Rosenhecke, aber er wußte nicht genau, wo. Er schlug einen weiten Halbkreis um das Ende der Hecke, um hinter die Feinde zu gelangen. Selbst in der Dunkelheit konnte er den Garten ganz übersehen. Er wettete, daß kein Argosser Katzenaugen wie ein Cimmerier besaß.

Mit dem Dolch in der Hand schlängelte er sich unhörbar über den feuchten Rasen. Immer wieder blieb er liegen, um sicher zu gehen, daß ihn niemand sah oder hörte.

Rechts von ihm wurden Schritte laut. Conan rollte beiseite. Die Dolchklinge schoß wie eine angreifende Schlange nach oben. Eine dunkle Gestalt tauchte neben ihm auf und streckte die bloßen Hände nach dem Cimmerier aus.

Innerhalb eines Herzschlags sah Conan die leeren Hände, daher schlug er mit der geballten linken Faust zu, nicht mit der Rechten, die den Stahl hielt. Zischend entwich die Luft aus der Brust des Gegners. Er krümmte sich vor Schmerzen und preßte die Hände vor den Bauch. Taumelnd schnitt er seinem Kameraden den Weg ab.

Der zweite Mann sprang beiseite, in Richtung des

Cimmeriers. Dieser Sprung kostete ihn Zeit. Er hätte ihn noch weit mehr gekostet, hätte Conan nicht gesehen, daß die Hände dieses Gegners ebenfalls leer waren. Der Cimmerier rollte auf den Rücken und stieß mit den muskulösen Beinen kraftvoll zu.

Der zweite Mann flog wie ein Nachtvogel über Conan dahin. In der Luft zog er den Kopf ein, um sich nicht das Genick zu brechen. Dann landete er in den mannshohen dornigen Rosenbüschen.

Mit der nächtlichen Stille war es vorbei. Der Mann brüllte vor Schmerzen, Überraschung und Wut. Conan sprang auf. Plötzlich flammten auf dem Dach des Palasts und in Hecken und Pavillons Lichter auf.

Der Mann in der Hecke steckte so tief in den Dornen, daß er keine Bedrohung mehr darstellte. Doch der erste Angreifer war inzwischen wieder auf die Beine gekommen und griff jetzt zum Gürtel. Da versetzte ihm Conan einen so kräftigen Faustschlag gegen das Kinn, daß er nach hinten in den Teich stürzte. Conan packte ihn an einem Bein und zog ihn so weit aus dem Wasser, bis der Kopf frei war. Dann ging der Cimmerier zu einem dicken Baum, stellte sich mit dem Rücken dagegen und rief:

»He, Männer des Hauses Damaos! Zeigt euch! Kommt heraus! Hier ist Hauptmann Conan! Wir haben Diebe im Garten. Schnell, kommt her, Männer des Hauses Damaos!«

Sein Ruf brach sich an der hinteren Mauer und hallte bis zum Palast. Conan nahm den Dolch in die linke Hand und zog mit der rechten das Breitschwert, um zum Kampf bereit zu sein, ganz gleich, wer oder was hinter diesen Lichtern auftauchen würde.

Conan hatte das Gefühl, eine Ewigkeit gewartet zu haben, bis ihm klarwurde, daß die Lichtträger nicht näher kamen. Dunkle Gestalten beugten sich über die beiden Männer, die das Bewußtsein verloren hatten, flüsterten kurz und trugen sie davon. Dann meinte er, wieder jemand flüstern zu hören, sah aber niemanden. Vielleicht waren die Lichtträger Geister oder Dämonen, welche die von ihm niedergeschlagenen Männer weggeholt hatten, um ihnen die Seelen zu rauben …

Im nächsten Augenblick war der Garten unnatürlich dunkel. Conan lief es eiskalt über den Rücken. Hatte man ihn gegen seine tiefste Überzeugung mit Tricks dazu gebracht, einem Haus zu dienen, wo Zauberei, Verrat und Intrigen regierten, welche die Argosser so zu lieben schienen wie manche Männer den Wein?

Bald würde er wissen, ob man ihn aufs Kreuz gelegt hatte. Auf alle Fälle würde er sehen, ob Talouf und die anderen ihren Verstand behalten hatten und sich an die Anweisungen erinnerten, die er ihnen am gestrigen Abend gegeben hatte …

Auf dem Dach blinkte jetzt ein Licht. Dann verlöschten die anderen drei. Eine Eule schrie ganz in Conans Nähe.

Am liebsten hätte der Cimmerier laut losgelacht, aber er stieß als Antwort ebenfalls nur den Ruf der schwarzen Eule aus. Gleich darauf rief er:

»Männer des Hauses Damaos! Kommt heraus und hört mit diesen Tricks auf! Ich zähle bis zehn. Habt ihr euch dann noch nicht gezeigt, könnte das euren Tod bedeuten.«

Conan hörte die Männer flüstern und wußte somit, wo sie standen. Ja, einige erhoben die Stimme so laut, daß er einige Worte aufschnappen konnte. Dann gab eine tiefe Stimme einen Befehl – wahrscheinlich Reza –, und alle verstummten.

Die Stille dauerte nicht länger als die Zeit, in der ein Mann einen Krug Ale leert. Conan zählte laut. Als er bei fünf angelangt war, hörte er wieder Rezas Stimme.

»Na schön, Cimmerier …«

»Hauptmann Conan.«

»Na schön, Hauptmann Conan. Wir kommen.«

»Aber nur mit den Laternen in der Hand, mit nichts anderem! Meine Bogenschützen haben die Pfeile eingelegt und zielen geradewegs auf euch.«

Jedenfalls sollte es so sein. Conan war jedoch bereit, jede Summe zu wetten, daß Reza ihn nicht auf die Probe stellen würde.

Der große Iranistani tat es nicht. Als der Haushofmeister mit seinem halben Dutzend Männer auf ihn zukam, würde Conan zum erstenmal bewußt, wie groß der Mann war. Er war alt genug, um Conans Vater zu sein, aber es wäre nicht leicht, ihn im Ringkampf zu besiegen.

»Hauptmann Conan«, sagte Reza, »du mußt uns erklären, was ...«

»Das muß ich überhaupt nicht«, unterbrach ihn der Cimmerier barsch. »*Du* hast *mir* einiges zu erklären! Fang gleich an und laß nichts aus! Auch nicht, warum du bereit warst, zwei deiner Männer zu Geistern zu machen. Sie waren verdammt knapp dran, ihr Leben zu verlieren, wenn ich nicht so schnell gewesen wäre ...«

»Was außer deiner Zunge ist noch schnell?« rief ein Mann aus dem Hintergrund.

Reza gebot dem Mann mit einem Blick Schweigen, aber Conan hörte, wie Talouf sich mit seinen Männern in den Büschen bereit machte, jederzeit anzugreifen. Der Cimmerier trat etwas vor, blieb jedoch knapp außerhalb der Reichweite von Rezas Schwert.

Aus dieser Nähe konnte er mitten zwischen den Gegnern sein, ehe diese zu den Waffen greifen konnte. Danach hatte er den Vorteil des Einzelkämpfers gegenüber einer nicht als Mannschaft ausgebildeten Schar.

Andererseits war es möglich, daß einige seiner einfältigen Bogenschützen zauderten, weil sie Angst hatten, ihren Hauptmann zu treffen. Ganz gleich, welchen Streich man ihm heute nacht gespielt hatte, wollte er nicht derjenige sein, der mit dem Kampf begann.

Reza wich mit seinen Männern vor dem Cimmerier zurück. Conan musterte die Gesichter scharf, um herauszufinden, wer wohl als erster zum Dolch oder Schwert greifen würde. Reza trug nur einen Stab, ähnlich dem, den Conan bei sich hatte, doch bewies sein fester Griff, daß er sehr wohl damit umzugehen verstand.

Die Männer des Hauses Damaos versuchten, einen Halbkreis um den Cimmerier zu bilden. Bald würde der Vorteil auf ihrer Seite sein. Dann hatte Conans Verpflichtung, friedlich zu bleiben, ein Ende. Jedenfalls sah er das so.

Doch da erklang eine glockenhelle Stimme vom Haus her. »Reza! Hauptmann Conan! Das reicht! Bleibt friedlich, oder ihr werdet es beide bereuen!«

Conan hätte schwören können, daß der große Iranistani errötete. Das hatte er trotz des flackernden Scheins der Laternen gesehen. Um die Gemüter zu beruhigen, steckte Conan seine Waffen wieder weg. Gleich darauf trat Lady Livia ins Licht.

Sie trug eine kurze weiße Tunika, welche die wohlgeformten Beine bis knapp übers Knie freigab, dazu goldene Sandalen und einen blaßgrünen Umhang mit roter Borte. Die Kapuze hatte sie zurückgeschlagen, so daß man ihr offenes Haar sah. Die blauen Augen waren kalt, aber sie lächelte den beiden Hünen zu, als sie dazwischentrat.

»Hauptmann Conan, ich finde, du hast das Recht zu erfahren, was heute nacht hier vorging und auch warum.«

»Und eine Entschuldigung, zumindest meiner Männer wegen«, meinte der Cimmerier mit finsterer Miene.

Rezas Antwort war nur ein wütender Blick. Doch anstatt mit dem Fuß aufzustampfen – was Conan erwartet hatte –, ergriff Livia beide Männer bei den Handgelenken. Jeder hätte sie wie eine Fliege abschütteln können, aber ihre Finger glichen stählernen Fesseln.

»Reza, genug jetzt. Hauptmann Conan, höre uns erst einmal an. Solltest du danach immer noch auf einer Entschuldigung bestehen, wirst du sie erhalten. Aber *zuvor* hörst du zu!«

Conan konnte sich des Eindrucks nicht erwehren, daß er seit seiner Ankunft in Argos schon viel zu lange zugehört hatte. Aber Lady Livia würde ihm vielleicht mehr als die anderen erzählen. Wenn er ihr nicht zuhörte, würde das einen erbitterten Kampf bedeuten – und vielleicht nicht gegen seine *wahren* Feinde. Conan war keiner, der vor einem ehrlichen Kampf zurückscheute, aber er wollte sicher sein, daß er auch gegen die richtigen Leute kämpfte.

»Was soll ich getan haben?« schrie Akimos. »Wer hat dir diesen Blödsinn erzählt?«

Seine Beteuerungen, unschuldig zu sein, stießen auf taube Ohren. Skiron funkelte den Kaufmannsprinzen wütend an.

»Ich habe Methoden, auch das alles zu erfahren, was gewöhnlichen Sterblichen verborgen bleibt.«

»Anscheinend hast du irgendwelche Hirngespinste heraufbeschworen, von denen niemand etwas weiß, weil sie nicht wahr sind.«

»Leugnest du etwa, daß du einen Zauberer in den Damaos-Palast geschickt hast? Einen Zauberer, der womöglich gegen mich arbeitet, anstatt mich zu unterstützen.«

Akimos mußte lachen. »Skiron, deine Methoden... war es der Geist des Weins, der mit dir gesprochen hat?«

»Diese Beleidigungen sind unerträglich.«

»Wenn du sie nicht ertragen kannst, mußt du eben einen Weg finden, deine letzten Lebensjahre ohne meine Hilfe zu verbringen.«

»Oh, ich erhielte in der Tat eine gute Entlohnung, wenn ich den Archonten Informationen lieferte ...«

»Worüber? Kannst du ihnen irgend etwas erzählen, das sie einem Mann glauben würden, den *ich* anzeige, weil er Magie ausübt, was zweifellos gegen das Gesetz verstößt?«

Die beiden Männer blickten sich über Akimos' Tisch hinweg stumm und wütend an. Sie glichen zwei Bergziegenböcken auf einem schmalen Steig. Beide wollten kämpfen, waren sich jedoch des tiefen Abgrunds zum reißenden Fluß neben sich bewußt.

»Freund Skiron, beruhige dich. Die Arbeit an unserem Plan hat dich erschöpft. Laß dich nicht von Ängsten vor etwas verrückt machen, das nur in deiner Phantasie lebt. Trink einen Schluck Wein. Ich erzähle dir die Wahrheit.«

»Na ja, soweit du dazu imstande bist«, sagte Skiron mürrisch, aber er griff nach einem Stück Käse, als wäre er am Verhungern.

Akimos berichtete von seinem Plan, Männer im Damaos-Palast zu haben, die ihm Dank schuldeten. Während Skiron zuhörte und aß und trank, schien sein hageres Gesicht voller zu werden. Auch die Müdigkeit schien wie weggeblasen zu sein.

Schließlich nickte er. »Können wir uns auf die Dankbarkeit dieses Cimmeriers verlassen?«

»Wir können uns soweit drauf verlassen, wie es nötig ist. Was den Rest betrifft – bis jetzt habe ich noch keinen Cimmerier getroffen, der wußte, wo die Latrine war, wenn er pissen mußte. Conan wird nie auf den Gedanken kommen, uns die Fragen zu stellen, die ihm unsere Pläne enthüllen könnten.«

Skiron hob abwehrend die Hände. »Dann willst du immer noch, daß deine Männer unerkannt und getarnt sind?«

»Bist du zu müde?«

Skiron funkelte ihn empört an. »Ich habe genug Stärke, um …«

»Ich wollte dich nicht beleidigen, Skiron. Ehrlich, wenn es dir an Kraft mangelt …«

»Ich kann mühelos die Gesichter von einem halben Dutzend Männer verändern. Wenn du mehr brauchst, erfordert das mehr Zeit als wir vielleicht haben.«

»Ein halbes Dutzend reicht. Das Haus Lokhri würde mit Sicherheit Messerhelden von der Straße für die Schmutzarbeit anheuern. Die eigenen Männer würden dann nur die Führung übernehmen. Hast du ein halbes Dutzend Gesichter aus dem Gefolge der Lokhri-Männer?«

»Unzählige Male bin ich mit dir im Lokhri-Palast gewesen und habe diese Kuh Lady Doris ertragen, die sich einbildet, ein Stier zu sein, und auch die Gesellschaft dieses blökenden Kalbs, ihres Sohns, genossen.«

»Ja, das war gewiß kein Vergnügen für dich, da bin ich sicher.«

»Die Götter wissen, daß das die Wahrheit ist«, sagte Skiron und nahm einen kräftigen Schluck. »Ich brauche nicht noch einmal hinzugehen. Gib mir zwei Tage und ein paar Informationen über Größe und Stärke der Männer, die du ausgesucht hast. Dann können wir beginnen.«

Die Verkleidung der Feinde des Hauses Damaos als Diener des Hauses Lokhri würde ausreichend Verwirrung stiften. Und wenn Hauptmann Conan die Angreifer unbehelligt passieren ließ, würde das Chaos noch größer werden. Wahrscheinlich würde es den Cimmerier nicht nur die Stellung, sondern auch das Leben kosten, aber man brauchte nur einen einzigen Pfeil, wenn er einen lebenswichtigen Punkt traf.

Das Blut des Cimmeriers würde auch dazu dienen, daß Skiron eine Zeitlang friedlich blieb. Das war ein nicht zu verachtender Vorteil – bei allen Göttern –, wenn man bedachte, wie sich der Zauberer aufführte, selbst wenn seine Stellung *nicht* gefährdet war.

Conan saß an dem kleinen Ebenholztisch in Lady Livias Ankleidezimmer. Reza hatte sich neben der Tür aufgebaut. Die Lady lag auf einem Divan, dessen Rahmen ebenfalls aus Ebenholz bestand, allerdings mit kostbaren Intarsien aus Walroßknochen belegt. Livia trug ein blaues Gewand. Die zierlichen Füße und ein schlanker Arm waren nackt.

Conan trank einen Schluck Wein und hörte Reza zu, der ihm erzählte, wie die Männer des Hauses Damaos ihn zu einem Kampf ködern wollten, um herauszufinden, wem er tatsächlich treu ergeben sei. Hätte er Rezas Männer getötet, hätte man ihn und seine Männer sofort entlassen, da dann erwiesen gewesen wäre, daß er einem anderen Herrn diente.

Conan hörte sich das Geschwafel geduldig an und genoß den Wein, der so köstlich war, daß die meisten Sorten, die er bisher getrunken hatte, ihm wie Essig vorkamen. Als Reza eine Pause einlegte, um Conans Becher erneut zu füllen, merkte dieser, daß es bereits der vierte Becher war. Aber er fühlte sich so, als hätte er nur schwaches Ale getrunken.

Er setzte den Becher an die Lippen und leerte ihn mit wenigen Zügen. Dann stellte er ihn so laut auf den Tisch, daß Reza verstummte.

»Genug jetzt!« erklärte Conan. »Ich nehme alle Entschuldigungen an, die du vorgetragen hast, und auch die, die noch fehlen, mit denen du jedoch nur noch mehr Zeit vergeuden würdest.«

»Aber, Hauptmann ...«, begann Reza trotz des warnenden Blicks seiner Herrin.

»Reza, jetzt hörst du einmal zu, sonst ziehe ich mit meinen Männern sofort ab. Ich habe keine Ahnung, wohin – es ist mir jedoch gleichgültig, solange es nur weit weg ist von diesem Haus.«

Conan holte tief Luft und sprach ruhig weiter, obwohl er am liebsten gebrüllt hätte. »Wie bist du auf den Gedanken gekommen, daß du irgend etwas herausfinden könntest, wenn du mich zu einem Kampf mit deinen Männern reizt? Hast du mich für einen Ochsen gehalten, der alles tut, wenn du ihn mit dem Stachel anstößt?«

Reza schien es die Sprache verschlagen zu haben, nicht jedoch seiner Herrin. »Conan, es war in der Tat falsch, aber es ist meine Schuld. Ich dachte – verzeih mir –, aber ich dachte, daß ein Cimmerier ...«

»Du hältst jeden Cimmerier für einen Ochsen? Zweifellos dachte Lord Akimos das ebenfalls.«

Livia nickte. Dann verzogen sich ihre vollen Lippen zu einem schwachen Lächeln. »Hauptmann Conan, der Becher war ein Hochzeitsgeschenk für meine Mutter.«

Conan blickte auf den Weinbecher in seiner Hand. Er war aus fingerdickem Silber mit Intarsien aus Türkis. Unwillkürlich hatte er den Becher so flach wie eine Auster gepreßt.

»Nun, Mylady, hier ist ein Geschenk für dich: Halte keinen Cimmerier für einen Toren, bis er sich als solcher erwiesen hat, denn sonst könnte er *dich* für töricht halten, und in Cimmerien setzt man Toren aus – als Beute für Wölfe und Schneestürme.«

Livia schluckte und nickte. Dann lächelte sie wieder. »Ich werde es nicht vergessen. Doch du mußt wissen, daß wir in Argos Menschen aus anderen Ländern meist nur als Kaufleute kennenlernen, und Cimmerien hat uns nur wenige geschickt.«

»Dann hör wenigstens nicht darauf, was andere erzählen. Benutz die eigenen Augen und Ohren.«

»Das werde ich tun«, antwortete Livia ernst. »Doch

überleg mal. Wo wärst du heute mit deinem Männern, wenn Lord Akimos das auch getan hätte?«

Conan war immer noch zu wütend, um das Lächeln erwidern zu können. Aber er nickte. »Laßt uns das heute abend einen anständigen Kampf nennen, der keinen Schaden angerichtet hat. Wie wär's mit einem anderen Becher und einem weiteren Schluck Wein?«

»Hauptmann, es ist schon spät…«, gab Reza zu bedenken.

»Es wird verdammt bald hell«, sagte Conan. »Aber *ich* werde nicht schlafen, bis wir nicht einen Plan haben, wie wir mit Lord Akimos abrechnen. Kein Mann behandelt mich wie einen Toren und läßt mich seine Anweisungen ausführen! Mich nicht und auch keinen meiner Männer.« Wäre der Silberbecher nicht schon zerquetscht gewesen, hätte er jetzt das Werk vollendet.

Livia brachte eigenhändig einen anderen Becher – diesmal aus schlichtem Zinn – und einen Krug mit Wein. Dann setzte sie sich so, daß ihr Gewand ein Bein bis zum Knie entblößte. Das Bein war so wohlgeformt wie jeder andere Teil ihres Körpers, den Conan bisher gesehen hatte.

»Ich nehme an, du willst deine Männer aus der Herberge herbringen…«, begann Livia.

Conan und Reza schüttelten die Köpfe. »Wie viele Männer kann Akimos gegen uns einsetzen, wenn er Stahl mehr traut als Zaubersprüchen?« fragte Conan.

»Nicht mehr als sechzig«, antwortete Livia.

»Mit meinen zehn und Rezas fünfzehn sind wir zwar zahlenmäßig unterlegen, aber wir sind die Verteidiger und kennen den Palast«, sagte der Cimmerier. »Und wir lassen uns nicht überraschen.«

»Conan, du sprichst wie Hauptmann Khadjar«, sagte Reza.

»Ich habe unter ihm fast ein ganzes Jahr lang gedient«, erklärte Conan. Reza verzog das Gesicht und errötete.

»Wer ist Hauptmann Khadjar?« fragte Livia.

Reza gab eine ausführliche Schilderung des turanischen Hauptmanns, der Conan sehr viel über die zivilisierte Kriegskunst beigebracht hatte. Nach einiger Zeit hob Livia die Hand.

»Ich habe verstanden, daß er der größte Hauptmann seit Kull von Atlantis ist«, sagte sie lächelnd. »Und ich möchte den Göttern danken, daß ein Mann, der sein Schüler war, zu uns gekommen ist. Du kannst ihnen ja ebenfalls danken, Reza.«

»Mylady ...«

»Genug jetzt, wie Hauptmann Conan vor nicht langer Zeit sagte. Wie können wir das Haus gegen Zauberei verteidigen?«

Endlich konnte Conan lachen. »Mylady, ich habe Macht über Waffen, wie ich Akimos sagte. Ich kann mit allem umgehen, was von Menschenhand gefertigt wurde. Nur wenige Männer haben einen Kampf mit mir überlebt. Doch wenn es um Waffenzauber geht oder irgendeine Art von Magie, kann ich mit keinem Zauberspruch dienen, nicht einmal um Messantia davor zu bewahren, ins westliche Meer zu stürzen.« Jetzt lächelte er nicht mehr. »Ich habe noch keinen Zauberer getroffen, der nicht alles, was er berührte, ruinierte – sich selbst eingeschlossen. Zauberer sind Abfall und gehören auf den Misthaufen.«

»Ich werde beten, daß du jeden Zauberer in Akimos' Diensten dorthin beförderst, wohin er gehört«, sagte Livia. »Aber nun zu deinen Männern. Hast du Angst, Akimos zu warnen, wenn du sie alle unter meinem Dach vereinigst?«

Conan betrachtete die junge Frau jetzt mit Hochachtung. Sie war keine Schülerin Khadjars, hatte aber trotzdem einen guten Kopf für Kriegsführung!

Der Cimmerier nickte. »Wenn wir sie überraschen, können wir Gefangene machen, nicht nur den Angriff abschlagen. Ich weiß nicht, was die Archonten von dieser Spielvariante halten, aber ich wette, daß Akimos es überhaupt nicht gefallen wird, wenn wir seine Männer vor den Archonten wie die Vöglein singen lassen.«

Schließlich einigten sie sich darauf, einen verläßlichen Mann mit einer Laterne auf dem Palastdach zu postieren. Ein zweiter Mann, dem sie vertrauen konnten, sollte auf dem Dach der Herberge Wache halten. Dort konnte er jedes Signal vom Damaos-Palast erkennen. Auf das entsprechende Zeichen hin würden alle Söldner im Laufschritt herbeieilen.

»Wenn die Götter uns gnädig sind, können wir sie ungebetenen Gästen in den Rücken fallen lassen und alle festnehmen«, erklärte Conan. »Wenn uns das Glück verläßt, können wir sie immer noch zurückschlagen. Danach muß Akimos eine Pause einlegen. Während er sich am Kopf kratzt, sind wir am Zug.«

Die drei brachten einen Trinkspruch auf diese Strategie aus. Dann ging Conan hinaus, um nach seinen Männern zu sehen.

Sechs

Wieder streifte Conan nachts durch die Gärten des Damaos-Palasts. Er war nicht weit von der Stelle, wo vor zwei Nächten der Scheinkampf stattgefunden hatte. Doch diesmal war er ganz anders gekleidet. Er trug Stiefel und unter der Tunika das Kettenhemd. Am Gürtel hing dem Breitschwert gegenüber ein Streitkolben.

Er stocherte auch nicht mit einem Stab nach Fallen; denn es gab keine mehr. Conan hatte dazu geraten, was Reza allerdings gar nicht gepaßt hatte. Der Haushofmeister hatte den Cimmerier anfangs angeschaut, als verlange Conan von ihm, seine eigenen Kinder zu ertränken.

»Ich *möchte,* daß jeder durch den Garten bis dicht an den Palast gelangen kann, ehe Alarm ausgelöst wird«, hatte Conan erklärt. Er gab sich Mühe, nicht in dem Ton zu sprechen, den er einem Kind oder einer Frau gegenüber angeschlagen hätte – zumindest einer Frau gegenüber, die weniger Verstand hatte als Livia.

»Aber dann können die Feinde doch leichter eindringen«, hatte Reza widersprochen.

»Aber der Rückzug wird viel schwieriger«, sagte Conan. »Sie müssen die offenen Rasenflächen überqueren, während meine und deine Bogenschützen mit eingelegten Pfeilen und brennenden Fackeln auf dem Dach sitzen.«

»Ich glaube, das Risiko lohnt sich«, sagte Livia.

»Mein Schwert und meine Männlichkeit sollen mich im Stich lassen, wenn es nicht so ist«, sagte Conan. »Wir wollen sie nicht nur verjagen – ganz gleich, wer es ist.« Selbst ganz unter sich sprachen sie nie von ›Akimos' Männern‹.

»Wir wollen doch diese lächerlichen Gestalten nicht nur verjagen. Nein, wir wollen sie als Mitternachtsimbiß verspeisen und die Knochen ihren Herren ins Gesicht schleudern. Wir wollen doch den Herren Angst machen, nicht den Knechten.«

Reza blickte den Cimmerier empört an. Zweifellos störte ihn die Sprache Conans. Reza schien zu glauben, daß die Ohren seiner Herrin immer noch jungfräulich waren und vor Soldatenausdrücken verschont werden sollten.

Doch ehe der Haushofmeister den Cimmerier zurechtweisen konnte, nickte Livia. »Ja, ich möchte keinen langen Kampf, damit das Haus Damaos wieder sicher ist. Solange wir kämpfen, habe ich nur wenig Verehrer – höchstens diejenigen, welche mich für einen Preis schützen wollen, den ich niemals bezahlen werde.«

Conan hatte von der Schar der Verehrer gehört, die Lady Livia gerade umschwärmten. In diesem Punkt waren Reza und er sich völlig einig: Keiner verdiente Livia. Wenn diese Affen zu Haus blieben, wäre das für das Haus Damaos wirklich kein herber Verlust.

Der Cimmerier wußte jedoch, daß es nicht seinem ›Platz‹ entsprach, *das* offen auszusprechen. Seit er nach Argos gekommen war, hatte er die Bedeutung des Worts ›Platz‹ nur zur Genüge kennengelernt. Vom Aufstehen bis zum Einschlafen schien dieses Wort über seinem Kopf zu schweben, so wie die Menschen in Khitai ständig Angst hatten, das ›Gesicht‹ zu verlieren.

Schon nach wenigen Tagen in Argos hatte er gelernt, daß es meist bedeutete, daß man dasaß und anderen zuhörte, wenn sie redeten. Dabei hatten sie ihm jedoch oft mehr verraten, als es ihnen lieb war. Daher hatte er mit der Vorstellung von ›Platz‹ weniger Probleme, als er anfangs befürchtet hatte.

»Allein Ihr könnt Euren Wert richtig beurteilen, Mylady«, sagte Conan. »Ich bin nur ein Soldat. Ich halte es für lächerlich, einem Feind mit diesen Fallen Angst einjagen zu wollen. Außerdem möchte ich nicht, daß einer meiner Männer aus Versehen hineingerät.«

»Deine Männer sollten die Gärten inzwischen kennen«, meinte Reza mürrisch.

»Einige ja, einige nicht«, entgegnete Conan. »Die aus der Herberge wissen nicht Bescheid.«

»Außerdem, falls es im Palast einen Spion gibt« – Reza räusperte sich, und Livia winkte ihm, still zu sein –, »wird er schnell weitermelden, daß die Fallen nicht mehr da sind und der Garten sicher ist. Angreifer können über die Mauer steigen und zum Palast vorrücken. Dort können unsere Männer ihnen praktisch auf den Kopf pissen.«

Erst lächelte Livia, dann kicherte sie, schließlich lachte sie schallend. Es war ein Lachen, an dem jeder Mann seine Freude haben konnte, ebenso wie der Anblick dieser schönen jungen Frau erfreulich war.

»Ich wünschte, wir könnten das wirklich tun«, sagte Livia schließlich. »Stellt euch nur vor, was diese armen Narren ihren Herren erzählen müßten, wenn sie wieder nach Hause zurückkehrten. Falls sie das wagen würden. Die meisten würden lieber nach Kush fliehen und ihren Namen ändern.«

Auch Reza mußte jetzt lächeln. »Ja, Conan, damit hast du wieder gezeigt, wie gut Hauptmann Khadjar dich ausgebildet hat.«

»Laßt uns nicht die Wolle verkaufen, ehe wir die Schafe gekauft haben«, sagte Conan. Sie tranken auf viele fette Schafe, die hoffentlich in den nächsten Nächten kommen würden.

Vom Dach des Palasts erklang der Ruf der schwarzen Eule. Lautlos wie ein Tiger auf der Jagd eilte der Cimmerier zum vereinbarten Treffpunkt. Kaum hatte er sich gegen einen dicken Baumstamm gelehnt, lief Vandar bereits herbei.

»Wir haben vom Dach aus Bewaffnete gesichtet.«

»Irgendwelche Abzeichen?«

In den meisten Städten war es schwierig, in dunkler Nacht Menschen von Affen zu unterscheiden, und erst recht, die Abzeichen der Familien zu erkennen. Doch in den reichen Vierteln Messantias verbreiteten die Fackeln so viel Licht, daß man das Prägedatum auf einer aquilonischen Zehn Kronen-Münze lesen konnte.

»Keine. Aber die Damaos-Männer meinten, daß es Wächter sein müßten.«

»Erlik, vernichte die Wächter!«

Conan konnte es in einer Stadt aushalten, wo sich die Straßen zwischen Sonnenuntergang und Sonnenaufgang nicht in einen Dschungel verwandelten. Er hatte das Gewerbe eines Diebs schon vor geraumer Zeit an den Nagel gehängt, als er erkannte, daß dieses kärgliche Verpflegung und ein kurzes Leben bescherte. Aber heute abend verspürte er nicht die geringste Lust, in einen privaten Kampf mit den Wächtern verwickelt zu werden, da er sich darauf vorbereitete, den wahren Feind mit seiner Stärke und mit Stahl zu stellen.

Vandar zuckte mit den Schultern. »Reza ist am Tor. Wenn er einen faulen Fisch riecht …«

Aus dem Innern des Palast zerriß ein Schrei die Nacht. Conan und Vandar fuhren herum. Gleichzeitig hatten sie die Schwerter aus der Scheide gerissen. Wieder ein Schrei. Diesmal hallte er in einem anderen Teil des Palasts wieder.

Die beiden Männer rannten zum Palast. Conan blieb zweimal stehen und stieß den Jagdschrei eines Leoparden aus, das Signal für die Laternenträger auf dem

Dach. Bei einer prächtigen Marmorstatue einer nackten Frau holte der Cimmerier Vandar wieder ein. Eine Laterne blinkte bereits. Wenn jetzt der Beobachtungsposten auf dem Dach der Herberge halbwegs nüchtern war …

Eine Frau, nur mit einem Nachthemd bekleidet, lief blindlings aus den Büschen heraus. Conan hielt sie mit starkem Arm auf. Sie prallte zurück, als sei sie gegen den Ast einer Eiche gelaufen. Dann brach sie schluchzend zusammen.

Vandar kniete nieder und schrie ihr ins Ohr: »Was ist geschehen, du blöde Kuh? Antworte, oder ich …«

Conan riß den jungen Burschen am Kragen der Tunika hoch. Dann packte er die Frau und stellte sie ebenfalls auf die Beine. »Was ist da drinnen geschehen?« wiederholte er die Frage, allerdings mit freundlicherem Ton.

Die Frau schaute ihn mit offenem Mund an. Dann schüttelte sie den Kopf wie ein Pferd, das lästige Bremsen verscheuchen will. »Wieder Zauberei! Ach, wir hatten gedacht, der Spuk sei vorbei. Aber es geht weiter. Schlimmer als vorher. O Sir, wenn Ihr magische Kräfte habt, dann …«

Conan nahm das Schwert in die linke Hand und legte den rechten Arm fest um die Frau. Dabei blieb ihr Hemd an Dornen hängen und zerriß.

Als Conan den Palast erreichte, begrüßte er Lady Livia mit dem Schwert in der Hand und einer nackten Frau unter dem Arm. Das Haupt des Hauses Damaos trug selbst nur ein Nachthemd. Ihr Gesicht war kreidebleich. Dennoch lächelte sie, als sie Conan sah.

»Ich dachte, du ließest die Hände von den Frauen in diesem Hause, Hauptmann.«

»Nicht, wenn sie sich auf mich stürzen und etwas von Magie stammeln. Ist dieser nette Zauberer wieder am Werk?«

Livia nickte. »Lichter, Geräusche, Gestank, Krüge und Gläser zerbrachen. Bislang nur im Keller. Ich habe alle hinausgeschickt und ...«

»O ihr Götter, Weib!« schrie Conan. »Das ist genau das, was der Feind will!« Er ließ die nackte Frau einfach auf den Rasen fallen und rannte zum Eingang. Dabei nahm er zwei Stufen auf einmal. Vandar blieb ihm dicht auf den Fersen, als sie durch die Tür donnerten.

»Wo geht's zum Keller?« brüllte Conan.

Ein Diener zeigte mit zitternder Hand den Weg. »Dort. Aber dort treiben die Dämonen ihr Unwesen ...«

»Die Dämonen werden gleich mit *dir* wegfliegen!« schrie Vandar ihn an. »Diese Buhmannmagie ist was für kleine Kinder! Aus dem Weg! Laß *Männer* in den Keller!«

Conan war froh zu hören, daß Vandar soviel Vertrauen zu ihm hatte. Trotzdem war es kein Vergnügen, gegen die Magie zu kämpfen. Als er die dunkle Treppe sah, hatte er das Gefühl, als griffe eine eiskalte Hand nach seinem Herz. Dann stürmte er weiter nach unten. Vandar folgte, dahinter kamen noch vier Palastdiener, zwei mit Fackeln ausgerüstet.

Die Fackeln waren eigentlich nicht nötig. Das Licht im Keller mochte magisch sein, aber es verbreitete echte Helligkeit. Rosa und karmesinrot, türkis und smaragdgrün tanzten die grellen Flammen auf allem, was aus Metall war, sogar auf den eisernen Reifen der Fässer. Das Gespenstische verzerrte alle Konturen, aber es zeigte Hindernisse unter den Füßen. Conan und die Männer verließen die Stufen, so schnell sie konnten.

»Gibt es einen Eingang zu diesen unterirdischen Gängen?« fragte er flüsternd den Diener neben ihm. Der Mann hielt sein Schwert krampfhaft mit beiden Händen und schwenkte es vor sich hin und her wie ein Exorzist, antwortete jedoch nicht.

Der hintere Fackelträger rief: »Ich habe nie von einem anderen Eingang gehört, nicht in diesem Palast.«

»Nein«, widersprach der andere Fackelträger, »aber ich habe öfter seltsame Geräusche gehört. Es hat auch merkwürdig gerochen. Manchmal wehte auch eine Brise, in der Nähe der nordwestlichen Ecke des Weinkellers.«

Conan dankte den Göttern, daß endlich jemand zumindest soviel Verstand wie ein Floh zeigte, und führte die anderen sofort zum Weinkeller. Dort stand der Wein knöcheltief. Die Fässer leckten. Conan blieb an der Schwelle stehen und warf sein Schwert in den Wein.

Dabei fiel ihm auf, daß der Wein sich in der hinteren Ecke des Kellers kräuselte. Offensichtlich wehte eine Brise herein. Sie wurde stärker, je länger er hinschaute. Wind kam aus einer Kellerecke.

Der Cimmerier gab den Männern das Zeichen, sich zurückzuziehen. Kaum hatten sie kehrtgemacht, wurde ein Grollen laut. Metall kratzte auf Stein. Der Lärm wurde ohrenbetäubend. Die Erde unter ihren Füßen schien zu beben. Dann erloschen die magischen Lichter.

Auch die Fackeln der Diener wurden schwächer. Conan preßte sich gegen die nächste Säule. Vor seinen Augen drehte sich ein schmaler Abschnitt in der Wand und gab einen Durchgang frei. Männer schlüpften hindurch. Einer nach dem anderen. Die meisten trugen nur Fetzen, einige waren halbnackt, doch alle hielten Dolche in den schwieligen, schmutzigen Händen.

Auch die anderen Männer sahen zu, wie ein Dutzend dieser zerlumpten Gestalten eindrang. Zum Glück hatten sie soviel Verstand, sich ruhig zu verhalten. Conan stieß einen der Männer vorsichtig mit der Schwertspitze an und bedeutete ihm, daß alle sich zur Treppe zurückziehen sollten. Als der letzte Mann die Stufen endlich erreicht hatte, war die Zahl der Eindringlinge auf über zwanzig angewachsen.

Conan holte das Zündbesteck aus dem Gürtel und maß die Entfernung mit den Augen. Wenn die Erinnerung ihn nicht trog und diese ungebetenen Besucher sich nach ihrem Marsch durch die unterirdischen Gänge der Stadt kurz verschnaufen würden, konnte er …

Conan hatte das Faß gefunden, das er gesucht hatte. Er packte den Rand und rollte es auf einen Fuß. Dann trat er mit dem Stiefel mit aller Kraft gegen den Spund. Er öffnete sich, und das Faß platzte an mehreren Stellen.

Beim Lärm des Tritts und des berstenden Fasses blieben die Eindringlinge wie angewurzelt stehen. Erschrocken blickten sie umher. Keiner konnte so gut in der Dunkelheit sehen wie der Cimmerier, daher entdeckte ihn niemand. Er schirmte Flint und Stahl mit dem riesenhaften Körper ab. Ein Funke setzte den Zunder in Brand. Conan ließ den glimmenden Zunder in den Feuerwein fallen, der aus dem zerbrochenen Faß floß.

Feuerwein vertrug jeglichen Transport nur schlecht. Außerhalb von Argos hatten nur wenige Menschen von ihm gehört und noch weniger ihn getrunken. Nach einem Becher war der Cimmerier bereit, ihn mit Freuden den Argossern zu überlassen. Feuerwein schmeckte zwar scheußlich, hatte aber eine Eigenschaft, die ihm jetzt zustatten kam. Sobald er mit einer offenen Flamme in Berührung kam, brannte er wie flüssiges Teer.

Da dieser Feuerwein sich mit dem anderen Wein vermischte, dauerte es länger, bis er Feuer fing. Conan fragte sich schon, ob der gewöhnliche Wein die Flamme ausgelöscht hätte, als bläuliche Flämmchen über den Kellerboden huschten. Sie näherten sich den Männern unaufhaltsam. Dabei wurden die Flammen immer höher. Schließlich loderten sie kniehoch.

Die Eindringlinge warteten nicht, bis die Flammen sie erreichten. Schreiend und heulend rannten sie zur Öffnung in der Wand oder zur Treppe. Ohne einen

Schwertstreich hatte Conan anscheinend der Hälfte der Männer den Kampfgeist geraubt.

Die andere Hälfte war aus härterem Holz geschnitzt. Vielleicht fürchteten sie aber auch etwas anderes mehr als die Flammen des Feuerweins. Sie stürmten fluchend und schreiend durch den spritzenden Wein und die Flammen.

Im nächsten Augenblick drängten sie sich um den Cimmerier. Er wich zurück an die Wand und hieb mit dem Breitschwert um sich. Die Gegner schienen mit ihren Klingen nicht besonders gut umgehen zu können. Vielleicht behinderten sie sich aber auch gegenseitig. Conan brauchte jedoch nicht lange, um drei niederzustrecken und zwei weitere so schwer zu verwunden, daß sie kampfunfähig waren.

Die restlichen fünf Männer reichten aus, um das Schwert des Cimmeriers voll zum Einsatz zu bringen. Conan webte einen Vorhang aus blitzendem Stahl vor sich. Dabei kam ihm der Gedanke, daß er die anderen vielleicht etwas voreilig zurückgeschickt hatte.

Jetzt endlich hörte er auch das Kriegsgeschrei der Feinde: »Immer vorwärts in die Schlacht!« Das war der Ruf des Hauses Lokhri.

Das Haus, dessen Erbe um Livia warb, schickte bewaffnete Männer gegen sie? Das ergab überhaupt keinen Sinn, sondern war das Absurdeste, was Conan in den dreiundzwanzig Lebensjahren erlebt hatte – und er hatte vom Wahnsinn in der Welt mehr gesehen als viele, die doppelt so alt waren wie er.

Vielleicht hatte man geplant, Livia zu entführen? Möglich. Wenn ja, war es das beste, diese Männer zu töten oder zumindest im Keller einzusperren, und nachzusehen, was sich anderswo im Palast abspielte. Conan war sicher, daß er oben auch dringend gebraucht wurde.

Doch im nächsten Augenblick sah es so aus, als würden die Gegner den Cimmerier töten. Mit einer heftigen Attacke trieb der Anführer Conan gegen die Mauer. Der Mann packte mit der durch einen Panzerhandschuh geschützten Hand Conans Schwertarm und drehte ihn um.

Der Cimmerier stieß die Faust vor und schleuderte den Gegner so zurück, daß er einen seiner Kameraden mit zu Boden riß. Sein Kopf prallte gegen eine Säule. Er glitt zu Boden und gesellte sich zu den anderen Kameraden, die im Wein schwammen.

Dieser Stoß jedoch hatte Conans Griff am Schwerthilt gelockert. Beim Schlag eines Krummsäbels stoben Funken aus der Klinge. Der Cimmerier konnte die Waffe nicht mehr halten.

Doch nun stellten die Eindringlinge fest, daß ein entwaffneter Cimmerier keineswegs hilflos war. Es war die letzte Erkenntnis in ihrem Leben. Conan packte eine Faßdaube und zerschmetterte damit einem Gegner das Knie. Die anderen beiden wichen erschrocken zurück.

Das gab Conan Zeit, ein Weinfaß hochzuheben. Wäre es voll gewesen, hätte selbst seine barbarische Kraft nicht ausgereicht, es zu heben. Doch Feste und der Kampf hatten den Inhalt schon sehr verringert. Conan hob das Faß und schleuderte es den beiden Schurken hinterher. Dann machte er einen gewaltigen Satz und drückte beide so lange in den Wein, bis sie ertrunken waren.

Jetzt fischte der Cimmerier so lange im Wein, bis er seinen Dolch und sein Schwert wiederfand. Mit einer Streitkeule schlug er weitere Fässer auf. In zweien war Tafelwein, im dritten jedoch Feuerwein.

Der Feuerwein speiste die Flammen, der Tafelwein ließ den Weinpegel im Keller ansteigen. Jetzt überflutete der Wein die Schwelle des Geheimtür und ergoß sich in die Tiefen dahinter. Gleich darauf hörte Conan Männer schreien.

Er hatte erwogen, die Geheimtür zu schließen, um den Feinden, die im Tunnel warteten, den Zugang zu verwehren. Jetzt erledigte diese Aufgabe schon der brennende Feuerwein.

Die blauen lodernden Flammen erhellten den Keller so gut, daß Conan das Gesicht des toten Anführers deutlich sehen konnte. Aber irgend etwas störte ihn an diesem Gesicht. Es war …

Der Cimmerier hätte geschworen, daß der Anführer soeben noch ein blasses Gesicht mit Sommersprossen gehabt hatte und hellblondes Haar. Zweifellos war er Bossonier, Aquilonier oder sogar ein Vanir.

Doch jetzt war das Gesicht plötzlich dunkel geworden, die Haare ebenso … und daran waren nicht die Flammen oder der Rauch schuld. Der Mann war jetzt so dunkel wie ein Kushite oder ein Eingeborener der Schwarzen Königreiche.

Conan sagte sich, daß ihm das Licht einen Trick spielte oder daß er zu viele Dinge im Kopf hatte, um klar denken zu können. Dennoch wurde ihm plötzlich eiskalt. Er spürte, daß unbekannte Magie ganz nahe war. Schnell packte er den Schwertgriff fester und ging zurück zu den Kampfgefährten.

Vandar kam auf ihn zu. »Wir haben die Tür zu den anderen Kellergelassen verschlossen. Falls es den Feinden gelungen ist, an uns vorbeizukommen, sitzen sie in der Falle.«

»Ja, aber es ist nur einer gekommen«, sagte ein Fackelträger. »Gleichzeitig stürzte ein Mädchen die Treppe herab. Was sie getrieben hatte, war klar, denn sie war so nackt wie ein neugeborenes Kind.«

Vandar legte den Arm um ein zartes Geschöpf, das jetzt ein Männerhemd trug, das ihr viel zu groß war. »Das stimmt. Dieser Sohn eines Stygiers hatte anscheinend noch nie eine Frau gesehen; denn er blieb stehen und glotzte, bis Gebro ihm von hinten einen Schlag mit der Keule versetzt hat.« Er stieß mit dem Fuß gegen eine am Boden liegende Gestalt, die gefesselt und geknebelt war und als Antwort nur grunzen konnte.

»Na, einen Gefangenen hätten wir wenigstens«, sagte Conan. »Gute Arbeit!« Er schaute die junge Dienerin an. »Wie stehen die Dinge oben?«

Die junge Frau richtete sich auf. Das nasse Hemd betonte ihre weiblichen Rundungen. »*Ich* war gerade sehr beschäftigt ... und ganz plötzlich ... ja, da mußte er weg, um gegen Hexen oder Zauberer oder Sumpfdämonen zu kämpfen. Ich bin gleich hierher gerannt ... und danach weiß ich nur, was diese Männer tun.« Sie schmiegte sich wieder in Vandars Arm. Der Bursche grinste.

»Na schön«, sagte Conan. »Ich gehe wohl besser nach oben und ...«

Er hörte Lärm, lautes Fluchen und Schreie oben im Palast. Darunter die lautstarken Rufe: »Immer vorwärts in die Schlacht!«

Conan lief die Stufen hinauf, Vandar hinterher. »Paßt auf den Keller auf!« rief der Cimmerier über die Schulter nach unten. »Wenn eine Handvoll eindringt, greift an und ruft Hilfe. Sind es mehr, lauft herauf und verschließt die Tür. Der Feuerwein hält sie vielleicht so lange auf, bis wir oben wieder für Ruhe gesorgt haben.«

Conan blickte noch einmal zurück. Die Dienerin lief ebenfalls herauf.

»Crom, Mädel! Bleib unten! Da ist es sicherer!«

»Ich bin siebzehn, Hauptmann, kein Mädchen mehr. Ich mußt unbedingt Psiros finden. Er ...«

»Er ist wahrscheinlich zu verdammt beschäftigt, am Leben zu bleiben, um an ein Weib zu denken«, meinte Vandar mit finsterer Miene. Offensichtlich hatte er geglaubt, die Kleine habe eine Schwäche für ihn. Jetzt war er eifersüchtig, daß sie nach einem Geliebten suchen wollte.

Am liebsten hätte der Cimmerier die leeren Köpfe der beiden gegeneinandergeschlagen und sie auf der Treppe gelassen. Da riß jemand oben die Tür zur Treppe auf.

»Der Zauberer!« schrie er und wollte die Tür sofort wieder zuschlagen. Conan bewältigte die letzten Stufen mit einem Satz, packte den Arm des Manns und zog ihn zu sich. Als sich die Kameraden des Manns gegen die Tür warfen, um sie zu schließen, steckte der Arm im Spalt.

Der Mann schrie wie eine ganze Schar Dämonen. Conan stemmte sich mit der Schulter von innen gegen die Tür. Er spürte, wie der Widerstand schwächer wurde. Er warf sich mit seinem ganzen Gewicht gegen die Tür. Sie gab nach.

Völlig unbehindert flog die schwere Eichentür auf und prallte gegen die Mauer. Dabei fegte sie mehrere Männer beiseite. Ein Mann kam mit gezücktem Schwert auf den Cimmerier zu. Conan parierte den Schlag mit seiner Streitkeule. Da sah er, daß der Mann die weiße Armbinde des Hauses Damaos trug.

»He, du Narr! Ich bin ein Freund! Freund!«

Der Mann wich halbbenommen zurück, da traf ihn das Kurzschwert eines Feinds in den Bauch. Der Angreifer mußte Conan kurz aus den Augen lassen, um sein Schwert herauszuziehen, da spaltete das Breitschwert des Cimmeriers ihm den Schädel bis zur Nasenwurzel.

Wieder kam es zu einem erbitterten Kampf, in dem Conan mit seiner Klinge einen blitzenden Stahlvorhang weben mußte. Es waren so viele Feinde, daß er sie nicht zu zählen vermochte, und sie gingen so hervorragend mit den Waffen um, daß man sie nicht unterschätzen durfte. Der Cimmerier nahm kaum wahr, daß Vandar neben ihm kämpfte und daß das Mädchen – die Frau, wenn sie es so wollte – hinter Vandar stand.

Selbst Conan brauchte trotz seines starken Arms geraume Zeit, bis die Mehrzahl der Angreifer tot im Blut vor ihm lagen. Nur wenige überlebten und flohen. Da tauchte vor den Fliehenden eine große Gestalt auf.

Crom! Einen Gegner, der ihm an Größe ebenbürtig war, brauchte Conan noch weniger als diese blutrünstige Maid …

»Hauptmann Conan!«

»Reza?«

»Das Tor ist geschlossen. Ich habe genügend Männer im Torhaus zurückgelassen, um es so zu halten. Jetzt bin ich mit dem Rest hergekommen.«

Conan schlug noch einem Gegner den Arm ab und trieb ihn zu Mauer. Dann setzte er dem Mann die Schwertspitze an die Kehle. Das Breitschwert war zwar keine Stoßwaffe, doch ritzte die Spitze die Haut so, daß Blut sich mit dem Schweiß mischte.

»Ergibst du dich? Oder soll ich zustoßen?«

»Ich …«

Reza griff über Conans Schulter, packte den Kopf des Manns und schlug ihn so kräftig gegen den blutigen, zerfetzten Wandteppich, daß der Mann besinnungslos zu Boden sank.

»Unten ist noch ein Gefangener«, sagte Conan. »Und ich habe etwas gesehen …«

Reza gebot ihm mit erhobener Hand Schweigen. Conan hielt den Mund, hörte jedoch nur, daß der Kampflärm im Palast schwächer wurde.

»Das kommt von der Nordtreppe«, erklärte Reza. »Folge mir!«

Wortlos folgte ihm der Cimmerier. »Was hat es mit der Nordtreppe auf sich?« fragte er beim Gehen.

»Dort kann man den Zugang zum Dach von den Frauengemächern blockieren«, erklärte Reza.

Wenn der Palast offen angegriffen wurde, sollte Lady Livia die Frauen und die Männer, die kampfunfähig waren, in ihren Gemächern versammeln. Der Zugang konnte von zwei Männern gegen viele Feinde verteidigt werden. Eine Wendeltreppe führte zum Dach, wo Bogenschützen postiert waren. Doch wenn es den Angreifern gelang, die Treppe nach oben zu erreichen, hatten sie entweder gesiegt oder zumindest Geiseln in ihrer Gewalt.

Mit Sicherheit würden die Wächter kommen, um für Ordnung zu sorgen, aber wann? Conan befürchtete, daß sie zu spät eintreffen würden, um selbst die Lady des Hauses Damaos zu retten, ganz zu schweigen von der Schar Unschuldiger, die sich ihrem und seinem Schutz anvertraut hatten.

Wut und verletzte Ehre trieben den Cimmerier an. Er lief Reza voraus und war an der Spitze, als sie die Nordtreppe erreichten. Doch bei der ersten Stufe hatte der große Iranistani den Cimmerier eingeholt.

»Ich kenne den Weg besser als du«, sagte Reza. »Und *ich* wache über die Ehre des Hauses Damaos.« Er steckte das Krummschwert weg und löste den beidhändigen Streitkolben, der abgenutzt aussah und Conan verriet, daß Reza in der Elitetruppe der Söldner gedient hatte, in der Abteilung Haruks. Diese Männer waren als einzige in der turanischen Armee ausgebildet, vom Pferd aus mit Bogen und Lanze und zu Fuß mit Streitkolben und Krummschwert zu kämpfen. Es war keineswegs unehrenhaft, einem solchen Krieger den Vortritt zu lassen.

»Laß mir aber ein paar übrig, Reza.«

»Lady Livia risse mir alle Barthaare einzeln aus, wenn ich das nicht täte, Cimmerier. Keine Angst!«

Die beiden Hünen stürmten weiter und zogen ihre Gefährten hinter sich her wie Eimer aus einem Brunnen. Oben angelangt, schickte Reza vier der Damaos-Männer los, um die Seitengemächer zu durchsuchen.

»Macht Gefangene, wenn möglich, aber euer Leben und das unserer Leute ist wichtiger!«

Conan sah sofort die zweite Treppe, die zum Dach hinaufführte. Ein halbes Dutzend Bewaffneter stand davor und sah sich nach allen Seiten um. Ihnen zu Füßen lagen die beiden Damaos-Diener, im eigenen Blut.

Der Schrei einer Wildkatze gellte in Conans Ohren. Das Mädchen aus dem Keller sprang vor und riß einen Dolch unter dem Hemd hervor. Die Feinde erstarrten fassungslos, als dieses offensichtlich wahnsinnige Weib sich ihnen entgegenstürzte.

Sie waren so verblüfft, daß sie den Cimmerier nicht beachteten, der der Irren dicht auf den Fersen war. Mochten die Götter verhüten, daß dieses verrückte Weib vor ihm den Kampf eröffnete!

Conans Schwert zischte über den Kopf des Mädchens hinweg wie eine todbringende Zunge durch die Luft. Die Zunge leckte am Kopf eines Mannes, und plötzlich stürzte der Mann zu Boden – ohne Gesicht. Das Mädchen sprang dem nächsten Gegner auf den Rücken. Mit einer Hand kratzte sie ihm die Augen aus, mit der anderen stieß sie ihm den Dolch in die Brust.

Jetzt wichen die restlichen Feinde vor Conan zurück. Zweifellos hofften sie, ihn in die Zange nehmen zu können, indem sie ihn vorwärtslockten. Diese Hoffnung war trügerisch, denn als sie mit diesem Manöver beginnen wollten, war Reza da.

Der Irastani war nicht so schnell auf den Füßen wie Conan, aber er machte das durch seine Kampfstärke mehr als wett. Die riesige Keule des Haushofmeisters wirbelte blitzartig durch die Luft. Sehr bald schon war die glänzende Oberfläche blutbefleckt. Reza schlug mit der Keule Schädel ein, zerschmetterte Knie und Hüften und wütete mit unglaublicher Schnelligkeit.

Reza richtete ein derartiges Blutbad an, daß für Conan und die anderen kaum noch Gegner übrigblieben. Dem Lärm nach, der vom Dach herabdrang, würde jedoch bald Nachschub kommen.

»Mir nach!«

Conan war für gewöhnlich sehr schnell, doch jetzt schienen ihm Flügel gewachsen zu sein. Er flog die Treppe geradezu hinauf. Auf halber Strecke prallte ein Pfeil auf die Mauer unmittelbar neben seinem Kopf und fiel zu Boden. Wenige Stufen höher lag ein Leichnam mit einem Pfeil zwischen den Rippen. Wegen des vielen Bluts waren die Stufen glitschig. Doch der Cimmerier lief immer noch weiter, als ihm zwei im Todeskampf ineinander verkeilte Männer entgegenrollten.

Conan wartete, bis der Mann ohne weiße Armbinde oben lag. Dann packte er zu, riß ihn an einem Arm und an den Haaren vom Gegner herunter und schmetterte ihn gegen die Mauer. Der Mann schien jedoch noch zu atmen.

Der Cimmerier hatte allerdings keine Zeit, sich davon genau zu überzeugen, denn der Lärm auf dem Dach erreichte den Höhepunkt. Gerade als er die oberste Stufe erreichte, sah er die Bogenschützen bereits mit den Rücken gegen die Kamine gepreßt. Sie verteidigten sich mit Dolchen und Kurzschwertern, so gut sie vermochten. Mehrere Bogenschützen waren bereits tot, aber auch von den Feinden lagen einige leblos da. Solange die Bogenschützen so bedrängt waren, daß sie nicht schießen konnten, waren die Gärten ungeschützt, so daß die Feinde ungehindert hineingelangen oder fliehen konnten.

Conan lief an den Rand des Dachs. Beinahe hätte er das Gleichgewicht verloren und wäre in einen Apfelbaum gefallen. Viele Menschen liefen in Panik zu den Mauern. Die Eindringlinge waren zahlenmäßig überlegen, aber die Verteidiger des Hauses Damaos trieben sie wie Blätter im Herbststurm vor sich her.

Conan drehte sich um. Er mußte sofort den Bogenschützen freie Schußbahn verschaffen. Doch Reza hatte das mit seinen Männern bereits übernommen. Ein Menschenknäuel hatte sich um die Kamine gebildet. Heftiges Kampfgetümmel, Geschrei.

Als Conan sich näherte, spuckte die Masse einen großen blonden Mann mit langem Schnurrbart aus. Er warf einen Blick auf den blutbespritzten Cimmerier und sprang beiseite.

»Halt ihn auf!« schrie jemand. »Der mit dem Schnurrbart ist der Anführer!«

Conans Schwert teilte die Luft nur eine Handbreit neben dem Kopf des Anführers. Anstatt zu parieren, warf der Mann sein Schwert weg und sprang über den Rand in die Tiefe. Als Conan hinabblickte, sah er den Mann mit völlig verrenktem Hals auf den Stufen, die zum Garten führten, liegen.

Die Flucht des Anführers raubte den restlichen Eindringlingen den Mut. Sofort flehten sie lautstark um Gnade. Reza und Conan mußten ziemlich laut werden und auch ein paar Stöße austeilen, um die Männer davon zu überzeugen, diese Gnade zu gewähren.

Der Kampf auf dem Dach war der letzte verzweifelte Versuch der Feinde gewesen. Während die Bogenschützen beschäftigt waren, flohen die meisten. Da Rezas Männer das große Tor besetzt hielten, führte der Weg in die Freiheit nur über die Mauer. Mehrere schafften es.

Kurz danach waren die einzigen übriggebliebenen Eindringlinge nur noch die, welche als Gefangene neben den Kaminen saßen oder als Leichen auf dem Dach oder im Garten herumlagen. Reza ging ins Erdgeschoß, um dort nach dem Rechten zu sehen, während Conan Lady Livia aufsuchte, um ihr von ihrem Sieg zu berichten.

Als der Cimmerier eintrat, verband Livia gerade die tiefe Wunde im Bein eines alten Dieners. Ihre Arme waren nackt und bis zu den Ellbogen gerötet. Ihr schönes Haar hing offen neben dem schweißbedeckten Gesicht. Doch als Conan sich verbeugte, lächelte sie.

»Deine Verbeugung ist so vollendet, als wärst du in Argos geboren.«

»Danke, Mylady.« Er berichtete ihr von den Kämpfen, soweit er und Reza sie erlebt hatten.

»Habt ihr eine Ahnung, wer diese Männer geschickt hat?«

Conan zuckte mit den Schultern. »Ich habe ihren Kriegsruf gehört. Aber der könnte ebenso falsch sein wie die Gesichter.«

Livia nickte. »Der Zauber der Schattengesichter war einer der ersten, der aus Argos verbannt wurde. Wenn ich ihn benutzt hätte, um einen Mord zu begehen, hätte ich mir auch größte Mühe gegeben, meine Spur zu verwischen.«

»Ich bin kein schlechter Fährtenleser«, sagte Conan. »Mit Eurer Erlaubnis, Lady Livia, würde ich gern einigen Gefangenen ein paar Fragen stellen.«

»Und wenn sie sich weigern zu antworten?«

Conan lächelte. »Wie lange sie sich weigern, hängt davon ab, welche Befragungsmethoden Ihr mir gestattet.«

Livia schluckte und musterte Conan scharf und nachdenklich. Dann war ihr klar, daß der Krieger mit den eisblauen Augen ihr die Entscheidung nicht abnehmen würde. Sie warf den Kopf nach hinten.

»Das Gesetz ist bezüglich der Folter sehr streng. Aber es verurteilt ebenso scharf das widerrechtliche Eindringen in fremde Häuser, um zu rauben und zu morden! Du hast meine Erlaubnis, alles zu tun, was nötig ist.«

»Danke, Mylady.«

Der Cimmerier ging müde, aber zufrieden fort. Er diente einer Herrin, die erkannt hatte, daß im Krieg Wissen der halbe Sieg war.

Sieben

Lady Livia saß auf ihrem Bett. Sie hielt einen goldenen Teller auf dem Schoß und trank einen Schluck Wein. Dann stellte sie den Becher auf den Boden. Die meisten Möbel ihrer Gemächer dienten als Barrikaden. Nur ihr Nachttisch stand jetzt in der Küche. Kyros der Heiler hatte darin seine Medikamente und Instrumente untergebracht.

Kyros konnte alles aus dem Damaos-Palast haben, was er brauchte. Livias Bote hatte ihn aus dem Bett geholt. Er war sogleich mitgekommen, nur begleitet von einem diskreten Diener. Kyros würde wissen, oder zumindest vermuten, was geschehen war, denn er kannte fast alle Geheimnisse der vornehmen Häuser in Messantia. Doch weder Gold noch Folter oder Magie würden ihn je dazu bringen, sein Wissen preiszugeben.

Aus dem Vorraum drangen laute Klageschreie und Schluchzen zu Livia. Manche Wunden konnte selbst Kyros nicht heilen. Weder konnte er die Toten wieder zum Leben erwecken, noch das Leid derer lindern, deren Liebste unter Decken im Weinkeller lagen.

Eine von Livias Dienerinnen sprach jetzt beruhigend auf die weinenden Frauen ein. Beide Zofen hatten diesen zweiten Angriff weit besser überstanden als den ersten und gingen den anderen Frauen – und einigen Männern – mit gutem Beispiel voran.

Livia nahm sich vor, für beide bald eine gute Heirat zu arrangieren. Sie machte sich keine Illusionen, daß viele ihrer Dienerinnen als Ehefrauen sehr begehrt waren. Für ihr neues Haus würde sie eine Zofe brauchen, zwei Köchinnen, ein paar Pferdeburschen und Gärtner. Damit konnte sie zur Not auskommen. Und Reza? Er konnte jederzeit Archont werden …

Die Dienerin hörte auf zu sprechen. Livia zog die Hausrobe enger über das Nachthemd, als jemand an die äußere Tür klopfte. Sie hörte eine vertraute tiefe Stimme, dann die ebenfalls vertrauten, raubkatzengleichen leisen Schritte.

»Guten Morgen, Hauptmann Conan.«

Der Cimmerier schaute zum Fenster. Die Morgendämmerung färbte den Himmel bereits grau. »Guten Morgen, Mylady. Wir sind mit den Gefangenen fertig.«

»Hast du … war es schwierig, sie zum Reden zu bringen?« Das Wort ›Folter‹ brachte sie nicht über die Lippen. Sie verachtete sich für diese Schwäche, zumal der Cimmerier es mit Sicherheit auch tat. Ihr lag sehr viel daran, daß er eine gute Meinung von ihr hatte.

»Crom, natürlich nicht!« antwortete Conan, ehrlich erstaunt. »Mir hat keiner beim Kampf gestern nacht den Verstand geraubt. Nie würde ich argossische Bürger foltern. Auch wenn die wenigsten Argos zur Ehre gereichen, Mylady. Dennoch …«

Livia holte tief Luft. »Wenn du sie nicht gefoltert hast …«

»Was wir gemacht haben? Ganz einfach. Ich habe sie vor die Wahl gestellt, entweder als Eunuchen zu sterben oder vollwertige Männer zu bleiben, aber dann müßten sie reden, und zwar schleunigst. Danach ließ ich einen Gefangenen in einen Raum bringen, wo ich einen Mann hatte, der alles mögliche imitieren kann. Ich ließ meinen Mann brüllen, als würde er gerade kastriert. Inzwischen hatte ich mir von einem Toten seinen … na ja, das geholt, was er nicht mehr brauchte. Nachdem mein Mann sich heiser geschrien hatte, zeigte ich den Gefangenen mein kleines Pfand. Danach wollten alle auf einmal reden.«

Livia wollte den Teller festhalten, aber er entglitt ihren Fingern. Fisch und Öl landeten auf dem Teppich. Conan kniete sofort nieder und hob alles auf. Als er ihr den Becher mit dem Wein reichte, berührten sich ihre Hände. Livia hatte das Gefühl, als schösse bei dieser kurzen Berührung ein Feuerstrahl durch ihren Arm bis in die Kehle, so daß sie nicht zu sprechen vermochte.

Sie schluckte. »Sie haben also geredet«, sagte sie schließlich. »Und was haben sie dir erzählt?«

Conans Bericht war knapp, aber er ließ nichts Wichtiges aus. Dann sah Livia, wie seine breiten Schultern sanken, und sie roch den Schweiß und das getrocknete Blut – mit Sicherheit das der Feinde. Da wurde ihr klar, daß selbst dieser eisenharte Cimmerier erschöpft sein konnte.

»Ach, Conan, ich kann nur danke sagen, obgleich diese Worte niemals ausreichen. Sobald ich wieder klarer denken kann, werde ich eine bessere Belohnung für dich und deine Männer finden.«

»Doch jetzt müssen wir den Palast für den Besuch von Lady Doris und Lord Harphos herrichten und ...«

Conan unterbrach sie, indem er sich räusperte. Livia runzelte bei dieser Unterbrechung die Stirn.

»Verzeiht mir, Lady Livia, aber meiner Meinung nach solltet Ihr einen Boten zum Haus Lokhri senden und bitten, den Besuch noch zu verschieben – zumindest bis morgen. Übermorgen wäre noch besser.«

Livia gab sich Mühe, nicht zu ungehalten zu klingen, doch der Ausdruck im Gesicht des Cimmeriers verriet ihr, daß ihr das nicht gelungen war. Conan war unnachgiebig und konnte sich festbeißen wie ein Bullterrier.

»Ich weiß, daß es hilft, wenn wir sie in dem Glauben lassen, daß uns nichts erschüttern kann. Aber unsere Männer brauchen Ruhe. *Ihr* braucht Ruhe! Wir müssen den Palast und das Gelände durchsuchen. Vielleicht hat sich jemand unter der Erde versteckt. Es könnte aus

Angst sein oder mit böser Absicht. Angenommen, er springt plötzlich heraus und stößt Harphos einen Dolch in die Brust?«

Livia nickte. Am liebsten hätte sie den Kopf auf die Brust sinken lassen und ihn nie wieder erhoben. »Aber … Lady Doris wird ihr Wissen über die Vorgänge hier benutzen.«

»Soll sie doch!« stieß Conan hervor. »Ich zeige ihr gern die Leichen! Vielleicht bekommt sie dann so große Angst, daß sich ihre Zunge löst. Sie hat etwas an sich, was den Feind zu der Annahme verleitete, daß wir glauben könnten, sie wollte Euch entführen. Ich erführe gern, was dieses Etwas ist.«

Conans Worte klangen sehr vernünftig, aber irgendwie kamen sie aus weiter Ferne, so als säße Livia auf dem Grund eines Brunnens, und der Cimmerier stünde oben am Rand. Sie spürte seine Augen. Dann trat er vor und schloß sie in seine starken Arme. Er umarmte sie jedoch nicht wie ein Mann eine Frau umarmt, sondern hob sie hoch und legte sie aufs Bett, als sei sie ein krankes Kind. Fürsorglich legte er ihr das Gewand über die Beine.

Irgendwann mußte er dabei ihre Zofen gerufen haben; denn beide kamen herein. Die ängstlichen Gesichter waren das letzte, woran Livia sich noch erinnerte – und daß sie leise sagte: »Schick den Boten, Conan. Lady Doris kann warten …«

Conan sah zu, wie die Karawane des Hauses Lokhri das Tor des Damaos-Palasts passierte. Er hätte Lady Doris gern einen Monat später erst gesehen. Ihre Männer würden wie eine Affenherde durch das gesamte Gelände schwärmen. Nach ihrem Abzug würden Spuren des nächtlichen Angriffs vor zwei Nächten so schwierig aufzufinden sein wie Knochen von Atlantis.

Conan und Reza hatten alle möglichen Vorsichtsmaßnahmen getroffen. Wer auch immer aus dem Haus Lokhri umherschlenderte, sollte verfolgt werden, natürlich aus sicherer Entfernung. Ansonsten würde man die Gäste mit allem, was Küche und Weinkeller hergaben, königlich bewirten und sie in Bewegung halten. Vielleicht konnte man bei dem einen oder anderen die Zunge lösen.

Keiner würde merken, daß vor kurzem noch im Palast ein erbitterter Kampf stattgefunden hatte. Alles, was kaputt gegangen war, hatte man entweder repariert oder entfernt. Jeder Winkel, in dem sich ein Meuchelmörder hätte verstecken können, war durchsucht worden.

»Wir haben unser bestes getan. Die Götter sind unsere Zeugen«, sagte Conan zu Reza, als sie vor dem Schlafengehen – kurz vor Sonnenaufgang – bei mit Wasser vermischtem Wein und Gerstenkuchen saßen. »Wenn uns die Götter gewogen sind, belohnen sie uns vielleicht, indem sie Lady Doris' Lippen versiegelt lassen. Wenn nicht, können wir uns zumindest immer noch darauf verlassen.« Er schlug auf den Schwertgriff.

Ja, der Haushofmeister hatte genickt, aber schmerzlich das Gesicht verzogen. Der Cimmerier fragte sich, ob Reza auf die starke Stellung des neuen Manns in dem Haus, in dem der Iranistani seit Jahren allein geherrscht hatte, eifersüchtig war. Conan hatte schon erlebt, daß das in vornehmen Häusern in Blutvergießen endete.

Wenn es hier soweit käme, dürfte wohl auch sein Blut fließen. Der einzige, dem das etwas nützte, wäre Lord Akimos. Deshalb nahm er sich vor, die Zunge zu hüten und die Hand vom Schwertgriff fernzuhalten, wenn Reza in der Nähe war. Ja, beides würde er im Kampf gegen die wahren Feinde des Hauses Damaos brauchen.

Jetzt hatte die Lokhri-Karawane das Tor passiert. Conan sah, wie ein Mann von einer Stute abstieg, deren vergoldetes Zaumzeug und Sattel beinahe so viel wog wie der Reiter. Der Versuch des Reiters, sich anmutig aus dem Sattel zu schwingen, endete peinlich mit einer Landung im frischen Mist auf einem Rosenbeet. Er gewann seine Würde auch nicht wieder, als er mit den schmutzigen Kleidern tolpatschig aufstand.

Lady Livia trat vor und stellte sich neben Conan. Sie trug ein Gewand aus weißer Seide mit blaßrosa Borte und einer Schärpe derselben Farbe. Es war so schlicht und dennoch so schön, wie Gold ohne Juwelen schön sein kann, und brachte ihre Größe und anmutige Figur hervorragend zur Geltung.

Conan fand, daß Livia eigentlich aus einem königlichen Geschlecht stammen und über ein mächtiges Reich herrschen sollte. Für diese Krämerstadt, unter den Schreiberlingen mit tintenverschmierten Fingern, war sie viel zu schade.

»Ich grüße euch, Lady Doris und Lord Harphos«, sagte Livia. »Verzeiht meine gestrige Botschaft und unsere bescheidene Gastlichkeit heute. Aber wir hatten ein paar kleinere Probleme.«

Lady Doris öffnete den Mund, vermochte jedoch mit den roten Lippen kein Wort zu formen. Ihr Gesicht hatte feine Züge, obwohl es für Conans Geschmack etwas zu voll war – ebenso wie ihre Figur.

Erst jetzt bemerkte der Cimmerier den schlaksigen Burschen – nein, trotz der Tolpatschigkeit war es ein Mann, der neben Lady Doris stand. Trotz der Tunika aus blauer Seide und den Goldsandalen wirkte er wie ein beflissener Diener.

Das war zumindest Conans erster Gedanke. Dann sah er, daß der Mann – es mußte Harphos sein – Palast und Gärten scharf musterte. Der Blick war nicht leer und entsprach nicht der Rolle des Idioten, die er absichtlich zu spielen schien, sondern war zielgerichtet. Conan hatte diese Blicke bei erfahrenen Dieben gesehen, wenn sie ein Haus studierten, das sie ausrauben wollten.

»Wenn ich recht verstehe, gab es Schwierigkeiten«, sagte Lady Doris. Ihre Stimme ließ Conan aufhorchen. Sie klang, als schlüge man ein gutes Schwert gegen einen Felsblock. »Aber ich verstehe nicht – warum? Deine Botschaft war nicht sehr aufschlußreich. Hat der Zauberer wieder zugeschlagen?«

Sie sprach das Wort ›Zauberer‹ wie eine Beleidigung aus. Conan sah, daß Livias Nasenflügel bebten, auch die von Harphos.

»Mutter, sie – oh, Lady Livia – konnte ja nicht die ganze Geschichte schreiben. Ich meine – es hätte doch dann jeder lesen können und …«

»Also wirklich!« unterbrach ihn Doris. Harphos Mund blieb noch kurz offenstehen, ehe er ihn schloß. Conan sah, daß er wie ein kleiner Junge rot wurde. Trotzdem konnte sich der Cimmerier des Eindrucks nicht erwehren, daß Harphos mehr Verstand hatte, als er zeigte – oder seine Mutter ihn zeigen ließ. Es war bestimmt keine dumme Idee, mit dem Mann einmal allein zu reden, falls man nicht unter Lady Doris' Rock kriechen mußte, um ihn zu finden!

»Das ist wahr«, pflichtete Livia Harphos bei. »Deshalb bitte ich euch, ins Haus zu kommen. Was wir zu besprechen haben, ist nicht für fremde Ohren bestimmt.«

»Aber hier ist doch niemand, abgesehen von der Sonne am Himmel«, erklärte Doris.

»Aber die Sonne ist heiß«, entgegnete Livia lächelnd. »Vielleicht werden unsere Worte auch ohne sie sehr hitzig.«

»Ach wirklich?« sagte die ältere Frau. Ihre dicken schwarzen Brauen zogen sich zusammen, ebenso wie ihre Lippen.

Conan hatte den Eindruck, daß Livia ihm zugenickt hatte. »Mylady, Ihr beleidigt dieses Haus«, sagte er. »Fürchtet Ihr etwa um Eure Sicherheit da drinnen?«

Doris warf ihm einen empörten Blick zu. »Wer ist denn dieser flegelhafe Muskelprotz?«

»Hauptmann Conan ist ein freier Söldner, der mit seinen Männern dem Haus Damaos dient«, erklärte Livia und schnitt der aufgebrachten Doris die Rede ab, als teile sie einen Apfel mit einem Silbermesser. »Ohne seine Hilfe wäre der Plan desjenigen, der mich entführen wollte, sicher geglückt.« Ihre Stimme ließ keinen Raum für Mißtrauen.

Wieder war Doris sprachlos. Zum Glück bewies Harphos so viel Verstand, die Gelegenheit sofort auszunützen – anscheinend hat er darin Übung, dachte Conan.

»Mutter, ich kann mir nicht vorstellen, daß dir in diesem alten und vornehmen Haus irgendeine Gefahr drohen könnte. Wenn du eintreten möchtest, werde ich mich um die Diener kümmern. Wen möchtest du mitnehmen?«

Doris erkannte, daß sie ihrer Gegnerin den Sieg auf einer Silberplatte darreichte, wenn sie weiterhin mit offenem Mund hier stehenblieb. Sie ratterte ein halbes Dutzend Namen herunter. Harphos nickte und ging.

Conan verneigte sich formvollendet. »Mylady, mit Eurer Erlaubnis möchte ich Lord Harphos begleiten und mich um das Wohl der Dienerschaft des Hauses Lokhri kümmern.«

Livia nickte. Doris blickte den Cimmerier an, als hätte sie ihren Sohn lieber einer Giftschlange anvertraut als ihn. Doch da reichte ihr Livia bereits den schlanken Arm. Ihr blieb keine Wahl. Sie mußte ihn nehmen und mit ihrer Gastgeberin durch die große Eingangstür in den Palast treten.

Conan wartete nicht, bis die beiden Frauen verschwunden waren, sondern lief schnell die Stufen hinab. Danach hatte Harphos Mühe, mit ihm Schritt zu halten. Doch gleich darauf wurde der Cimmerier langsamer. Er mußte den jungen Mann bei Laune halten, wenn er ihm die Zunge ohne die Hilfe des Weins lösen wollte.

Nicht daß Conan Skrupel gehabt hätte, den Lord mit Wein abzufüllen, wenn es nötig gewesen wäre. Doch selbst so ein Tor wie Harphos würde mißtrauisch werden, wenn man ihm zu viele Becher zu schnell einschenkte.

Die beiden edlen Frauen verbrachten den Großteil des Nachmittags allein. Als Doris wieder erschien, war sich Conan über zwei Punkte ganz sicher: Lord Harphos hatte entweder einen sehr harten Kopf oder einen sehr verschlossenen Mund – oder beides –, und der junge Mann war keineswegs so blöde, wie er wirkte – oder zu wirken *wünschte*.

Warum Harphos diesen Eindruck erwecken wollte, war Conan nicht klar. Aufgrund seiner Erfahrung mit vornehmen Häusern mochte es ein Dutzend verschiedener Gründe geben. Er hätte nur raten können – und Lady Livia bezahlte ihn nicht, um aus dem Kaffeesatz zu weissagen.

Der Cimmerier hatte ebensoviel Wein wie der junge Harphos getrunken. Er spürte die Wirkung, als er die Treppe zu Livias Gemächern hinaufging. Oben lief ein Mann mit schnellen Schritten an ihm vorbei, der die Rüstung der Wächter und das Abzeichen des Obersten Archonten auf Brustplatte und Helm trug.

Gleich darauf hörte Conan eine Frau weinen. Kaum hörte der Archon das Weinen, fing er an zu laufen. Er war die Stufen hinabgestürmt und aus der Tür, ehe Conan den Wachen zurufen konnte, ihn aufzuhalten. Der Cimmerier fluchte und klopfte an Livias Tür.

Eine der Zofen öffnete.

»Oh, Hauptmann Conan. Meine Herrin wünscht, allein zu sein. Sie wird euch rufen lassen, wenn ...«

»Ich rufe dich jetzt, Hauptmann«, ertönte eine

Stimme, die kaum wie Livias klang. »Und Sherma – ruf Reza ebenfalls her.«

»Mylady ...«

»Sofort!«

Conan hörte Glas klirren, dann wieder Schluchzen. Die Dienerin lief beinahe so schnell an ihm vorbei wie der Oberste Archont. Conan stieß die Tür auf und betrat Livias Gemach.

»Mylady, Ihr habt nach mir geschickt?«

Livia hob die rotgeränderten Augen, schnaubte die Nase und nickte. »Verzeih mir, Conan, ich dürfte nicht so schwach sein, aber ...«

Wenn Lady Doris schuld daran war, daß Livia so unglücklich war, würde er das Weib aufsuchen, übers Knie legen und ihr den Hintern so versohlen, daß er so rot wie Livias Augen war. Das schwor sich der Cimmerier. Das würde die Manieren dieser sauberen Dame bestimmt verbessern.

»Conan, Lady Doris bestreitet, irgend etwas mit dem Angriff zu tun zu haben. Ich zweifle nicht an ihren Worten. Aber sie weigert sich auch, irgendeine Vermutung auszusprechen, wer zwischen unseren Häusern Zwietracht säen will!«

Conan runzelte die Stirn. Lord Harphos hatte ebenfalls nur wenig gesagt – nüchtern als auch betrunken. Doch aufgrund des Wenigen fragte Conan sich, ob dem jungen Lord nicht mehr an Gerechtigkeit gelegen sei als seiner Mutter. Jedoch war das vielleicht auch nur eine Rolle, womit er einen primitiven Cimmerier aufs Eis führen wollte. Aber wenn dem nicht so war und wenn Harphos tatsächlich aus eigenem Antrieb Livia den Hof machte, und nicht nur auf Betreiben seiner Mutter, dann konnte man vielleicht mit dieser Information etwas anfangen.

Doch jetzt war Conan sicher, daß Livia größeren Kummer hatte als die verschlossenen Lippen Lady Dorias. Er brachte Wasser und ein Handtuch. Als Reza eintrat, hatte Livia sich bereits das Gesicht gewaschen.

Als sie die beiden Männer anschaute, klang ihre Stimme beinahe normal. »Ich habe an die Archonten eine Petition gesandt und sie gebeten, unsere Gefangenen zu verhören und auch Lord Akimos zu befragen. Ich hatte gehofft, daß Lady Doris mich bei diesem Gesuch unterstützen würde. Es wäre doch für sie noch wichtiger als für mich, ihren Namen reinzuwaschen.

Die Archonten haben das Gesuch abgelehnt. Sie geben zwar zu, daß das Eindringen in unser Haus gegen das Gesetz war, aber sie behaupten, daß wir nicht das Recht hätten, Hauptmann Conan und seine Männer in unseren Dienst zu nehmen.«

»Crom!«

Reza stieß leise eine längere, aber kaum freundlichere Verwünschung auf iranistanisch aus. Livia nickte.

»Nach Auffassung der Archonten gleichen sich daher die beiden Verstöße gegen das Gesetz aus und …«

»Bei Erliks Messingkeule!« brüllte Conan. »Sind Eure Archonten Männer oder Eunuchen? Haben die Menschen in Argos nichts Besseres zu tun, als Gesetze zu erlassen, die ehrlichen Bürgern verbieten, sich zu verteidigen?«

»Ja, manchmal scheint es so auszusehen«, sagte Livia mit fester Stimme, aber Conan bemerkte, daß sie sich auf die Lippe biß.

»Na gut! Dann wollen wir Akimos einen Besuch abstatten!« erklärte Conan. »Wir können einen Staatsbesuch machen, so pompös und aufwendig wie Lady Doris, wenn sie in Hochform ist.«

Reza wußte nicht, ob er lächeln oder die Stirn runzeln sollte.

»Vielleicht finden wir bei ihm etwas heraus«, fuhr Conan fort. »Oder ich nehme ein paar meiner besten kein guter, wenn er bedeutet, daß wir unsere Truppen teilen müßten, obwohl wir keine Ahnung haben, was uns noch bevorsteht.«

»Allerdings«, sagte Reza.

»Der Holzkaufmann hat doch sicher einen Agenten in Messantia, oder?« sagte Livia. »Und dieser Agent ist gewiß berechtigt, Männer und Wachen für sie einzustellen, wenn Leute gebraucht werden.«

Reza wußte, wenn er verloren hatte. Er verneigte sich. »Gewiß doch, Mylady. Ich werde mich erkundigen. Habe ich deine Erlaubnis?«

»Selbstverständlich. Je schneller, desto besser. Ehe derjenige, der die Gefangenen geschickt hat, beschließt, sie zu befreien.«

»Die Befreier werden sich zu ihren Freunden begeben«, sagte Reza. Er lächelte dem Cimmerier zu, als er hinausging, aber das Lächeln reichte nicht bis zu den Augen.

Auf Lady Livias Bitte hin nahm Conan wieder Platz und schenkte sich noch mehr Wein ein. Eins war unbestritten: Die Weine in Argos waren es beinahe wert, die Gesetze von Argos zu ertragen!

Acht

Die Ausläufer des Gebirges hatten längst die Kornfelder der Ebene verschlungen. Jetzt verschlangen sie auch die Straße unter den Hufen von Lord Akimos' Pferd.

Noch eine Meile zuvor war die Straße hart und trocken gewesen und so breit, daß vier Wächter nebeneinander konnten. Jetzt bot der feste Untergrund kaum noch Platz für zwei Pferde. Zu beiden Seiten waren Schlamm, Sumpfland, Dickichte, Obstbäume, Schonungen oder manchmal alles gleichzeitig.

Es war ein ideales Gelände für die Banditen, die in dieser Gegend ihr Unwesen treiben sollten. Es war schon spät. Das letzte Tageslicht verflog am westlichen Horizont.

»Reiten wir etwa die ganze Nacht hindurch?« erkundigte sich Akimos mißmutig. »Dann sollten wir uns schleunigst um Laternen kümmern, solange wir noch Flint und Stahl sehen können.«

Im schwindenden Licht konnte Akimos Skirons Gesichtsausdruck nicht genau erkennen. Er schien zu lächeln, doch vielleicht weniger unterwürfig als sonst. Machte er sich etwa über Akimos' Befürchtungen lustig?

»Wir haben noch weniger als eine Viertelmeile vor uns«, antwortete Skiron. »Ich vergesse keine Wegmarkierungen.«

»Kannst du sie auch in der Dunkelheit sehen?«

»Diejenigen, die wir brauchen, schon. Laß nicht die

Laternen anzünden. Sie beleuchten zwar den Weg für uns, aber ihr Licht verriete uns auch jedem Banditen, der sich im Umkreis von einer Meile aufhält.«

Aus dem Murmeln der Männer schloß Akimos, daß seine Eskorte Skirons Meinung teilte. Keinem behagte es, im Dunkeln zu reiten, aber keiner hatte auch Lust, mit Banditen zu kämpfen, vor allem da sie selbst nur ein Dutzend zählten.

Im Westen verblaßte das Rot am Himmel und ging in dunkles Gold über. Über ihnen leuchtete das Firmament bereits purpurrot. Vereinzelt funkelten Sterne.

Akimos hatte den Eindruck, daß sie ihn verspotteten, weil er sich in einer so törichten Mission so weit von Messantien entfernt hatte. Aber lieber ließ er sich für einen Narren halten als für einen Feigling.

Akimos war auch kein Mann, der seinem zahmen Zauberer zu sehr vertraute. Skiron war wie ein Leopard an der Kette. Die Kette konnte reißen, aber selbst wenn sie hielt, ließ sie dem wilden Tier eigentlich zuviel Freiheit, so daß es ihm an die Kehle springen konnte.

Akimos mußte sehen, was Skiron hier oben im Gebirge vorbereitet hatte, dann war Schluß. Er konnte nur zu Mitra beten, daß es die beschwerliche Reise wert war und daß weder Götter noch Menschen während seiner Abwesenheit in Messantia ein Chaos in seinen Angelegenheiten anrichteten.

Die Wächter an der Spitze waren jetzt abgestiegen und führten die Pferde zu Fuß weiter. Der Feldwebel hatte das Schwert gezückt und tastete damit, wie ein blinder Bettler mit dem Stab, den Weg ab.

Akimos überlegte, ob er ebenfalls absteigen sollte. Er fühlte sich ungemütlich, weil er ein so großes und nacktes Ziel darbot, obwohl er unter dem seidenen Reitumhang ein Kettenhemd trug. Ihm war auch klar, daß er niemals mit dem Pferd kehrt machen und vor einem etwaigen Hinterhalt fliehen konnte. Nicht auf diesem Weg, der jetzt so schmal wie eine Hintergasse in Aghrapur war und auch genauso stank…

Ein leises Zischen war Akimos einzige Warnung. Er zog sein Schwert und war bereit, die Schlange zu töten, als das Netz mit den Gewichten herabfiel und den Weg versperrte. Ein Gewicht traf den Feldwebel am Kopf und spaltete ihm den Schädel wie eine reife Melone, die vom Tempeldach geworfen worden war.

Als das Schwert des Feldwebels auf den Weg klirrte, öffnete Akimos den Mund, um Befehle zu erteilen. Seine Zunge war so steif wie ein toter Ast. Eine sauer schmeckende Trockenheit füllte ihm den Mund. Worte quollen ihm aus der Kehle, weigerten sich jedoch, über die Lippen zu springen.

Im nächsten Moment würde er sich übergeben müssen. Er würde nicht nur sein Leben hier auf diesem dunklen Weg durch die Hände von Banditen beenden müssen, sondern auch vor den Augen aller Männer als offensichtlicher Feigling gelten.

Diese Gedanken waren noch dunkler als der Weg. Akimos war so sehr mit seinem bevorstehenden Ende beschäftigt, daß er die dunklen Gestalten nicht sah, die rechts und links aus den mit Moos behangenen Bäumen sprangen.

Er sah auch nicht, daß Lord Skiron Funken schlug und diese Funken in den Zunder in einer Messingschale fielen. Der Zunder begann in einem giftigen Zinnoberrot zu glühen, wie das Auge einer Schlange.

Skiron hob den Stab, und die Schale erhob sich. Sie hing an einer Silberkette. Rauch kräuselte aus dem Gefäß in die Höhe. Skirons Hand huschte durch den Rauch, der im Rhythmus der Handbewegungen tanzte. Dann konnte jeder, der bei klarem Verstand war, deutlich sehen, daß der Rauch Runen formte. Diese Runen waren über mannshoch und erstreckten sich über den Weg und verschwanden in den Bäumen.

Akimos sah wieder klar, als das grellrote Licht aus der Schale quoll, als wäre es eine Flüssigkeit. Es strömte auf den Weg und umspülte die Beine der Männer und der Pferde. Ein Roß wieherte laut, ein anderes scheute, so daß sich der Reiter nur mit Mühe im Sattel halten konnte. Dabei betete er verzweifelt, nicht in das dämonische Licht geschleudert zu werden.

Das Licht floß weiter. Jetzt hatte es die Banditen erreicht. Auch sie schienen zu beten oder zu fluchen, doch kein Laut drang an Akimos' Ohren. Auch sein Pferd hatte das Maul aufgerissen, doch seine Schreie waren stumm.

Akimos konnte keine Abwehrgeste ausführen, ohne eine Hand von den Zügeln zu nehmen. Er betete so inbrünstig, als könne er durch die Menge der Worte den Gebeten die Kraft verleihen, sich von diesem schrecklichen Licht zu befreien und zu den Göttern hinaufzusteigen.

Allerdings war er in dieser Nacht, in diesem dämonischen Feuerschein nicht sicher, ob es Götter überhaupt gab.

Der Anführer der Banditen war ein tapferer Mann, der in sämtlichen Armeen, aus denen er desertiert war, hervorragend gekämpft hatte. Unerschrocken blieb er stehen, als das dämonische Licht sich näher an ihn heranschob. Dann schleuderte einer seiner Männer einen Speer in die Flammen. Der Schaft zitterte und blieb stecken, als wäre das Licht ein Krokodilrachen.

Dann hatte das Licht den Banditenführer erreicht. Es brannte wie Feuer – oder wie Eis –, aber es tat nicht richtig weh. Als er hinabschaute, sah er seine mit Schlamm bespritzten Spiegel und die zerfetzten Beinkleider unverändert.

Er zog das Schwert und rief den Befehl zum Sammeln. Nur der Mann unmittelbar neben ihm schien ihn zu hören. Er nestelte an den Riemen, die den Streitkolben hielten. Da fiel eine schleimige graue Masse auf seine Schultern.

Es war ein Moosfetzen von den Bäumen, doch dieser Streifen war von dämonischem Leben beseelt. Er ballte sich zu einem mannskopfgroßen Klumpen, der zu einem Schlangennest wurde. Die Reptilien krochen über das Gesicht des Banditen. Er riß den Mund zu einem Hilfeschrei auf – das Moos kroch über seine Lippen und stopfte ihm den Mund.

Dem Anführer der Banditen quollen die Augen heraus, als er das alles sah. Seine Hand verkrampfte sich um den Schwertgriff.

Der andere Bandit ließ den Streitkolben fallen und kratzte sich mit beiden Händen das Moos aus dem Mund – doch ohne Erfolg. Das Moos war plötzlich so hart wie Kupferdraht. Er verlor den Verstand, als ihm immer neues Moos über das Gesicht kroch und die Nase versiegelte, so daß er keine Luft mehr bekam. Er lief blau an, krümmte sich und fiel zu Boden. Nach einigen heftigen Zuckungen lag er still da. Das Moos mit dem unnatürlichen Leben kroch über das Gesicht des Toten auf den Anführer der Banditen zu.

Der Mann hatte bis jetzt Mut bewiesen, doch jetzt ließ ihn dieser im Stich, und auch er wollte fliehen. Hätte das Feuer seine Beine gelähmt, wäre er auf der Stelle wahnsinnig geworden, aber er konnte sie bewegen. Allerdings hatte er das Gefühl, als zöge er sie aus knietiefem Schlamm. Ganz langsam kam er vorwärts, doch immer noch schneller als das Moos. Sollte jedoch noch mehr von diesem Teufelszeug herabfallen, war er verloren.

Das Licht kroch schneller als das Moos. Es fiel auch kein neues Moos herab. Jetzt ließ auch die Saugwirkung nach und verschwand ganz. Der Bandit tat einen großen Satz, um aus dem Bereich des dämonischen Lichts zu kommen. Er schaffte es. Endlich spürte er festen Boden unter den Füßen.

Er lief blindlings dahin, ohne sich umzublicken. Er konnte seine Männer nicht retten, die im Licht gefangen waren. Er verschwendete auch keinen Gedanken an die Feinde. Ein Pfeil in den Rücken war bestimmt gnädiger als das Schicksal, das ihn ereilen würde, wenn er es nochmals mit Zauberei zu tun bekäme.

Doch weder Pfeile noch Zauber verfolgten den Banditenführer. Hundert Schritte hinter der Lichtgrenze blieb er keuchend unter einem Baum stehen, nachdem er sich überzeugt hatte, daß kein Moos von den Ästen hing.

Von den Banditen, die mit ihm auf dem Weg gewesen waren, schien keiner mehr zu leben. Aber es wartete noch zu beiden Seiten des Wegs jeweils ein knappes Dutzend Männer. Er hatte keine Befehle erteilen können, aber wenn sie Augen im Kopf hatten, würden sie sich zurückhalten, nachdem sie gesehen hatten, wie es den Kameraden ergangen war. Ja, sie würden sich vom Zauberlicht fernhalten, aber vielleicht nicht außer Schußweite der Pfeile bleiben.

Bei Nacht war es immer riskant, mit Bogen zu schießen. Zu leicht traf man nicht nur den Feind, sondern auch den Freund. Bei den Männern an den Flanken waren hervorragende Bogenschützen, und ein mit Pfeilen gespickter Zauberer war sicherlich kaum noch imstande, Magie einzusetzen.

Der Banditenführer marschierte den Weg weiter bergauf. Nach fünfzig Schritten kam er um eine Biegung. Jetzt konnten der Zauberer und seine Begleiter ihn nicht mehr sehen. Er blieb stehen und suchte eine junge Zeder, die einen trockenen Pfad zurück zu seinen Leuten markierte.

Nach dem grellen Lichtschein waren seine Augen noch nicht wieder auf die Dunkelheit eingestimmt, daher fand er den Baum nicht sofort. Er erwartete jeden

Moment, Hufschlag zu hören und das Kampfgeschrei der Eskorte des Zauberers – vielleicht auch Worte, welche weder Göttern noch Menschen bekannt sein sollten, wenn der Zauberer wieder einen Zauberspruch losließ.

Als der Banditenführer endlich die Zeder entdeckte, lief er sofort darauf zu. Verständlich, daß er nicht den handbreiten Spalt sah, der sich über die gesamte Breite des Wegs zog.

Er blieb im Spalt hängen und fiel nach vorn, dabei verletzte er sich an Händen und Knien. Fluchend erhob er sich, doch etwas hielt einen Fuß fest. Etwas, das brannte, doch nicht so mild wie das dämonische Licht. Etwas, das blitzschnell das Fleisch bis auf den Knochen wegätzte und dann auch die Knochen auflöste.

Er schrie auf, als das Brennen die Beine hinaufkroch. Er schrie gellend, als er in den Spalt gezerrt wurde, und er schrie immer noch, bis sich das Brennen zur Brust vorgearbeitet hatte und seine Lunge auflöste.

Als nur noch die linke Hand des Banditenführers übrig war, bebte die ganze Erde. Aus dem Spalt stiegen Rauchwolken in Farben hervor, für die es keine Bezeichnungen gibt. Plötzlich schloß sich die Erdspalte. Nur die Hand des Banditenführers lag noch auf dem geschwärzten Gestein des Wegs. Die Finger waren wie Klauen gekrümmt, die Nägel waren widerwärtig graubraun gefärbt.

Akimos konnte, auch nachdem der Schrei erstorben war, nicht aufhören zu zittern. Noch länger dauerte es, bis er mit trockenen Lippen wieder Worte formen konnte.

»Was was *das?*«

Skiron zuckte mit den Achseln. »Das wissen nur die Götter, und sie senden mir keine Kuriere.«

»Jetzt ist nicht die Zeit zu scherzen!«

»Verzeih mir, Mylord«, sagte der Zauberer sanft. *Zu sanft!* dachte Akimos. *Er weiß mehr, als er mir sagen will.*

»Ich bin sicher, daß die Banditen auf beiden Flanken Männer postiert hatten, die eingreifen sollten, sobald ihre Kameraden uns auf dem Weg in einen Kampf verwickelt hatten. Sogar ein Zauberer kann die Klugheit dieser Taktik verstehen.«

»Skiron!«

»Verzeih. Ich wollte dich nur daran erinnern, daß ich kein Soldat bin.«

»Stimmt. Und ich bin keine Tempelstatue, die eine Ewigkeit geduldig wartet. *Was hat da geschrien?*«

»Ich wette, einer der Banditen ist neben dem Weg in Treibsand geraten oder auf eine giftige Schlage getreten. Die Sumpfvipern hier sind tödlich. Ihr Gift brennt wie Feuer.«

Das war wahr. Akimos hatte das auch schon gehört. Aber warum war er sicher, daß es nicht die Wahrheit war, nach der er suchte?

Wahrscheinlich war der Grund, daß er Skiron zu lange und zu gut kannte. Außerdem war es möglich, daß es in dieser Nacht in dieser Gegend keine Wahrheit gab – jedenfalls keine Wahrheit, die Menschen als solche sahen.

Lord Akimos rief seine Männer zusammen. Sie legten die Leiche des Feldwebels über sein Pferd und zogen weiter. Währenddessen hatte ein neugieriges Wiesel die Hand des Banditenführers aufgespürt und hineingebissen.

Sekunden später verendete das Wiesel qualvoll. Doch zuvor hatte es den vermeintlichen Leckerbissen vom Weg fortgeschleppt. Lord Akimos' Mut wurde deshalb durch den Anblick der Hand nicht auf die Probe gestellt. Wo vorher der Spalt gewesen war, hätte man jetzt nur geschwärztes Gestein gesehen – und nur dann, wenn man auf Händen und Knien bei Licht gesucht hätte.

Akimos, Skiron und die Soldaten ritten darüber hinweg, ohne etwas zu bemerken. Nur ein seltsam scharfer Geruch machte die Pferde für mehrere Schritte unruhig.

Tief unter den Bergen empfing der Große Beobachter Bewußtsein. Man konnte aus vielen Gründen nicht von ›Erwachen‹ sprechen, vor allem da er keine Sinne hatte, wie Menschen diesen Begriff verstehen.

Der Große Beobachter war unwissend gewesen und jetzt hatte er Wissen.

Das Wissen, das ein Teil von ihm – weit weg und seit langem von ihm getrennt – ebenfalls Bewußtsein empfangen hatte. Dieses Teil hatte noch weiter hinausgegriffen und einen Pfad in die Himmelswelt geöffnet und zu den Nahrungsvorräten. Es hatte sogar einen Krümel der himmlischen Speise ergattert und verarbeitete diesen jetzt.

Im Großen Beobachter war das Bewußtsein, daß sein isolierter Teil Nahrung aufnahm, jetzt ganz deutlich. Es wurde noch geschärft, weil er die Zufriedenheit nach dem Essen fühlte. Wenn man auf den Großen Beobachter menschliche Begriffe übertrug, konnte man sagen, daß er auf den isolierten Teil neidisch war.

Dort, wo beim Großen Beobachter etwas wie Verstand arbeitete, formte sich ein Gedanke. Er würde hinausgreifen zum isolierten Teil und herausfinden, was genau geschehen war. Es würde für den Großen Beobachter so etwas wie ein Vergnügen sein, zu erfahren, daß vielleicht die Zeit der Nahrungsaufnahme unmittelbar bevorstand.

Für den Großen Beobachter unterschieden sich ein Jahrhundert und eine Minute nicht so sehr. Dennoch erinnerte er sich, daß der Abstand zwischen den Fütterungen noch nie so groß gewesen war. Vielleicht trieb sich das noch irgendwo herum, was das Bewußtsein gebracht und dem isolierten Teil etwas zu essen verschafft hatte. Vielleicht würde es auch den Großen Beobachter und seine Gefährten erreichen.

Dann würde es ein riesiges Fressen geben. Danach brauchte keiner mehr Hilfe aus der Himmelswelt, um Nahrung aufzuspüren und zu verzehren. Dann konnten sie sich überallhin bewegen und ganz nach Lust und Laune vermehren.

Der Große Beobachter bebte vor Vergnügen. Das Beben pflanzte sich in den Felsen um ihn herum fort.

Der feuchte Fels der Höhle unter Lord Skirons Füßen erzitterte. In weiter Ferne hörte er das Donnern einer Steinlawine. In der Nähe stob Sand zischend aus Spalten hervor. Ein Stalaktik brach und stürzte ein. Beinahe hätte er einen Wächter erschlagen. Der Mann war in letzter Sekunde beiseite gesprungen, stand jetzt mit gezücktem Schwert da und rollte mit den Augen, so daß man nur das Weiße sah.

»Keine Angst! Bleibt ruhig!« sagte Skiron. »Das Gestein dieser Berge stand hier bereits, ehe Menschen auf der Erde lebten. Es gibt allerdings sehr viele unterirdische Quellen. Diese Quellen höhlen auch das härteste Gestein aus, so daß es manchmal einstürzt.«

»Wenn es auf mich fällt, ist mir egal, warum es eingestürzt ist«, meinte jemand.

Skiron fluchte leise und wünschte, Akimos hätte halb so viel Verstand und Mut wie seine Ahnen. Dann überließe er es nicht dem Zauberer, seine verängstigten Männer zu beruhigen. Schließlich hatte der Magier wichtigere Aufgaben.

Skiron erinnerte sich nicht genau, was Akiros schließlich sagte. Er wußte nur, daß die Stimme des Kaufmannsprinzen so schrill wie die einer halb hysterischen Frau geklungen hatte, was die Gemüter der Soldaten nicht sonderlich beruhigte.

Irgendwie fand Akimos doch noch die richtigen

Worte. Er war schließlich kein Schwachkopf. Er hatte den Erfolg des Hauses Peram, in das er geboren worden war, nicht nur erhalten, sondern noch ausgebaut. Die Wächter machten sich bereitwillig ans Abladen und schleppten die Packen durch die langen windenden Gänge zu trockeneren Höhlen weiter oben.

»Hier gibt es sogar eine Spalte, durch den der Rauch des Feuers abziehen kann«, bemerkte Akiros und zeigte auf die Felswand. »Jedenfalls den Rauch eines üblichen Feuers mit Holz. Ich habe jedoch keine Ahnung, ob sie für den Gestank deiner Magie groß genug ist.«

»Ich erwarte nicht, daß derartige Zauber nötig sind, sobald wir uns hier – na ja, verschanzt haben.«

Akimos runzelte die Stirn. Skiron merkte zu spät, daß ihn seine Stimme verraten hatte. Der Kaufmannsprinz musterte ihn lange und mißtrauisch.

»Du brauchst keine Magie mehr? Oder wagst du nicht mehr, sie einzusetzen?«

»Wovor sollte ich Angst haben?«

»Du hast nie von den Beobachtern gehört? Und du willst ein Zauberer sein?«

Skiron lachte. Zu spät dachte er daran, daß sein Lachen durch die Höhlen und Gänge des unterirdischen Labyrinths hallen würde. Er mußte warten, bis das Echo aufgehört hatte, ehe er weitersprechen konnte. Akimos' Gesicht glich einer dunklen Gewitterwolke.

»Es bestehen berechtigte Zweifel, daß die Beobachter zu den Zauberkreaturen gehörten. Viele Geschichten berichten, daß sie nur Ausgeburten des letzten Rests des Wissens über die Natur sind, über den die Atlanter noch verfügten.«

»Na, das glaubst du vielleicht«, entgegnete Akimos. »Für die meisten von uns stinken die Beobachter sehr nach übler Magie.«

»Naturwissen oder Magie – auf alle Fälle sind sie seit langem tot«, erklärte Skiron. »Es macht mir jedoch nichts aus, wenn die Männer diese Geschichten glauben. Dann bleiben sie viel lieber weit weg.«

»Männer wie ein gewisser Cimmerier?«

»Genau.«

Skiron drehte den Kopf zur Seite. Er war erleichtert, daß die Sache so leicht aus der Welt geschafft war. Er wollte unter keinen Umständen, daß Akimos sich zu sehr für die Beobachter interessierte.

Der Schrei in jener Nacht war nicht durch einen natürlichen Tod verursacht worden. Der Gestank auf dem Weg stammte auch nicht aus dem Sumpf oder von Skirons Magie. Woher war er gekommen? Skiron wußte es nicht.

Er wußte aber, daß Akimos genau im Herzen des Gebiets Zuflucht gesucht hatte, wo einst die Beobachter auf Nahrungssuche umhergestreift waren. Wenn sie tot waren – oder wenigstens so schwach wie die Zaubersprüche, die sie an dieses Gebiet fesselten, dann würde Skiron und den anderen vielleicht kein Leid geschehen. Wenn aber nicht …

Diese Sorge mußte Skiron jedoch im tiefsten Herzen bewahren. Hätte er darüber gesprochen, hätte er seine Angst zugegeben, die Angst, daß seine eigenen Fähigkeiten weit weniger vermochten als er vor Akimos geprahlt hatte. Eine derartige Täuschung würde Akimos niemals vergessen oder vergeben. Und wie sollte Skiron ohne Akimos den Rest seines Lebens verbringen?

Vorausgesetzt, daß Akimos ihn nach einer Trennung überhaupt am Leben ließ!

Neun

Ein gemieteter Bote, den weder Lady Livia noch Reza zuvor gesehen hatten, überbrachte die Nachricht von Lady Doris von Lokhri. Die Nachricht hätte keinen größeren Aufruhr im Palast hervorrufen können, wenn es ihn in Brand gesteckt hätte. Lady Livia las den Brief und rief sodann Reza und Conan zu sich und las ihn nochmals laut vor.

›Wenn Hauptmann Conan heute nacht nach der vierten Stunde ins Haus Lokhri kommt, wird er etwas erfahren, das für die Sicherheit des Hauses Damaos lebenswichtig ist.‹

Das war alles. Darunter nur das Siegel von Lady Doris, in parfümiertes Wachs gedrückt. Livia und Reza garantierten für die Echtheit des Siegels, und Conan erinnerte sich an das Parfüm, das er bei Lady Doris' Besuch im Damaos-Palast gerochen hatte.

»Dann ist der Brief echt«, sagte der Cimmerier. »Sie schreibt nicht, daß ich allein kommen soll. Aber ich halte es für das beste, wenn ich allein hingehe.«

Livia öffnete den Mund, doch Reza kam ihr zuvor. »Kommt überhaupt nicht in Frage, Conan! Ich rufe vier unserer Männer zusammen, du wählst vier von deinen aus. Außerdem sollten wir eine Nachrichtenkette einrichten. Wenn es eine Falle ist, kannst du dann wenigstens die Informationen nach draußen weitergeben, auch wenn du selbst nicht entkommen kannst.«

Conan grinste. »Ich bin schon seit vielen Jahren in sehr viel bessere Fallen hineingegangen, als Lady Doris aufstellen könnte. Und trotzdem stehe ich jetzt vor euch. Die meisten Fallensteller sind allerdings nicht mehr am Leben. Wenn sie eine Falle für einen Fuchs aufgestellt hat, wird sie feststellen, daß sie einen Bär gefangen hat.«

Endlich kam Livia zu Wort. »Conan – Hauptmann –, das ist doch völlig verrückt! Lady Doris dürfte dir gewiß nicht so sehr nahestehen, um dir etwas anzuvertrauen, das mein Haus wissen sollte. Wenn du hingehst, gefährdest du dich und dieses Haus gleichermaßen.«

»Wenn hohe Herrschaften Intrigen spinnen, kann es immer gefährlich werden«, sagte Conan. »Aber es wäre töricht, wenn ich die Gelegenheit nicht ergriffe, um vielleicht doch etwas Wichtiges zu erfahren.« Er hielt es für besser, nicht zu erwähnen, daß er sich gern mit Harphos unterhalten wollte. Der Lokhri-Erbe war vielleicht in seinem eigenen Haus weniger vorsichtig und eher zum Sprechen aufgelegt.

»Und um welchen Preis?« rief Livia. »Daß du und die Männer, die dich begleiten, womöglich ihr Leben verlieren? Soviel kann dieses Haus nicht bezahlen. Das Risiko ist zu groß, selbst wenn der Oberste Archont sicheres Geleit versprechen solle!«

»Doch wie Conan sagte, dürfte er mit acht oder neun gut bewaffneten Männern kaum in Gefahr sein«, entgegnete Reza.

»Wenn aber Lady Doris seinen Begleitern den Zutritt verweigert?« fragte Livia. So leicht gab sie sich nicht geschlagen.

»*Dann* drängt sich der Verdacht auf, daß es eine Falle für Conan sein soll«, meinte Reza ungerührt. »Aber wir können ihm zutrauen, daß er sich klug verhalten wird. Verzeih mir die offenen Worte, Mylady, aber wenn wir nicht einem Mann trauen, der von Hauptmann Khadjar ausgebildet wurde, können wir niemandem unter der Sonne trauen.«

»Ich traue Conan. Was Khadjar betrifft, muß ich mich auf dein Urteil verlassen, Reza.« Livia klang wie ein schmollendes kleines Mädchen. »Aber kann ich denn dir trauen, Reza?«

»Was soll das heißen, Mylady?« Der Ton des Haushofmeisters grenzte an Empörung.

Conan hielt den Atem an und legte die Hand auf den Schwertgriff. Wenn Livia Reza offen beschuldigte, auf den Cimmerier eifersüchtig zu sein, würde das die Lage eher verschlimmern als verbessern; denn dann wäre Reza wegen seiner Stellung besorgt. Und falls Reza vor Eifersucht die Beherrschung verlor, war Conan im Lokhri-Palast vielleicht sicherer als im Haus der Damaos.

»Mylady, ich halte es für am besten, wenn ich gehe«, sagte Conan. »Wenn ich mich weigere, könnte Lady Doris das als Beleidigung auffassen, und wir haben bereits genug Feinde.«

Livia biß sich auf die Unterlippe, nickte dann aber. »Dann mögen die Götter mit dir sein, Hauptmann Conan.«

Conan lächelte. »Bezüglich der Götter bin ich mir nicht so sicher, aber mit Rezas Hilfe, guten Männern und scharfem Stahl werde ich es schaffen. Darauf vertraue ich mehr als auf die Götter, wenn Ihr gestattet.«

Der Cimmerier spürte, daß Livias Augen auf ihm ruhten, bis er die Tür hinter sich geschlossen hatte.

Der Cimmerier hob die Hand. Die zehn Männer hinter ihm hielten an. Auf dem Platz der Käfigbauer zeigte die Wasseruhr auf dem Brunnen an, daß die sechste Stunde erst halb vorüber war.

»Wir haben genug Zeit, etwaigen Verfolgern die Arbeit ein bißchen zu erschweren«, sagte Conan. Er deutete auf eine Straße, die zum Hafen führte. »Dort hinunter, bis zur Straße der Stufen. Mekhas, du kennst dich am besten in diesem Viertel aus. Übernimmm die Spitze!«

Der Damaos-Mann nickte und ging voran. Als er außer Hörweite war, winkte Conan Jarenz zu sich.

»Bleib dicht hinter ihm. Das Schwert kannst du in der Scheide stecken lassen, aber sei wachsam. Falls er dir nervös vorkommt, frag ihn nach dem Grund. Solltest du dein Schwert gegen ihn einsetzen müssen, dann aber mit der flachen Klinge – wenn möglich.«

»Jawohl, Hauptmann.« Jarenz eilte Mekhas hinterher. Der Fuß, den er im Holzfällerlager verletzt hatte, war noch nicht völlig verheilt, aber er konnte dennoch ziemlich schnell gehen.

Conan blieb auf dem Weg zum Hafen hinter seinen Männern. Seit geraumer Zeit hatten ihm seine Instinkte verraten, daß man sie verfolgte. Gesehen oder gehört hatte er nichts, doch hatte er sich in seinem Leben zu lange und zu erfolgreich auf seine Instinkte verlassen, um sie jetzt zu ignorieren.

Ein paar hundert Schritte lang war die Straße noch so hell erleuchtet und verlassen, wie in den meisten reichen Vierteln Messantias. In diesen Wohngegenden hatte kaum jemand nach Einbruch der Nacht legale Geschäfte auf der Straße abzuwickeln. Wer aber nicht ganz so legalen Geschäften nachging, wollte nicht unbedingt den Wächtern begegnen. Das Leben eines Diebs in Messantia, zumindest in den Vierteln der Stadt, wo es sich lohnte zu stehlen, war mit Sicherheit aufregend und wahrscheinlich auch ziemlich kurz.

Als die Straße enger wurde und sich zum Hafen hinabschlängelte, begegneten sie keinen Patrouillen der Wächter mehr. Auch die Beleuchtung wurde spärlicher. Zuletzt gingen sie beim Licht des Monds und der Sterne weiter. Man konnte sich aber auch am Schein der Lampen orientieren, der aus Weinschenken und Freudenhäusern auf die Straße fiel. Das Pflaster wurde uneben.

Unrat lag herum. An manchen Stellen fehlten sogar die Steine, so daß man durch stinkenden Schlamm waten mußte.

Conan störte das alles nicht. Trotz der vielen Lichter und der guten Luft, trotz des guten Essens und der sauberen Betten fühlte er sich in den reichen Vierteln Messantias nicht heimisch. Einem Mann, der Städte zuerst als Sklave, später dann als Dieb kennengelernt hatte, behagten die ärmeren Stadtteile mehr, wo er sich auskannte.

Als Conan die Hafenanlagen in gut hundert Schritten Entfernung sah, ließ er nochmals anhalten. Er gab das Zeichen, nach Westen weiterzugehen. Das hieß, scharf nach rechts. Durch dieses Manöver konnte Conan drei Straßen gleichzeitig überblicken, ohne den Kopf zu wenden.

Alle drei waren ziemlich finster. Dennoch sah Conan in einer der engen Straßen Schemen dahinhuschen. Dann preßte sich die dunkle Gestalt gegen eine Mauer und wartete. Als sie sich unbeobachtet glaubte, huschte sie weiter.

Conan signalisierte mit Handzeichen nach vorn: Vorsicht, Hinterhalt! Die Männer vorn und hinten spähten jetzt nach beiden Seiten aus, die in der Mitte standen, schauten nach oben.

Die Straße schlängelte sich wie eine betrunkene Schlange dahin. Dann wurde sie so eng, daß der Cimmerier auf beiden Seiten die Häuser gleichzeitig berühren konnte. Gleich darauf ging es wieder bergauf. Sie waren auf dem Weg zum Lokhri-Palast.

Immer noch verfolgte sie jemand. Keiner der Männer konnte so gut in der Dunkelheit sehen wie der Cimmerier, doch der Verfolger schien es mit ihm aufnehmen zu können.

Die Straße wurde jetzt breiter. Conan sah eine Laterne weiter vorn stehen. Er sah auch die drei großen

Weinfässer in einem Gestell – und den dünnen Arm, der aus dem Schatten herausschoß und einen Keil herauszog.

»Vorsicht, die Fässer!« brüllte Conan. Er lief los und war an der Spitze seiner Abteilung, als die Fässer aus dem Gestell rollten. Auf der steilen Straße rollten sie sehr schnell auf die Männer zu.

Conan sah einen dünnen Baumstamm an einem Haus lehnen, der oben zugespitzt war. Er packte ihn und lief den Fässern entgegen. Dabei schleuderte er den Stamm wie einen Speer. Die roh behauene Spitze bohrte sich unter das erste Faß und hielt es auf. Das zweite Faß prallte auf das erste und das dritte auf das zweite. Die Zusammenstöße waren so heftig, daß das erste Faß platzte und der Wein auf die Straße floß.

»Welche Verschwendung von gutem Wein!« rief Jarenz fröhlich.

Ehe Conan ihn zum Schweigen bringen konnte, spuckten die Seitengassen schon Männer aus. Auch hinter seiner Schar tauchten Bewaffnete auf.

Schnell packte der Cimmerier wieder den Baumstamm. Als er ihn hervorzog, setzten sich die beiden unbeschädigten Fässer wieder in Bewegung und rollten bergab. Von den vier Verfolgern wurden drei zu Tode gequetscht. Ihre Schmerzensschreie hallten durch die Nacht. Conan schlug mit dem Stamm nach dem vierten Mann. Der Schurke sprang zur Seite, rutschte jedoch auf den vom Wein glitschigen Pflastersteinen aus und brach sich den Schädel beim Aufprall.

Inzwischen kämpften Conans Männer erbittert mit den Angreifern. Zwei Gegner griffen den Cimmerier an. Conan verschwendete keine Zeit, den Stamm loszuwerden, sondern wehrte damit die Schwertschläge, die von oben kamen, ab. Beide Klingen blieben im Holz stecken. Conan wirbelte den Stamm herum und riß damit die

Schwerter den Besitzern aus den Händen. Bei der nächsten Runde warf er beiden den Baum direkt in die Gesichter.

Dadurch wurden sie nach hinten gegen eine Hauswand geschleudert. Einer kam unter den Stamm zu liegen. Der zweite zog einen Dolch. Er hatte noch nicht ganz ausgeholt, da zischte das Schwert des Cimmeriers durch die Luft und trennte den Arm samt Dolch direkt über dem Ellbogen ab. Der Schrei des Manns ging im allgemeinen Kampflärm unter.

Doch wurde dieser Lärm bald schwächer. Die Angreifer hatten offenbar erwartet, daß die Fässer Conans Männer verletzen, auf alle Fälle jedoch auseinandertreiben würden. Statt dessen hatten sie mit eigenen Augen gesehen, wie der hünenhafte Cimmerier mit ungeahnter Stärke, beinahe ohne Atem zu holen, sechs ihrer eigenen Leute erledigt hatte.

Das hatten sie gewiß nicht erwartet. Die Angreifer, die noch laufen konnten, ergriffen schleunigst die Flucht.

Zwei rannten in ein Haus und schlugen die Tür hinter sich zu. Conan sah, wie drei seiner Männer den Baumstamm aufhoben und damit – wie mit einem Rammbock – gegen die Tür donnerten. Er eilte hinzu und entriß ihnen den Stamm. Die Männer schauten ihn verdutzt an.

»Wir haben keine Zeit, diese vaterlosen Hunde zu jagen! Außerdem ist das Zertrümmern einer Haustür mit Sicherheit gegen ein Gesetz, das die Argosser sich ausgedacht haben, nachdem sie schlechten Wein getrunken haben.«

Die drei Männer – alle Söldner – grinsten. Der Cimmerier hob die Stimme. »Zum Appell antreten! Haben wir Verletzte?«

Zwei Männer meldeten sich. Dann hörte Conan Jarenz rufen. Der junge Bursche lag auf dem Boden. Der

Cimmerier kniete sich daneben. Sein Mund wurde zu einer schmalen Linie, als er das blasse Gesicht und die klaffende Schenkelwunde des Gefährten sah.

Er sagte nichts. Das war auch nicht nötig. Jarenz griff mit zitternden Händen nach dem Lederbeutel am Gürtel und löste ihn.

»Für Vandar ... nur eine Kleinigkeit ... soll ihm helfen ... bei dem Mädchen. Ist das erste Mal ... daß er ... allein ... jemand den Hof macht.« Jarenz lächelte. Es sah aus, als lächelte ein Totenschädel.

»Tut mir leid, Hauptmann«, fuhr er fort. Das Atmen fiel ihm schwer. »Ich ... ich habe ... versagt ... Ich hoffe ... die Götter ...«

Was Jarenz sich von den Göttern erhoffte, erfuhr der Cimmerier nicht mehr. Die Augen des jungen Manns schlossen sich, gleich darauf hörte er auf zu atmen. Conan erhob sich und wischte die blutigen Hände an der Tunika eines toten Feinds ab.

Es tröstete ihn etwas, daß der Freund nicht der einzige Tote war. Acht weitere Leichen leisteten ihm Gesellschaft. Doch das machte Jarenz auch nicht wieder lebendig oder linderte das Leid des Bruders – und es würde Conan nicht von einer blutigen Rache an denjenigen abhalten, die für diesen feigen Hinterhalt verantwortlich waren.

»Baut eine Bahre!« befahl der Cimmerier mit rauher Stimme. »Jarenz kommt mit uns.«

Der Lokhri-Palast war noch größer als der der Damaos-Familie, aber längst nicht so gepflegt. In einer Mauer vor einem kleinen Park fehlten Steine. Sie war von Unkraut überwachsen.

Conan schickte einen Mann los. Er sollte auf einen starken Ast einer Eiche klettern, die in diesem Park stand. Ein zweiter Mann wurde auf der Mauer postiert, wo viele eiserne Spitzen weggerostet waren. Beide Männer protestierten, der Söldner genauso laut wie der Diener Rezas.

»Ich dachte, ich sei hier der Hauptmann«, sagte der Cimmerier überfreundlich. »Aber wenn ihr meine Meinung nicht teilt, können wir sofort mit dem Schwert herausfinden, wer recht hat.«

Die beiden schüttelten so heftig die Köpfe, daß er befürchtete, sie würden herabfallen.

»Gut. Dann haltet Augen und Ohren offen und das Maul geschlossen. Wir brauchen jemand außerhalb des Palasts, um eine Botschaft zu Hauptmann Reza zu bringen, sollte es nötig sein. Ich will auch einen Mann auf der Mauer haben, der das Gelände genau beobachtet. Sobald wir drinnen sind, werde ich einen Mann aufs Dach schicken, der eine Botschaft übergeben kann. Die letzten beiden können hinunterspringen und sich umbringen lassen oder auch nicht, ganz wie es ihnen beliebt, aber erst *nachdem* sie die Nachricht weitergegeben haben. Sollte einer versagen, kann ich ihm nur den guten Rat geben, bis nach Khitai zu fliehen, denn irgendwo näher werde ich ihn finden.«

Die Damaos-Männer lachten. »Und wenn die Falle dich auch verschlingt, Hauptmann?«

Der Cimmerier lächelte. »Möchte jemand wetten, daß er unbestraft bleibt, nur weil ich tot bin?«

Kein Mann schien Lust zu haben, dem Rachegeist Conans zu begegnen. Alle hatten ihren Posten bezogen, als Conan die restlichen sieben Männer mitsamt dem Toten zum Haupttor führte.

Die beiden Torwächter waren ungefähr halb so groß wie der Cimmerier und alt genug, um sein Vater zu sein. Wenn eine Falle geplant war, spielten diese beiden dabei keine Rolle. Sie studierten das Siegel auf dem Brief und den Paß der Wächter genau, als sähen sie darin das Geheimnis ewiger Jugend. Dadurch hatte auch Conan Zeit, sich alles anzuschauen.

Die Wachen waren nicht nur körperlich nicht zum Kampf geeignet, sondern auch schlecht ausgerüstet. Conan hätte sie nach einem Blick auf die fleckigen Helmriemen und den zerrissenen Sandalen aus seiner Truppe geworfen.

Die Mauern waren brüchig und von Unkraut überwuchert. Die Wachposten wirkten, als schliefen sie in der Wachstube oder sogar auf der Straße. Kein Wunder, daß Lady Doris so erpicht darauf war, ihren Sohn mit Lady Livia zu verheiraten, der Erbin eines der größten Vermögen in Argos.

Wenn Conan vorher schon das ungute Gefühl gehabt hatte, daß es sich um eine Intrige handelte, war er jetzt sogar sicher. Er schwor, daß er – sobald er Jarenz gerächt hätte – sich mit Lady Doris' Beleidigung des Hauses Damaos befassen würde.

Und was war, wenn Lady Doris und nicht Akimos oder einer seiner Freunde die Meuchelmörder von vorhin geschickt hatte? Conan preßte die rostigen Gitterstäbe des Tors so zusammen, als wären sie eine Kehle. Für gewöhnlich lag ihm der Gedanke fern, einer Frau ein Leid anzutun, aber eine Frau, deren Hinterlist einen Mann, der ihm den Treueeid geschworen hatte, das Leben gekostet hatte … Er würde einen Weg finden, sie dafür teuer bezahlen zu lassen.

Bei diesem Schwur wurde sein Gesicht noch grimmiger als vorher. Die Posten sprangen eilends beiseite, als der Cimmerier seine Männer durch das offene Tor über den mit Unkraut bewachsenen Weg zum Palast hinaufführte.

»Lady Doris wird dich im Bernsteinzimmer empfangen«, sagte der Haushofmeister.

Conan nickte. Der Haushofmeister war beinahe so groß wie der Cimmerier, aber alt genug, um sein Großvater zu sein, außerdem kahlköpfig und fett. Nach

Conans Meinung konnte er im Kriegsfall höchstens als Geschoß für eine Belagerungsmaschine dienen. Mit diesem Gewicht würde er beinahe jedes Dach durchschlagen.

»Hat sie gesagt, *wann?*« fragte Conan.

»Ach, ihr jungen Krieger seid so ungeduldig«, antwortete der Haushofmeister und kicherte.

»Danach habe ich dich nicht gefragt«, wies ihn Conan barsch zurecht. »Wenn du es nicht weißt – oder deine Herrin es nicht weiß –, bringst du keine Schande über das Haus, wenn du es zugibst.« Er runzelte die Stirn. »Aber wenn du uns wie Bettler warten läßt, könnte daraus dem Haus mehr Schaden erwachsen als nur Schande.«

Der Cimmerier überließ es der Phantasie des Haushofmeisters, sich auszumalen, welch ein Schaden das sein könnte. Er wurde nicht enttäuscht. Die Triefaugen des Manns weiteten sich, dann lief er schneller die Treppe hinauf, als Conan ihm je zugetraut hätte.

Kurz darauf erschien er wieder, keuchend und blasser als zuvor. »Meine Herrin bittet dich, mir zu folgen.«

»Was ist mit meinen Männern?«

»Deine … ach, die. Ich werde sie in meinem Quartier mit Wein und Essen bewirten. Wenn sie das Geschenk, das sie da tragen, vorher in die Küche bringen wollen …«

»Das Geschenk ist eine Leiche«, erklärte Conan.

»Eine …?« begann der Haushofmeister, dann fiel ihm der Unterkiefer hinunter. Er konnte nicht weitersprechen.

»Die Leiche eines meiner Männer. Ermordet. Heute nacht. In einem hundsgemeinen Hinterhalt auf dem Weg hierher zu diesem Haus.«

Das entsprach nicht ganz der Wahrheit, aber Conan hatte keine Skrupel, dem Haushofmeister Angst einzujagen. Vielleicht würde er aus Angst die Wahrheit sagen.

Oder er würde aus Angst weglaufen, was auch nicht schlecht wäre!

»Ich bezweifle, daß eine Leiche in der Küche willkommen wäre«, fuhr der Cimmerier fort. »Meine Männer werden ihren Kameraden bei sich behalten. So, ich glaube, Lady Doris wartet oben auf mich!«

Sie stiegen eine Treppe hinauf. Wohin Conan auch blickte – überall das gleiche Bild: Das einst mächtige Haus war inzwischen weit heruntergekommen und sank immer noch weiter. Die Wände waren fleckig und brüchig. Kahle Stellen dort, wo früher Gobelins oder Gemälde gehangen hatten. Die wenigen Teppiche, die noch auf dem Boden lagen, waren abgetragen, schimmlig, verblaßt oder alles auf einmal. Mäuse oder Ratten hatten Löcher ins Holzwerk genagt. Die Diener waren entweder sehr alt oder sehr jung. Ihr Gesichter waren schmal. Sie huschten dahin, als hätten sie Angst vor der Peitsche.

Conan erinnerte sich an die Geschichten über den prunkvollen ersten Besuch von Lady Doris im Damaos-Palast. Wie viele Gobelins hatte sie verkauft, wie viele Diener hatten Hirsebrei essen müssen, um die Miete für jenen Glanz zu bezahlen?

Conan verstand allmählich, warum Lady Doris ihn und nicht Reza oder Lady Livia zu sich gebeten hatte. Ein cimmerischer Barbar wüßte vielleicht nicht, was dieses heruntergekommene Haus bedeutete. Wenn er jetzt zu erkennen gab, daß er das sehr wohl verstand, würde man ihn bestechen oder ihm noch Schlimmeres zufügen, damit er den Mund hielt.

Conan schwor sich, daß er sein Schwert an einigen Möbeln ausprobieren würde, falls Lady Doris versuchen würde, seine Lippen mit Gold zu versiegeln. Glaubten alle in Argos, daß Cimmerier als Säuglinge auf den Kopf gefallen waren? Nun, er würde ihnen schon zeigen, welch harten Schädel er hatte.

Der Haushofmeister blieb oben an der Treppe stehen und deutete nach links. »Die mit Bernstein eingelegte Tür ganz am Ende des Korridors.«

»Gut.« Der Kerl wartete offensichtlich auf ein Silberstück. Conan legte die Hand über seine Börse und schüttelte den Kopf. Wenn mit Lady Doris alles gut verlief, würde er *hinterher* etwas Silber unter den Dienstboten verteilen, um ihre Zungen zu lockern.

Die Tür hatte nicht nur Intarsien aus Bernstein, sondern war auch aus kostbarem weinfarbenen Holz gearbeitet, mit liebevoll ausgeführten Schnitzereien und auf Hochglanz poliert. Der Cimmerier klopfte. Der Klang verriet ihm, daß die Tür auch einem Rammbock standhalten würde.

»Wer ist da?«

»Hauptmann Conan, auf Lady Doris' Wunsch.«

»Tritt ein!«

Die Tür öffnete sich lautlos. Die Angeln waren tadellos geölt. Drinnen versanken Conans Stiefel in einem dicken blauen Teppich, in den silberne Delphine geknüpft waren. Es duftete nach Räucherstäbchen und dem ihm bereits bekannten Parfüm. Der Cimmerier hob die Augen und sah die Lady, die dieses Parfüm verwendete.

Lady Doris trug noch mehr als das Parfüm, doch nicht so viel, wie Conan erwartet hatte. Ihr Gewand endete dicht unter dem Knie und gab die Schultern frei. Vorn war es beinahe bis zum Nabel geschlitzt, jedoch mit einer großen goldenen Brosche zusammengehalten, die mit Bernstein und winzigen Smaragden besetzt war.

»Mylady«, sagte Conan und verneigte sich so tief wie der beste argossische Höfling. Er hatte für diese Gesten nicht viel übrig, doch wenn er sie nicht beachten würde, könnte man ihn *zu Recht* für einen Barbaren halten. Wenn er sich wie ein gebürtiger Argosser benahm, waren die Leute immer ganz verblüfft und vielleicht weniger vorsichtig.

»Erhebe dich, Hauptmann Conan, und nimm Platz.«

Conan schaute sich in dem mit kostbaren Hölzern verkleideten Raum um. Sitzen konnte man – außer auf dem Boden – nur auf dem Divan aus Ebenholz mit den purpurroten Seidenkissen und dem großen Himmelbett, dessen Vorhänge wie aus reinem Silber gewirkt aussahen. Da Conan nicht durch das ganze Zimmer brüllen wollte, setzte er sich ganz ans Ende des Divans.

»Nun, Hauptmann Conan. Ist im Haus Damaos alles in Ordnung?«

»So gut, wie zu erwarten ist«, lautete die knappe Antwort des Cimmeriers.

»Dann wißt ihr immer noch nicht, wer euch angegriffen hat – erst mit Magie und dann mit Bewaffneten?«

»Wir suchen nach der Wahrheit, Mylady. Es ist nicht meine Aufgabe, mehr zu sagen. Nicht bis Lady Livia mir ausdrücklich die Erlaubnis dazu erteilt, und sie wird das erst tun, wenn sie bereit ist, zuzuschlagen.«

Lady Doris holte tief Atem. Dabei spannte sich ihr Gewand über dem Busen, der nicht nur voll, sondern auch erstaunlich fest war. Die Frau hatte einen zwanzigjährigen Sohn, aber man hätte ihr geglaubt, hätte sie behauptet, erst dreißig Jahre alt zu sein. Die olivfarbene Haut der Schultern war makellos, ohne Falten, und im blauschwarzen Haar glänzte keine graue Strähne.

»Das sagst du, als läge Lady Livia wie eine Schlange auf der Lauer und würde auf ein Opfer warten.«

Zum ersten Mal sprach Conan ohne Spott oder Wut. »Lady Livia ist jemand, den ich nicht zur Feindin haben möchte. Lady Doris, ich war den Großteil meines Lebens Soldat, aber ich habe wenige Hauptleute gesehen, die verschlagener waren.«

»Aber auch die besten Offiziere müssen wissen, wer ihre Feinde sind. Das stimmt doch, oder?«

»Das ist wahr. Aber, wie ich schon sagte, sind wir eifrig dabei, das herauszufinden. Darin ist sich das ganze

Haus Damaos einig. Und wenn wir herausgefunden haben und bei den Archonten beweisen können, wer diese lächerlichen Zauberer und Messerhelden angeworben hat, sollte derjenige lieber ein Schiff besteigen und Argos weit hinter sich lassen.«

»Derjenige?«

»Mylady, wir haben Euch nicht im Verdacht. Zumindest nicht, was die Angriffe auf den Palast betrifft.«

Lady Doris leckte sich die vollen Lippen. Conan spürte Erwartung, Interesse und noch etwas – Angst?

»Hauptmann Conan, wenn du meine Hilfe willst, mußt du offen sprechen. Was habe ich deiner Meinung nach dem Haus Damaos getan?«

Conan blickte die Frau scharf an. »Wir haben heute nacht aus Angst vor Spionen eigens einen längeren Weg zu Eurem Haus genommen. Trotzdem ist man uns gefolgt. In einer Straße – den Namen weiß ich nicht, aber sie geht steil bergauf ...«

»Ah, die Straße von Dithambres dem Säufer«, sagte die Lady beinahe flüsternd.

»Ein durchaus passender Name«, sagte Conan. »In dieser Straße wurden wir von einer Horde Säufer angegriffen. Aber auch ein einzelner Säufer kann gefährlich sein, wenn er einen Dolch in der Hand hat. Wir haben über die Hälfte getötet. Aber sie haben zwei meiner Männer verwundet und einen getötet. Männer, die mir, ihrem Hauptmann, den Treueeid geleistet haben und dem Haus Damaos den Eid als Wächter. Jemand hat Silber springen lassen, um die Klingen dieser Männer zu kaufen. Mit diesem Jemand haben das Haus Damaos und ich eine Blutschuld zu begleichen ...«

Er brach ab, weil Lady Doris totenbleich geworden war. Ihre Augen waren zu riesigen dunklen Teichen geworden, eine Wange zitterte.

Das Zittern erfaßte auch ihre Lippen. Um es zu verbergen, legte sie die beringte Hand über den Mund.

Dann schloß sie die Augen und stieß einen tiefen Seufzer aus.

Sie schien ihre gesamte Stärke zu verlieren. Sie schwankte und taumelte. Hätte Conan nicht schnell den Arm um sie gelegt, wäre sie vom Divan geglitten. Dann zog er Lady Doris so behutsam, als wäre sie ein Kind, an seine breite Brust und lauschte auf ihren Atem.

Er hörte nichts, denn plötzlich ertönte wildes Geschrei.

»Hund!«

»Nimm deine dreckigen Pfoten von unserer Herrin!«

Eine Geheimtür war aufgestoßen worden. Drei Männer waren hereingestürzt. Zwei weitere krochen unter dem Bett hervor, und noch zwei schwangen sich durchs Fenster herein.

Der Cimmerier ließ Lady Doris, ohne mit der Wimper zu zucken, auf den Divan fallen, als er aufsprang. Ihre Brüste hoben und senkten sich, doch sie hielt die Augen geschlossen. Danach konnte er sich nicht mehr um sie kümmern, da die sieben Männer einen Kreis um ihn bildeten.

Jetzt wußte er auch, daß im Haus Lokhri junge und kräftige Diener nicht unbekannt waren. Sie besaßen Kurzschwerter, lange Dolche und einer von ihnen auch einen Speer. Alle Klingen sahen aus, als seien sie schon oft benutzt worden. Dennoch machten die Männer nicht den Eindruck, als wüßten sie, was sie taten, und schon gar nicht, wen sie vor sich hatten. Der mit dem Speer schien der Anführer zu sein. Er hielt die Augen auf Lady Doris gerichtet, so als sei Conan nicht gefährlich und nur mit einer Weidengerte bewaffnet.

Mit seiner langen Waffe stellte er für den Cimmerier die größte Gefahr dar und war daher sein erster Gegner. ›Opfer‹ wäre passender gewesen, denn Conan schlug mit einem Schwertstreich den Speer in der Mitte durch. Der nächste Schlag traf die Beine. Der Mann brach zusammen, während seine Gefährten auf beiden Seiten näher kamen.

Sie kamen etwas zu nahe, so boten sie dem Cimmerier Ziele, die selbst ein Blinder nicht verfehlt hätte. Conans Schwert wechselte von der rechten in die linke Hand. Dann rammte er den Schwertgriff dem einen Gegner mitten ins Gesicht. Gleichzeitig trat er dem daneben mit aller Kraft zwischen die Beine. Beide Männer fielen auf den Teppich und rangen nach Luft.

Der Anführer warf den abgebrochenen Speerschaft auf Conan und zückte einen Dolch. Conan nahm das Schwert wieder in die Rechte und schlug mit der flachen Klinge dem Anführer auf die dolchbestückte Hand. Schreiend ließ er die Waffe fallen. Ein Mann langte nach ihm. Gleichzeitig führte er mit seinem eigenen Langdolch einen Stoß gegen Conans Beine.

Die Klinge hatte kaum die Haut des Cimmeriers berührt, als dieser herumfuhr – schneller, als ihm das Auge folgen konnte. Dann verhakte sich sein Fuß in den Beinen des Dolchstoßers. Der Mann verlor das Gleichgewicht, fiel jedoch nicht auf den Teppich, sondern stieß gegen einen Kameraden. Im nächsten Moment riß der Cimmerier beide hoch und schleuderte sie gegen die Wand.

An der Wand hing ein wunderschöner Gobelin mit einer Jagdszene: Bogenschützen, die einen Tiger eingekreist hatten. Der Gobelin dämpfte jedoch nicht den Aufprall der Männer. Beide sanken bewußtlos zu Boden. Der Wandteppich wurde dabei von den Haken gerissen und bedeckte die beiden wie ein Lappen, den man über einen Abfallhaufen gebreitet hatte.

Conan warf das Schwert von einer Hand in die andere und lachte laut. Die beiden übriggebliebenen Gegner erstarrten zu Statuen. Mit offenem Mund starrten sie ihn immer noch entgeistert an, als Lady Doris nach Luft ringend mit den Armen um sich schlug.

Conan ehrte die Bitte der Lady. Vorsichtig ergriff er ihre Handgelenke und zog sie hoch, bis sie wieder saß. Dann widmete er seine Aufmerksamkeit wieder den sieben Männern, die er in der gleichen Zeit außer Gefecht gesetzt hatte, in der man einen halben Becher argossischen Wein trank.

»Conan … Hauptmann … sind sie …?« begann Lady Doris. Ihre Augen wurden groß, als sie im Zimmer umhersah.

»Falls einer dieser … Männer … einen Tropfen Blut verloren hat, werde ich mich persönlich um die Wunde kümmern«, erklärte Conan. »Ich sage damit nicht, daß sie morgen früh wieder voll kampffähig sind – falls sie es je waren«, fügte er hinzu und musterte die beiden Statuen geringschätzig.

Bei der Beleidigung zuckten die beiden Männer zusammen. Dann zückten sie ihre Kurzschwerter.

»Halt!« rief Lady Doris. »Ich verbiete es euch, gegen Hauptmann Conan eine Waffe zu erheben – auch nicht gegen seine Männer.«

Der Anführer hatte inzwischen Besinnung und Stimme wiedergefunden. »Mylady, Ihr habt aber gesagt …«

»Da wußte ich noch nicht genau Bescheid. Hauptmann Conans Bericht … hat die Lage verändert. Und jetzt hinaus mit euch! Alle! Und gebt meinen Befehl weiter. Hauptmann Conans Männer sollen die Gastfreundschaft des Hauses Lokhri genießen.«

»Mylady …?«

»Hat Conans Faust dir noch den letzten Rest deines ohnehin kleinen Verstands geraubt?« fuhr die Lady ihn an. »Vielleicht sollte er dir mit noch einem Schlag den Verstand wieder hineinprügeln.«

Die Vorstellung, nochmals mit dem Cimmerier kämpfen zu müssen, verlieh den Männern Flügel. Sie hoben die bewußtlosen Kameraden auf und flohen so schnell, daß sie an der Tür Mühe hatten, sich hindurchzudrängen.

Als endlich der letzte verschwunden war, lachte Lady Doris so schallend, daß die Brosche an ihrem Gewand zu brechen drohte. Dann legte sie sich auf dem Divan zurück, wobei der Saum über die Knie rutschte. Einen nackten Arm ließ sie neben dem Divan herabhängen.

Conan stand schweigend vor ihr und wartete. Schließlich seufzte Lady Doris und setzte sich wieder aufrecht hin

»Verzeih mir, Hauptmann Conan. Ich nehme an, du findest das Ganze nicht so belustigend.«

»Nein, in der Tat nicht. Es ist niemals belustigend zu sehen, wenn Krieger erniedrigt werden und schwachsinnige Befehle ausführen sollen. Und da es Eure Befehle waren …«

»Meine Befehle?«

»Mylady, ich erkenne eine Falle, wenn ich eine sehe. Ich kann Euch sogar sagen, wie diese Falle genannt werden sollte: Die Männer sollten Eure Tugend rächen.«

Lady Doris hatte die dunklen Augen halb geschlossen. Sie konnte nicht in die eisblauen Augen des Cimmeriers blicken, aber sie nickte.

»Wie ich dachte. Aber irgend etwas ist nicht nach Plan gelaufen, richtig?«

Wieder nickte sie.

»Redet Ihr jetzt freiwillig, oder muß ich Euch dazu zwingen?«

Lady Doris lächelte. »In meinem eigenen Haus? Und mit welcher Waffe?« Sie spielte mit der Brosche am Gewand. Es war inzwischen so weit herabgeglitten, daß Conan den Ansatz des Busens deutlich sah. Diese Rundung war ebenso schön wie die anderen Rundungen, die der Cimmerier bisher bei der Herrin von Lokhri gesehen hatte.

»Wenn ich sieben Männer ausschalten kann, ohne

einen Tropfen Blut zu vergießen, schaffe ich das gewiß auch bei einer Frau.«

»Auch im Nahkampf?«

Conan spürte, wie ihm siedendheiß wurde. Wenn er die Bedeutung dieser letzten Worte falsch verstanden hatte, wußte er nichts über Frauen.

»Nun?«

Lady Doris erhob sich. Blitzschnell hatte sie die Brosche gelöst, das Gewand öffnete sich bis zum Nabel. Ein kurzes Schulterzucken, und es glitt auf den Boden.

Alles an ihr war so schön, wie Conan sich vorgestellt hatte. Ihre Brüste schienen nach den Händen eines Mannes zu rufen. Sein Blut brodelte wie Lava.

»Ich habe dich zum Nahkampf herausgefordert, Cimmerier«, sagte Lady Doris und legte sich wieder auf den Divan. »Lehnst du die Herausforderung ab?«

»Sehe ich wie ein Narr aus?« fragte Conan und verschloß ihren Mund mit seinen Lippen, ehe sie antworten konnte.

Zehn

Diesmal wachte Conan nicht beim ersten Klopfen auf. Dabei hatte er für gewöhnlich einen so leichten Schlaf wie ein wildes Tier bei Gefahr. Jetzt hörte er das Klopfen erst, als es stärker wurde, da Lady Doris schnarchte.

Doch dann war der Cimmerier in Sekundenschnelle wach. Mit dem Schwert in der Hand trat er zur Tür.

»Wer ist da?«

»Hauptmann Conan, ich möchte mir dir reden.« Conan erkannte Harphos' Stimme.

»Einen Augenblick.« Conan ging zum Bett zurück, legte eine Decke über die nackte Lady Doris, zog die Vorhänge zu, kleidete sich schnell an und steckte den Dolch in den Gürtel.

Als Conan den Riegel zurückschob, trat Harphos ungeduldig ein. Der junge Lord liebte es nicht zu warten. Seine Augen waren gerötet, aber Conan roch keinen Alkohol in seinem Atem.

Der Erbe des Hauses Lokhri warf nur einen Blick auf die geschlossenen Vorhänge und auf den Cimmerier und ging sofort wieder zur Tür.

Conan legte ihm die Hand auf die Schulter. »Halt! Wohin gehen wir?«

»An einen Ort, wo alles, was wir sagen, zwischen uns bleibt.«

Conan schaute sich im Raum um. Nirgends sah er ein Versteck, wo sich ein Lauscher hätte verbergen können. Aber vielleicht schlief Lady Doris nicht so tief, wie sie durch ihr Schnarchen vortäuschte.

»Geh voran, aber führ mich ja nicht in die nächste Prügelei.«

Harphos lachte kurz und bitter. »Es gibt in diesem Haus nur wenige Männer, die es mit dir aufnehmen könnten, und keiner von ihnen ist sonderlich erpicht darauf. Ich könnte dir keine Falle stellen, selbst wenn ich es wollte.«

Conan wußte sehr wohl, daß es tödliche Fallen gab, für die man keine Männer brauchte: selbstschießende Armbrüste oder tiefe Gruben. Doch er war entschlossen, sich auf seine Instinkte zu verlassen, dazu noch auf seinen Schwertarm, das Kettenhemd und den Schutz der Götter, um etwas über die Geheimnisse des Hauses Lokhri zu erfahren.

Falls es noch mehr gibt als das Geheimnis, daß Lady Doris sich in der Dunkelheit besser anfühlt, als sie bei Tag aussieht, und daß sie alles weiß, womit eine Frau einem Mann Vergnügen bereiten kann, dachte er.

Harphos ging schnell durch die düsteren Korridore zu einer Tür, die zu einer Wendeltreppe führte. Er nahm zwei Stufen auf einmal nach unten und bewegte sich so sicher, wie Conan es nie für möglich gehalten hätte.

Schließlich gelangten sie an eine Tür aus Stein, deren Schloß groß genug war, um das Tor einer Festung zu sichern. Harphos zog jedoch nur einen winzigen Schlüssel aus dem Gürtel und drehte ihn dreimal an drei verschiedenen Stellen des Schlosses.

Bei der letzten Drehung ertönte ein heller Ton wie das Singen einer Vase aus dünnem Glas. Die Steinplatte drehte sich um einen Bronzestab und gab zu beiden Seiten eine schmale Öffnung frei. Beide Männer mußten sich bücken, um hindurchzutreten. Conans Kettenhemd schabte gegen die Mauer.

Der Cimmerier war nicht sicher, was er zu sehen erwartet hatte, doch gewiß nicht das, was er jetzt sah: Alte, aber schöne Wollteppiche lagen auf dem Steinboden. An drei Wänden standen Regale aus hellem Holz mit kunstvoll geschnitzten Blumen und Blättern, die einen angenehmen Duft verströmten. An der vierten Wand stand ein großer Tisch aus Ebenholz. Die Platte war schmucklos, bis auf ein Silberornament am Kopfende. Conan trat näher und sah, daß die Intarsien uralte Vanir-Runen waren.

In den Regalen standen Dutzende von Phiolen und Gefäßen in allen Größen aus Glas, Porzellan oder einfachem Ton. Alle waren mit Deckeln aus Silber oder Messing verschlossen. Dazwischen lagen uralte vergilbte Pergamentrollen. Ferner gab es Mörser und Stößel, Flakons mit Feuerwein und andere Gegenstände, die der Cimmerier nicht kannte – und auch nicht kennenlernen wollte.

Hätte ihm jemand erzählt, daß das Geheimnis des Hauses Lokhri bestand darin, daß der junge Lord Harphos ein Zauberer sei, hätte er den Mann für verrückt erklärt.

Harphos setzte sich auf den Tisch, ließ die Beine baumeln und grinste. »Du siehst aus, als fühltest du dich unwohl, Hauptmann. Wird dir vom Geruch meiner Kräuter und Tränke übel?«

»Nur ein schlechter Gastgeber beleidigt seinen Gast mit dem ersten Atemzug«, antwortete Conan mürrisch. »Das ist ein Gesetz, das in allen Ländern gilt, nicht nur in Argos.« Er musterte den Lord finster.

»In Argos gibt es auch ein Gesetz, das verbietet, Zauberei auszuüben. Erwartest du, daß ich meine Zunge zwischen den Zähnen halte, nachdem ich das alles hier gesehen habe?«

»Ja.«

»Warum?«

»Aus zwei Gründen: erstens, weil es kein Geheimnis ist, außer für meine Mutter und ihre engsten Diener. Zweitens, weil es hier nicht um Zauberei geht, sondern um Heilen. Nichts Großes. Ich kann keine inneren Blutungen stillen oder Bauchwunden heilen, nur leichte Verletzungen und Krankheiten.«

»Solche, wie ich diesem Haufen Volltrottel deiner Mutter zugefügt habe?«

Harphos lachte. Niemand hätte diesem beinahe schmächtigen jungen Mann ein derartig herzhaftes Lachen zugetraut.

»Conan, es ist nicht leicht, etwas vor dir zu verbergen, richtig?«

»Wenn es darum geht, mein Leben oder das meiner Männer zu schützen, bestimmt nicht. Du bist also ein Heiler. Ist das das Geheimnis des Hauses Lokhri?«

»Nein.« Plötzlich wirkte Harphos wieder wie der schüchterne und tolpatschige Fünfzehnjährige, für den Conan ihn früher gehalten hatte.

»Hauptmann Conan. Ich möchte Livia heiraten. Ich möchte ihr den Hof machen, wie ein Mann um eine Frau wirbt, die er liebt. Aber meine Mutter sieht in meiner Werbung nur eine Möglichkeit, unserem Haus, das die Ratten fast aufgefressen haben, wieder zu Glanz zu verhelfen. Wie kann ich Livia nur verständlich machen, daß ich sie liebe? Wie?«

Conan war nie so verliebt gewesen, wie Harphos zu sein schien, aber er hatte diese Krankheit bei anderen schon oft gesehen. Am liebsten hätte er Harphos vorgeschlagen, doch einen seiner Tränklein einzunehmen, der die Liebessehnsucht stillte – oder Livia einen zu mischen, der sie in Liebe zu ihm entbrennen ließ. Aber er sprach diesen Gedanken nicht aus.

Wahrscheinlich hatten Harphos' Mutter und ihre Diener ihn so oft verspottet, daß der Junge es genießen würde, wenn ihn mal jemand ernst nahm.

»Ich habe von Frauen gehört, welche die Gedanken eines Mannes lesen können«, sagte Conan. »Aber ich weiß nicht, ob Livia zu diesen gehört. Warum sagst du es ihr nicht ganz offen?«

Harphos schaute Conan so entsetzt an, als hätte er ihm gerade vorgeschlagen, sich von den Mauern Messantias zu stürzen. »Aber meine Mutter!«

»Du brauchst deiner Mutter ja nichts zu sagen.«

»Sie würde es herausfinden und meine Werbung sofort beenden. Sie will ebensosehr über mich herrschen, wie sie sich Livias Vermögen aneignen will. Wenn sie glaubte, daß ich ihrer Macht entglitte, hätte ich keine ruhige Minute mehr. Sie würde das Haus von oben bis unten durchsuchen und mein Versteck finden.«

»Was ist wichtiger? Livia oder diese Rumpelkammer?«

Harphos stand mit hocherhobenem Kopf auf. »Hauptmann Conan. Wenn ich nicht mein Können und meine Medizin eingesetzt hätte, müßtest du jetzt damit rechnen, daß die Wächter dich verhaften. Doch dank meiner Bemühungen werden die Männer meiner Mutter keinen bleibenden Schaden davontragen.«

»Nun, dafür schuldest du mir aber auch etwas Dank«, erklärte Conan. »Für gewöhnlich bin ich nicht so menschenfreundlich, wenn jemand sich mit gezogener Klinge auf mich stürzt.«

»Das glaube ich dir«, sagte Harphos. »Das ist ein weiterer Grund, warum ich dich gern als Freund hätte, Hauptmann, oder wenigstens als jemanden, dem ich vertrauen kann. Es ist nicht leicht, wenn man sich dauernd den Rücken gegen die eigene Mutter freihalten muß.«

Das konnte der Cimmerier nicht bestreiten. Er war deshalb bereit, auf den Trinkspruch zu trinken, den Harphos vorgeschlagen hatte. Es war zwar nicht der beste Wein, den er bisher in Argos getrunken hatte, und die Becher waren aus Holz, aber Harphos war so höflich, als erster zu trinken, um Conan jeden Verdacht zu nehmen, daß der Wein vergiftet sein könnte.

»Und jetzt, Hauptmann Conan, halte ich es für das

beste, wenn du mit deinen Männern abrückst. Als Krönung meiner Heilkünste gab ich den Dienern meiner Mutter einen Schlaftrank. Die Sonne wird hoch am Himmel stehen, wenn sie aufwachen. Mit etwas Glück werden sie sich erst morgen daran erinnern, wie sie zu ihren Wunden kamen oder wer sie behandelt hat.«

Harphos' Worte klangen nicht wie ein Vorschlag, sondern wie ein Befehl. Und Conan hielt es für angebracht, diesem Befehl nachzukommen. Er würde Lady Doris bestimmt wiedersehen – vielleicht nicht wieder im Bett, aber das war ihm nicht so wichtig, obgleich die Erinnerung daran keineswegs unangenehm war. Leid tat ihm nur, daß er das Haus verlassen mußte, ohne vorher noch einmal mit Lady Doris sprechen zu können; denn wenn es tatsächlich ein Geheimnis gab, konnte nur sie es kennen und ihm etwas verraten, das Livia helfen würde.

Doch da war nichts zu machen! Schlachten verliefen selten nach den Wünschen der Offiziere. Jetzt wußte Conan, daß dieses Gesetz auch auf die Schlachten in Argos zutraf, selbst wenn hier niemand Hand an eine Klinge legte!

Lady Livias Augen hatten die Farbe einer Eishöhle in Vanaheim, als sie auf Conan ruhten. Sie verbreiteten im Gemach auch ebensoviel Kälte wie eine Eishöhle.

»So, Hauptmann Conan. Du hast einen Mann verloren und das Leben der übrigen gefährdet. Du selbst bist nur knapp einer Falle entronnen. Und trotzdem erklärst du, daß du keine Ahnung hast, worin das ›Geheimnis‹ des Hauses Lokhri besteht.«

»Nur eine Vermutung, Mylady.« Seit er den Lokhri-Palast kurz vor Morgenanbruch verlassen hatte, war ihm kaum Zeit zu der Überlegung geblieben, was Lady Doris als nächstes tun würde. Er mußte seine Männer nach Hause führen, einen Platz für Jarenz' Leichnam finden und ein paar Worte mit den Gefangenen wechseln, ehe Reza mit ihnen ins Gebirge marschierte. Dazu hatte er den Großteil des Vormittags gebraucht. Am Nachmittag hatte er die Männer, die Reza zurückgelassen hatte, überall dort postiert, von wo aus sie alle gefährlichen Stellen beobachten konnten. Als es zu gefährlich wurde, Lady Livias Befehl, zu ihr zu kommen, weiterhin zu mißachten, fielen bereits lange Schatten in den Gärten.

»Vermutungen sind im Krieg kaum nützlich«, sagte Livia. »Das haben mir mein Vater und mein Ziehvater beigebracht. Und du hast das auch gesagt.«

»Das bestreite ich nicht, Mylady.«

»Und warum bietest du mir dann nur eine Vermutung an? Hast du nichts Besseres?«

»Mylady, manchmal *kann* ein Hauptmann nichts Besseres anbieten. Zumindest nicht, wenn wir nicht die Zeit haben, herumzusitzen und abzuwarten, daß der Feind den nächsten Schritt tut. Wenn Ihr glaubt, daß wir das Glück haben ...«

Die blauen Augen verengten sich. Livia leckte sich die Lippen. Conan hatte den Eindruck, daß sie röter waren als beim letzten Mal. Auch das Parfum schien stärker zu duften. Livia streckte auch den Busen weiter vor als früher.

Conan schüttelte den Kopf. »Ich glaube, daß wir das Glück, das die Götter oder sonst jemand uns gewähren, aufgebraucht haben. Wir müssen entscheiden, was wir *tun*, sobald Reza mit seinen Männern zurück ist.«

»Ich bin ganz deiner Meinung. Nun gut, Hauptmann. Ich werde mir anhören, warum du nicht mehr zu bieten hast als eine Vermutung. Du hattest doch Gelegenheit, mit Lady Doris nach dem Kampf zu sprechen, oder?«

Conans Zunge wollte ihm nicht gehorchen. Im Raum herrschte Stille. Diese Stille war wie Wasser. Es umfloß Conan und machte ihm das Atmen schwer. In dieser

Stille hörte er, wie jemand im Garten leise auf einer Leier spielte.

Die blauen Augen wechselten in Sekundenschnelle von Eis zu Feuer.

»Ha! Du hast die Nacht mit Lady Doris verbracht, aber du hattest keine Gelegenheit, mit ihr zu sprechen?«

Conan konnte Livia ebensowenig belügen wie eine Göttin. Er hatte sogar den Verdacht, daß Livias Rache viel schneller und schrecklicher kommen würde als die einer Göttin.

»Ja, wenn ein Mann und eine Frau ...«

»Sich im Bett wälzen, bis sie im Sinnestaumel alles vergessen ...«

»Mylady ...«

»Was? Anders ist es doch wohl nicht gewesen, oder? Und wage es ja nicht, mich wegen meiner wenig mädchenhaften Sprache zu tadeln. Eine Frau muß nicht als hochgradige Hure geboren zu sein, um ein paar Wahrheiten über die Freuden im Bett zu kennen.«

Conan hätte es nie gewagt, Livia wegen ihrer Sprache zu tadeln. Er hatte keine Lust, eine Parfümflasche an den Kopf geworfen zu bekommen. Er hielt es für am besten, ganz still zu sein, bis Livias Wut sich etwas gelegt hatte.

Das dauerte geraume Zeit. Livia belegte ihn mit Namen, die ihm noch keine Frau in keinem Land der Erde verliehen hatte. Für die Hälfte hätte er jede übers Knie gelegt oder in die nächste Jauchegrube geworfen.

Beides hielt Conan bei Livia nicht für angebracht – zumindest nicht im diesem Moment, daher schwieg er, wenn es auch schwerfiel, bis sie endlich ihren Vorrat an Beschimpfungen und Atem erschöpft hatte. Als Livia endlich auf einen Stuhl sank, wagte er es sogar, nach einem Fächer zu greifen, um ihr Kühlung zu verschaffen. Sie widersprach nicht, sondern wischte sich nur die Schweißperlen von der Stirn.

Wieder schwiegen beide lange. Endlich fand Livia die Sprache wieder.

»Conan – ich bitte dich keineswegs um Verzeihung. Wenn du geglaubt hast, daß Doris sich mit ihrem Gewand auch ihrer Geheimnisse entledigen würde, dann bist du... nein, das habe ich dich bereits genannt, oder?«

»Ja, Mylady.«

»Wenn wir allein sind, brauchst du mich nicht so zu nennen.«

»Wie Ihr wollt, Livia.«

Livia setzte sich auf und rief nach einer Dienerin. Als diese kam, befahl sie, Wein und Kuchen zu bringen. Dann bat sie Conan, auf dem Stuhl neben ihr Platz zu nehmen.

»Nun zu deiner Vermutung.«

»Ich vermute, daß Doris keine Freundin von Akimos ist. Sie hat Euch bei der letzten Unterredung die Wahrheit gesagt, aber Ihr habt ihr nicht geglaubt, nicht wahr?«

Livia errötete. »Ich hatte mehr als nur Zweifel. Ich habe sie eine – nun, nicht so viele Namen wie dich – genannt. Aber es hat gereicht.«

»Zu viele, wollt Ihr sagen. Die Frau hat Angst, und verängstigte Menschen sind wie verängstigte Tiere. Sie kratzen, ohne es zu wollen.«

»Conan, du warst bei deiner Geburt schon hundert Jahre alt.«

»Livia, ich wurde in Cimmerien geboren. Das ist ein rauhes Land, wo als erstes und letztes Gesetz gilt: Schwachköpfe werden nicht alt!«

»Ein solches Gesetz könnten wir in Argos auch gut gebrauchen. Aber wir haben ja bereits zu viele Gesetze, wie du gesagt hast.«

Conan lächelte. »Nun, vielleicht könntet ihr das noch brauchen. Doch was Lady Doris betrifft... sie wollte mich erniedrigen, vielleicht auch verletzen, doch nicht töten. Sie glaubte, ich hätte einen schlechten Einfluß auf Euch.«

Er machte eine Pause. »Als ich ihr sagte, daß jemand versucht hatte, mich und meine Männer zu ermorden, war sie entsetzt. Da bin ich absolut sicher.«

»Ach, du kennst dich mit Frauen so gut aus?«

»Ich weiß, wenn jemand über eine Klippe getreten ist und bemerkt, daß er geradewegs in einen bodenlosen Abgrund gesprungen ist. So war es mit Doris. Sie dachte, ich würde ihre Männer abschlachten, weil ich sie im Verdacht hätte, beim Hinterhalt die Hand im Spiel gehabt zu haben.«

»Ich hätte nie gedacht, daß sie an das Wohl ihrer Diener auch nur einen Gedanken verschwenden würde. Sie steht in dem üblen Ruf, sie erbarmungslos davonzujagen, sobald sie alt geworden sind.«

»Livia, vielleicht ist das ein paarmal geschehen, aber ich verwette deinen gesamten Wein im Keller, daß es hauptsächlich eine Geschichte ist, die sie selbst in die Welt gesetzt hat. Auf diese Weise kann sie ihre Dienerschaft verringern, ohne preiszugeben, daß es ihr an Silber fehlt, sie zu behalten.«

»Arme Doris.« Dann weiteten sich die schönen blauen Augen, und Livia blickte wild um sich. »Arme Doris! Was sage ich denn? Conan, hast du mich mit Wahnsinn angesteckt?«

»Livia, ich …«

»Nenn mich gefälligst ›Lady Livia‹, oder du verlierst deine Stellung bei mir, samt deinen Männern. Geh jetzt! Mögen die Götter dir Manieren beibringen, wenn ich es nicht schaffe.«

Conan ging keineswegs ungern hinaus. Er hatte in der Tat gehofft, bald entlassen zu werden, da bald der Abschied von Jarenz beginnen sollte. Sein ›Platz‹ war jetzt mehr an der Seite des Bruders des Toten als in diesem Gemach, wo er der zweiten Wahnsinnigen innerhalb eines Tages zuhören mußte.

Nein, Livia war nicht wahnsinnig, sondern eine eifersüchtige Frau. Doch Eifersucht endete bei Frauen oft in Wahnsinn.

Er hoffte, daß Eifersucht nicht auch sein Ende bedeutete. Es reichte, daß Reza hinter seinem Rücken eifersüchtig war. Wenn jetzt auch noch Livia eifersüchtig war, war er in Stygien sicherer aufgehoben! Dank sei den Göttern, daß er den Rest des Abends mit seinen Männern verbringen, ein paar Schluck guten Wein trinken konnte und sich nicht mehr wegen Weibern und ihrer Launen den Kopf zerbrechen mußte!

Wie auf Katzenpfoten schlich sich der Spion aus dem Haus, wo er das Gespräch der Lady mit Hauptmann Conan belauscht hatte. Am liebsten hätte er getanzt und gesungen und viele Krüge Wein geleert.

Es war nicht leicht gewesen, in jener Nacht untätig bleiben zu müssen, als Akimos seine Männer gegen das Haus ausgeschickt hatte. Er hatte unter den Toten Freunde erkannt … und noch mehr unter den Sklaven, die man ins Gebirge geschickt hatte. Am schwierigsten war es gewesen, als er noch keinen sicheren Weg entdeckt hatte, um die Gespräche im Gemach der Lady zu belauschen.

Doch dann hatten ihm die Götter zugelächelt, das Glück war eingekehrt, der Weg hatte sich geöffnet. Jetzt hatte er nicht nur gehört, sondern auch gesehen, was in diesem Gemach geschehen war. Wenn Lady Livia Hauptmann Conan nicht begehrte, dann hatte er noch nie eine liebende Frau gesehen! Da er beruflich Frauen beglückt hatte, die mehr Begehren als Schönheit hatten, hielt er sich auf diesem Gebiet für beinahe allwissend.

Diese Tatsache mußte Akimos sofort erfahren. Damit hatte er eine Waffe, die den Verlust der Männer aufwog, die er verloren hatte – ja, noch zehn weiterer. Damit konnte er sich vielleicht an Hauptmann Conan für den Tod und die Verletzungen seiner Freunde rächen, die dieser widerliche Muskelprotz auf dem Gewissen hatte.

Der Spion lief zurück in die Küche. Die Stunden, bis er den Palast verlassen und sein Wissen weitergeben konnte, würden unendlich langsam vergehen. Er konnte bis dahin auch nicht singen oder trinken, nicht einmal lächeln. Das wäre höchst unklug. Nicht wenn es Reza oder jemand, der es dem Haushofmeister melden würde, sehen konnte und sich fragen würde, warum er lächelte.

ELF

»Conan ist uns im Weg. Das darf nicht sein!«

Akimos schaute seinen Zauberer an. Ihm war bewußt, daß sich auf seinem Gesicht Staunen und Ermüdung mischten. Es war schließlich kein Vergnügen zu erfahren, was aus seinen Bemühungen geworden war, Lady Livia zu entführen. Noch weniger Spaß machte es, einen weiteren Ausbruch von Lord Skiron zu ertragen.

»Warum?« fragte Akimos. Er gab sich Mühe, aber seine Stimme verriet seine Ungeduld. »Hast du herausgefunden, daß er wirklich ein Zauberer ist, vielleicht ein Rivale?«

Sollte das auf wunderbare Weise tatsächlich stimmen, wollte Akimos den Cimmerier unbedingt für sich gewinnen, und wenn ihn das tausend Drachmen und die Hälfte aller Freudenmädchen in Messantia kosten würde. Skiron brauchte einen Rivalen, damit er ehrlich blieb – oder zumindest nicht unehrlicher, als die Götter ihn gemacht hatten.

»Conan hat nicht einmal so viel Magie, um einen Topf Suppe zu wärmen«, erklärte Skiron verächtlich. »Aber – ich kann nicht die ganze Wahrheit offenbaren, denn es ist alles streng geheim ...«

»Geheim oder nicht, kannst du dich nicht wenigstens verständlich ausdrücken? Ich habe keine Lust, mir ständig deine Rätsel anzuhören. Meine Geduld ist allmählich am Ende. Ich warne dich.«

»Nein, der große Meister der Intrige, Lord Akimos, hat so wenig Geduld!«

Akimos wich zurück, um nicht in Versuchung geführt zu werden, dem Zauberer mit der flachen Hand ins Gesicht zu schlagen. Er hakte die Daumen in den Gürtel und brummte etwas Undeutliches vor sich hin.

»Ich habe genug von deinen Befürchtungen wegen Conan gehört. Mehr weißt du nicht?«

»Na schön. In Conan ist eine gewisse Dunkelheit. Eine Dunkelheit und ein Schicksal. Wenn wir so einen Menschen in der Nähe unserer Angelegenheiten haben – könnte es sein, daß unsere sämtlichen Reserven nicht ausreichen, um ihm standzuhalten.«

Akimos nickte. Mehr aus Höflichkeit als aus Zustimmung. Skiron schien tatsächlich Angst zu haben. Aber der Kaufmannsprinz vermutete, daß er mehr Angst vor dem Schwert des Cimmeriers hatte als vor irgendeinem dunklen Schicksal.

Akimos sprach das natürlich nicht laut aus, denn Skiron würde den Vorwurf der Feigheit nicht ruhig hinnehmen. Vielleicht war der Vorwurf auch nicht berechtigt. Conan war in der Tat ein furchteinflößender Krieger. Es *war* gefährlich, einen solchen Gegner frei herumlaufen zu lassen.

Außerdem war es teuer. Akimos hatte noch nicht zusammengezählt, was es ihn gekostet hatte, die Verwandten der getöteten Männer zum Schweigen zu bringen und die Gefangenen aus dem Holzfällerlager freizukaufen. Wenn die Angelegenheit sich nicht bald zuspitzte, würden das mehr Drachmen werden, als er ausgeben wollte.

»Ich werde nachdenken, wie wir Conan aus dem Weg räumen können. Aber es ist möglich, daß er uns besser dient, wenn er bleibt, wo er ist. Doch selbst dann werde ich dafür sorgen, daß er deine Arbeit nicht behindert. Klingt das vernünftig?«

Skiron nickte, allerdings widerwillig. Dann ging er wortlos weg. Akimos übersah die Unhöflichkeit und trank noch einen Schluck Wein. Er überlegte, welche Möglichkeiten er hatte.

Auf den Spion konnte man sich verlassen. Es dürfte also nicht lange dauern, bis Lady Livia und Conan durch ihr Benehmen für einen Skandal sorgen würden. Wenn jedoch Conan im Gefängnis der Wächter saß, würde das nicht so schnell passieren – wenn überhaupt.

Aber war es wichtig, daß Conan tatsächlich mit Livia schlief? Eine entsprechende Geschichte – in der ganzen Stadt verbreitet – würde auch schnell einen Skandal bringen. Wenn dem Mädchen dann die Gelegenheit geboten wurde, durch eine passende Heirat ihren guten Ruf wiederherzustellen – mit dem Sohn der Frau, die Akimos selbst zu heiraten beabsichtigte –, würde es bestimmt diese Gelegenheit zu nutzen, oder?

Livia mußte – es sei denn, sie war eine Närrin oder leichtsinnig. Dann wäre diese Angelegenheit erledigt. Blieb nur noch Conan. Aber das dürfte kein großes Problem sein. Den Wächtern im Gefängnis mußte man nur etwas Geld geben, dann schauten sie in die andere Richtung. Danach würde ein vergifteter Dolch in der Nacht Conans Treiben ein Ende bereiten.

Akimos schenkte sich noch mehr Wein ein. Er hatte in der Tat seine Begabung als Intrigant nicht verloren, wenn er so weit vorausdenken konnte. Natürlich brauchte er Lady Doris' guten Willen, aber den würde er bekommen, da war er ganz sicher.

Jetzt mußte er nachdenken, welche seiner Freunde unter den Wächtern er am besten gegen Conan einsetzen konnte – und für das wenigste Gold.

Conan inspizierte gerade die Torwachen, als die Wächter anmarschiert kamen. Sofort sah er, daß es sich nicht um einen normalen Besuch handelte.

Es waren an die vierzig Soldaten, mit zwei Hauptleuten, von denen einer beritten war. Dieser blieb im Sattel.

Da erkannte Conan ihn. Es war Helgios von der Großen Brücke.

»Die Wächter von Argos kommen in einer wichtigen Angelegenheit, die Lady Livia und das Haus Damaos betrifft!« rief der Feldwebel.

Conan nahm seine beste offizielle argossische Haltung an. »Lady Livia ist im Haus. Doch im Augenblick widmet sie sich der Musik. Was darf ich bezüglich dieser Angelegenheit melden?«

»Daß es Hauptmann Conan von ihrer Wache betrifft.«

»*Ich* bin Hauptmann Conan«, sagte der Cimmerier und zeigte die Zähne. »Wenn es mich betrifft, ist es nicht nötig, Lady Livia zu stören.«

»Bist du wirklich Conan aus Cimmerien?« fragte der Feldwebel nach und schaute mit den kurzsichtigen Augen auf eine Pergamentrolle.

»Das ist mein Name. Er steht auch auf dem – wie heißt das verdammte Dokument? – auf meiner Bürgschaft. Reicht das?«

»Unverschämt zu den Wächtern!« rief der Hauptmann, der zu Fuß war. »Sofort notieren, Feldwebel!«

»Und was ist mit der Unverschämtheit, einen Mann der Lüge wegen seines Namens zu bezichtigen?« fragte Conan, höflicher, als ihm zumute war. Er schaute Helgios an.

Conan beschloß, vorsichtig zu sein. Da Helgios da war, hatte er keine Gelegenheit, die Wächter zu täuschen oder zu überrumpeln. Ohne Täuschung oder Überrumpelung hatte auch ein Krieger aus Cimmerien gegen fast vierzig Mann keine Möglichkeit, auch wenn es sich um argossische Wächter handelte, die in der Stadt aufgewachsen waren. Ganz zu schweigen davon, welche Probleme Livia wegen eines solchen Kampfes bei ihrem Tor bekommen würde!

Helgios nickte dem Feldwebel zu. »Conan aus Cimmerien, du bist festgenommen, weil du dir gesetzwidrig

Rechte angemaßt hast, die nur einem Hauptmann der Wächter zustehen. Weitere Anklagepunkte werden noch untersucht und werden später gegen dich vorgebracht werden. Ich warne dich, daß alles, was du jetzt sagst, später gegen dich verwendet werden kann und daß auf Widerstand gegen die Wächter die Sklaverei als Strafe droht. Ich warne dich ...«

»Ach, Crom soll deine Warnungen holen«, entgegnete Conan. Er hatte geglaubt, ruhig gesprochen zu haben, doch die meisten Wächter wichen sofort zwei Schritte zurück, einige sogar vier. Keiner zückte eine Waffe, aber viele Hände waren näher an den Schwertgriff gerückt.

Conan tat so, als wären die Wächter zwischen den Pflastersteinen versunken, und wandte sich an seine Männer am Tor. »Einer geht zu Lady Livia und meldet, was hier geschehen ist. Ein anderer geht zu Feldwebel Talouf, der sich bis zu meiner Rückkehr als Hauptmann über Conans Abteilung betrachten soll.«

Einige Wächter grinsten bei den letzten Worten. Conan wußte so genau – als wäre es in die Luft geschrieben –, daß er nicht lebendig von dem Ort zurückkehren sollte, wo auch immer die Wächter ihn hinbringen mochten.

Es würde also doch zu einem blutigen Kampf kommen. Aber nicht vor Livias Tor, wo es ihr Schande bringen konnte. Wenn die Wächter so leicht gekauft werden konnten, würde sie ohnehin große Schwierigkeiten haben.

Conan fragte sich, ob er Livia von Harphos' leidenschaftlicher Liebe zu ihr hätte erzählen sollen. Dann würde sie im Lord einen Freund und keinen Feind sehen. Natürlich müßte sie mit ihm Verbindung aufnehmen, ohne daß seine Mutter etwas bemerkte. Aber wenn das nicht einmal Harphos schaffte, würde es Livia bestimmt nicht gelingen.

Conan schaute Helgios an. »Darf ich aus meinem Quartier etwas zum Anziehen und Essen holen?«

»Nur wenn vier meiner Männer mit dir gehen und alles durchsuchen, was du mitnimmst«, antwortete der Hauptmann.

Conan verbeugte sich. »Ich möchte nicht, daß Lady Livia durch eine derartige Invasion gestört wird. Doch wenn sie meine Bequemlichkeit höher als die Ehre ihres Hauses einschätzt, wird sie zweifellos ...«

»Was würde ich zweifellos, Conan?« ertönte eine Stimme hinter dem Cimmerier.

Langsam drehte er sich um. Livia stand vor ihm. Sie hatte nur einen Umhang über das Hausgewand geworfen. Ihre Füße waren nicht nackt, wie er zuerst geglaubt hatte, sondern steckten in dünnen seidenen Pantoffeln, die mit Rosen bestickt waren.

»Mylady«, sagte Conan und betonte den Titel, »ich werde Eure Dienste für eine Zeitlang verlassen müssen, bis eine gewisse Angelegenheit erledigt ist.«

Während er ihr alles erklärte, stand er so, daß er Livia und Helgios gleichzeitig beobachten konnte. Anfangs zitterten Livias Lippen, und sie verkrampfte die Hände unter dem Umhang. Dann merkte sie, daß Helgios sie beobachtete wie eine Katze einen Vogel und nur darauf wartete, daß sie Zeichen von Unsicherheit erkennen ließ. Sie richtete sich auf, ihre Lippen wurden schmal, und sie faltete die Hände vor der Brust. Conan dachte, daß er schon Königinnen gesehen hatte, die halb so alt wie Livia gewesen waren und nur halb soviel Würde wie sie gezeigt hatten.

Als er fertig war, nickte Livia. »Hauptmann Conan, ich vermute, daß jemand den Wächtern ... falsche Angaben gemacht hat.« Sie musterte Helgios scharf, der ihr plötzlich nicht mehr in die Augen schauen wollte. Conan hätte beinahe gelacht.

»Ich werde Kleidung und Essen und alles andere

schicken, was für deine Bequemlichkeit erforderlich ist, Hauptmann Conan«, erklärte Livia. »Feldwebel Talouf wird den gleichen Rang wie mein Haushofmeister Reza bekleiden, es sei denn, man verdächtigt ihn, dem Obersten Archonten auf die Rosen gepißt zu haben oder eines ähnlichen Verbrechens.«

Sogar der Feldwebel mußte laut lachen. Helgios öffnete nur den Mund, schloß ihn jedoch schnell wieder und schüttelte nur den Kopf.

»Nun denn. Die Götter seien mit dir, Hauptmann Conan.« Livia ergriff seine beiden Hände, ging jedoch nicht weiter. Auch Conan mußte sich heldenhaft beherrschen, um sie nicht in seine Arme zu reißen.

Dann schritt der Cimmerier durchs Tor. Er lachte, als die Wächter noch weiter vor ihm zurückwichen. Eigenhändig zog er das schwere Tor ins Schloß.

»Nun, meine Freunde? Wartet auf mich ein nette dunkles Loch, wie versprochen? Oder bleiben wir den ganzen Tag hier in der Sonne stehen?«

Akimos brach nicht in Jubel aus, als die Nachricht von den Wächtern eintraf:

»Conan der Cimmerier ist sicher im Haus von Charof eingeschlossen.«

Das Haus des Charof war das unterste Geschoß des Wachhauses und nach dem argossischen Gott des Todes genannt. Normalerweise war es für Todeskandidaten reserviert, doch genügend Gold war von einer Hand in die andere gewandert, um Conan dort einen Platz zu sichern.

Das war durchaus nicht unangebracht, wie Akimos fand. Der Cimmerier war todgeweiht, auch wenn sein Ende weniger öffentliches Aufsehen erregen würde als das eines Mörders oder Verräters. Es war dennoch gewiß. Weder seine Muskeln noch sein Verstand würden ihn an den Wachen und allen anderen Sicherheitsvorkehrungen vorbeibringen, die auf dem Weg aus dem Haus des Charof heraus lagen.

Argos würde Conan den Cimmerier erst als Leiche wiedersehen, die man in einer geeigneten Jauchegrube finden würde. Nachdem die Nachricht über die skandalöse Bettgeschichte mit Lady Livia auf allen Straßen so verbreitet worden war wie der Kot streunender Hunde.

Anstelle vor Freude zu trinken und zu jubeln, ging Akimos ruhig zu Skirons Gemächern in den Keller. Er klopfte allerdings nicht an, denn die Geräusche drinnen waren unmißverständlich.

Ein Mann und eine Frau wälzten sich voller Lust im Bett. Zumindest der Frau schien es Spaß zu machen. Aufgrund der Geräusche war nicht auszumachen, welche Rolle Skiron bei diesem Paarungsakt spielte. Der Zauberer mußte nicht im Zölibat leben, um seiner Arbeit nachgehen zu können – nur von Zauberinnen wurde für gewöhnlich absolute Keuschheit verlangt.

Akimos ging lächelnd zurück. Er konnte auch ein andermal mit Skiron reden. Der Kaufmannsprinz hatte dem Zauberer oft eingeschärft, wie wichtig es sei, daß die Blumen des Verlangens wirkten. Sein ganzer Plan für Lady Doris hing davon ab. Wer konnte es dem Zauberer übelnehmen, wenn er den Liebestrank einmal ausprobierte?

Glühwürmchen funkelten im abendlichen Garten. Weiter hinten waren die Laternenanzünder bereits bei der Arbeit. Im Westen färbte sich der Himmel purpurn. Vom Hafen trug eine sanfte Brise Lieder und Musik aus den Weinschenken herauf.

Lady Livia hätte den Abend wunderbar gefunden, hätte sie nicht ganz allein auf dem Palastdach gesessen. Sie wollte es sich nicht einmal insgeheim eingestehen, daß sie wünschte, Conan sei bei ihr. Der Cimmerier war zwar nicht im Haus, doch stets in ihren Gedanken.

Tränen verschleierten ihren Blick bei dem Gedanken, daß dieser großartige kräftige Mann im tiefsten Kerker in einer Zelle schmachtete. Ein Zelle im Haus von Charof, wie sie von alten Familienfreunden unter den Wächtern erfahren hatte.

Sie hatte noch mehr wissen wollen, aber nichts erfahren. Nichts, bis auf die Tatsache, daß es nicht klug sei, zu viele Fragen wegen Hauptmann Conan zu stellen. Ein Soldat hatte ihr das ganz offen gesagt. Die andern hatten nur den Kopf gesenkt, aber Livia verstand auch ohne Worte, was sie dachten.

Livia war es gleichgültig, daß ganz Argos flüsterte, daß sie und Conan ein Liebespaar seien. Nein, nicht einmal dann, wenn die Leute es von den Dächern schreien würden, daß man es sogar auf den Schiffen hören konnte, würde sie Conan im Gefängnis leiden oder gar sterben lassen, wenn sie ihn auf irgendeine Weise retten konnte.

Aber was konnte sie tun? Sie konnte den Gedanken nicht aus dem Kopf verbannen, daß Reza etwas mit Conans Festnahme zu tun hatte. Der Neid stand ihm ins Gesicht geschrieben. Er war eifersüchtig, weil Conan sich ihrer Gunst erfreute. Hatte die Eifersucht ihn zum Verrat getrieben?

Aber wenn es stimmte – wie konnte sie Reza je der gerechten Strafe übergeben? Feldwebel Talouf und die anderen Männer Conans hatten geschworen, Reza zu folgen. Vielleicht trauten sie ihm. Vielleicht wollten sie jedoch nur nicht die Schutztruppe des Hauses Damaos angesichts eines gemeinsamen Feindes teilen?

Das wäre klug. Livia wäre auch klug, wenn sie sich den Männern anschloß. Aber dann konnte Reza alles vereiteln, was sie unternahm, um Conan zu retten.

Livia preßte die Hand so gegen die Mauer, bis die Knöchel weiß waren. Sie biß sich auf die Lippen, bis sie bluteten. Schließlich ließ sie den Tränen freien Lauf.

Als die Augen wieder trocken waren, rief sie nach einer Dienerin. Ihre Zofe Gisela erschien.

»Wein, Gisela!«

»Einen Krug oder einen Becher?«

»Wer bist du, daß du es wagst, mich zu fragen, wieviel ich trinken will?«

»Mylady, ein Becher schärft den Verstand. Ein Krug macht ihn stumpf. Brauchen wir jetzt nicht alle einen scharfen Verstand, Mylady?«

Livia mußte lächeln. Wäre Livias Mutter nicht bei ihrer Geburt gestorben, hätte sie jetzt vielleicht eine Schwester in Giselas Alter.

»Das klingt, als ob du das schon öfter gesagt hättest.«

»Ja, Mylady, ich hatte gerade einen Streit mit Vandar.«

»Nur einen Streit?«

Gisela errötete nicht. »Nun ja, wenn uns nichts Besseres einfällt.« Sie schlug die Augen nieder. »Ich weiß ja, daß er viel Zeit braucht, um über den Tod seines Bruders hinwegzukommen. Sie waren Zwillinge und bis jetzt nie getrennt.«

Livias Augen wurden wieder feucht. »Er wird seine Rache für den Tod des Bruders bekommen. Wir werden alle unsere Rache bekommen.« Sie stampfte mit dem Fuß auf. »Das schwöre ich bei diesem Haus und allen Jahren, die es hier steht.«

»Die Götter werden Euch erhören«, sagte Gisela. »Nun – einen Krug oder einen Becher?«

»Einen Krug und zwei Becher. Vielleicht können wir mit unserer Rache beginnen, wenn wir beide unseren Verstand schärfen.«

Der Spion huschte zur Tür des Weinkellers. Eine Hand hielt er vor den Bauch gepreßt, als wenn er Schmerzen hätte. Die Wahrheit war, daß der Beutel mit Akimos' Gold unter der Tunika viele Schmerzen lindern würde, falls er lange genug lebte, um es auszugeben.

Doch dazu mußte er frei sein vom Haus Damaos. Das war so sicher, als wäre es mit feurigen Lettern geschrieben. Es stand nämlich auf Rezas Gesicht. Der große Iranistani hatte in letzter Zeit zu viele Fragen gestellt. Wenn er die Antworten fand, würde er den Spion bald haben.

Einige bezweifelten Rezas Treue. Eifersucht auf den Cimmerier, sagten sie. Vielleicht wollte Reza nicht den Untergang des Hauses Damaos, aber wenn er dadurch den Cimmerier aus dem Weg schaffen und sich retten konnte ...?

Der Spion hätte gelacht, wäre seine Kehle nicht so trocken gewesen. Reza hätte den letzten Tropfen Blut hergegeben, um seine Herrin zu verteidigen, selbst wenn Conan sie zur Königin von Cimmerien gemacht hätte. In der Tat würde er noch viel bereitwilliger das Blut von jedem vergießen, der seiner Ergebenheit mißtraute.

Der Spion schloß den Weinkeller auf. Dann huschte er im Schatten der Fässer dahin. Immer näher kam die Wand, zu der er wollte. Jetzt wurde der Boden dort glitschig, wo Wein und das Blut vom letzten Kampf noch nicht beseitigt worden waren. Noch ein Spurt über zwölf Schritte, dann hatte er den Zugang zu den Höhlen erreicht. Er suchte in der Tasche nach dem Schlüssel für die innere Tür.

Als er den Schlüssel fand, packte ihn eine eiserne Hand. Dann griff ihn jemand am Kragen der Tunika.

Reza wirbelte ihn so heftig herum, daß die Tunika riß. Doch das spielte keine Rolle. Der Haushofmeister packte ihn an den Haaren und hielt ihn so dicht vors Gesicht, daß sich ihre Nasen beinahe berührten. Die Beine des Spions baumelten in der Luft. Am liebsten hätte er sich entleert.

Doch ehe dieser Drang ihn übermannte, veränderte Reza erneut den Griff. Er hielt den Spion mit der einen

Hand im Genick wie ein junges Kätzchen. Mit der anderen packte er ihn am Gürtel. Mit den kräftigen Armen schwang er den Spion mit dem Kopf voran gegen eine Steinsäule.

Er war auf der Stelle tot. Reza ließ die Leiche fallen und wischte sich die Hände an der Tunika ab. Am liebsten hätte er sofort ein Bad genommen und die Haut geschrubbt, bis sie rot war. Nichts anderes würde die Erinnerung an die Berührung mit diesem Abschaum wegwaschen.

Doch das Bad mußte warten. Nur er und die Götter wußten jetzt Bescheid, aber das Haus Damaos hatte gerade die erste Rache an seinen Feinden genommen.

ZWÖLF

In der Nacht suchte Zauberei das Haus Lokhri und seine Herrin heim.

Es war kein gewaltiger Zauber. In vielen Ländern hätte selbst ein so verarmtes Haus wie das der Lokhri einen Zauberer gehabt, für den Skirons Magie ein Kinderspiel gewesen wäre.

Doch hier war Argos, wo jede Art von Zauberei nur noch eine schwache Erinnerung war und die große Magie nicht einmal das war. Hätte Lady Doris das Land von den Rabirischen Bergen bis zum westlichen Meer abgesucht, hätte sie niemand gefunden, der es mit Skiron hätte aufnehmen können.

Die Zauberei war keine große Leistung, aber eine echte. Skiron hatte sich zum größten Zauberer gemacht, den Argos seit Generationen erlebt hatte. Und jetzt wandte er seine Talente – so kümmerlich sie auch waren – gegen das Haus Lokhri.

Lady Doris wachte in einem leeren Bett aus einem Traum auf, in dem sie die Liebesnacht mit Hauptmann Conan noch einmal durchlebt hatte. Also, dieser Mann war soviel wert wie zehn andere, die sie gekannt hatte.

Nein, besser drei. Zweifellos war der Cimmerier nicht aus Eisen gemacht, sondern aus Fleisch und Blut, also auch nur ein Mann, aber einer, der viel ausdauernder war als die meisten. Was würde sie jetzt darum geben, seinen Körper neben sich zu spüren, sein Gewicht auf ihr, so daß sie ihre Arme und Beine um ihn schlingen könnte …

Aus dem vorderen Gemach ertönte ein Schrei. Doris sprang so schnell aus dem Bett, daß ihr Nachthemd zu Boden glitt. Ohne Rücksicht auf ihre Nacktheit lief sie zur Tür.

Sie hatte keine Zeit, die Tür zu öffnen, denn diese flog auf. Das Schloß sprang wie eine verfaulte Birne auf, die Angeln wanden sich wie Schlangen. Die Tür schlug sie zu Boden, wo sie halb benommen und völlig verängstigt liegen blieb. Dann wurde sie so wütend, daß sie die Schmerzen kaum noch fühlte.

»Wachen! Zu eurer Herrin!«

Sie dankte Conan dafür, daß er ihre Männer besiegt hatte, ohne sie zu Krüppeln zu machen oder sie zu töten. Hätte sie gewußt, wer die Diener so hervorragend verarztet hatte, hätte sie den Göttern auch für die Fähigkeiten dieses Mannes gedankt. Dank Conan und dem Heiler war das Haus immer noch imstande, sich zu verteidigen.

Es kam ein weiterer Schrei, dann Gelächter. Ein tiefes spöttisches Gelächter – wenn ein großer Hai lachen könnte, würde es so klingen. Doris versuchte zu stehen, aber ihre Beine und ihr Atem versagten ihr den Dienst. Sie wand sich auf dem Teppich und bemühte sich, ihre Blöße zu bedecken.

Der dritte Schrei. Er kam aus dem vorderen Gemach, wo sich die Zofe, die Nachtdienst hatte, unter dem Griff von etwas Riesigem und Unsichtbarem wand. Streifen um Streifen wurde ihr das Gewand vom Leib gerissen. Dann wand sich ihr Körper in unmißverständlicher Begierde.

Als die Zofe ganz nackt war, warf sie den Kopf nach hinten. Ihre Augen waren geschlossen, der Mund stand offen. Sie umarmte leere Luft. Doris schaute fasziniert zu, und langsam geriet auch ihr Blut in Wallung und vertrieb die letzte Spur von Angst. Wenn dieses unsichtbare Etwas noch imstande war …

Die Zofe stieß einen letzten Schrei aus und sank auf dem Boden zusammen. Jetzt fand Doris die Kraft zum Aufstehen. Allerdings mußte sie sich am Türrahmen festhalten. Das Metallschloß war zu heiß, als daß sie es berühren konnte. Sie roch Rauch und den Moschusgeruch der Ekstase der Zofe.

Dann fielen ihre Augen auf das Gesicht des Mädchens. Wo die Haut soeben noch jung und frisch gewesen war, zeigten sich jetzt Falten. Vor ihren Augen wurden die Falten tiefer. Jugend und Frische flohen und machten Platz für altes graues Pergament. Blut tröpfelte aus dem Mundwinkel. Das Alter ergriff Besitz vom ganzen Körper. Doris wollte sich abwenden, aber ihre Augen hatten einen eigenen Willen. Sie hingen gebannt an dem Körper der Zofe, bis dieser nur noch ein hageres Überbleibsel der schönen jungen Frau war.

Doris wollte schreien und sich gleichzeitig übergeben. Der Alptraum war vorüber. Jetzt ging der Körper in Verwesung über, verwandelte sich in ein schimmliges *Etwas*, das halb Staub war und halb stinkender blutiger Schleim. Der Staub blies Doris ins Gesicht. Er roch nach Grab. Sie kniete nieder, als ihr Magen rebellierte. Das grauenvolle Miasma folgte dem Staub. Dann drehte sich alles.

Sie kniete bei der Tür und versuchte den ohnehin leeren Magen weiter zu entleeren. Sie verkrallte sich im Teppich und wimmerte wie ein kleines Tier, das in der Falle saß. Sie sah nicht die beiden riesigen gelben Augen mitten in der Luft und den schwarzen Nebel, der sich um die Augen drehte. Sie bemerkte die Nebelschleier erst, als sie ihre nackte Haut berührten.

Diese Berührung war kalt wie der Tod und stank schlimmer, als alles, was sie bisher gerochen hatte. Lange spürte sie die Berührung nicht, denn ihr Verstand konnte nichts mehr ertragen. Als Lady Doris Zuflucht in tiefer Bewußtlosigkeit suchte, hallte wieder das schreckliche Gelächter durch die Gemächer.

Conan saß auf der Pritsche, die ein Drittel der Möblierung seiner Zelle war. Die anderen beiden Drittel waren ein Strohsack und ein großer Eimer, der als Latrine diente.

Der Cimmerier hatte schon in schlimmeren Gefängnissen gesessen. Eigentlich hatte er nicht erwartet, so gut untergebracht zu werden wie hier. Seiner Erfahrung nach genoß ein Mann, der nur noch wenige Tage bis zu dem Treffen mit dem Henker hatte, selten großzügige Gastfreundschaft.

Essen und Trinken waren auch zufriedenstellend. Es gab zwar nur Wasser, aber es war sauber und beinahe frisch, nicht grün und verschlammt. Im Haferbrei und den Bohnen waren sogar winzige Fleischbrocken versteckt. Das Fleisch hätte man sogar an Hunde verfüttern können.

Conan hatte gerade sein Mittagsmahl verzehrt, als der versprochene Korb aus dem Haus Damaos gebracht wurde. Lady Livia mußte die Vorratskammer geplündert haben, denn der Wärter konnte den Korb kaum tragen. Wein, Käse, Wurst, Fladenbrot und Brotlaibe, Rosinen, Äpfel, sogar ein Krug Ale – für die nächsten fünf Tage brauchte er keine Gefängniskost mehr anzurühren.

Eigentlich wollte er nur Käse und Brot, aber er wußte, daß er bei Kräften bleiben mußte. Lady Livia hatte vielleicht die Möglichkeit, ihn auf friedliche Weise zu befreien, aber er wollte darauf nicht wetten – vor allem nicht sein Leben. Er holte eine Wurst heraus und schnitt ein Stück ab.

Da sah er zwei Dinge. Das eine war die Ratte, die aus einer Ritze an der hinteren Mauer herauslugte, und das zweite ein schmaler Schlitz am anderen Ende der Wurst.

Conan hatte für Ratten nicht viel übrig, aber diese hier war wirklich ein armes Geschöpf. Sie schlich langsam dahin und war völlig abgemagert. Sie wäre vor jeder Maus davongelaufen, ganz zu schweigen vor einer Katze.

»Na schön«, sagte der Cimmerier. »Keiner soll sagen können, daß ich einen Bettler weggejagt habe, wenn ich genug zu essen hatte.« Er schnitt ein kleines Stück vom anderen Ende der Wurst ab und warf es der Ratte vor.

Beim Anblick des Leckerbissens wurde die Ratte plötzlich schnell und schnappte sich das Wurststück beinahe noch in der Luft. Nach drei Bissen war es verschwunden. Die Ratte schnupperte auf dem Boden und hoffte auf Nachschub. Conan schnitt noch ein Stück ab.

Da quiekte die Ratte, als würde man sie bei lebendigem Leibe rösten, rollte auf die Seite, dann auf den Rücken und streckte die Beinchen in die Luft. Sie zuckte krampfhaft. Weißer Schaum mit grünen Flecken trat ihr vors Maul. In den Augen leuchtete ein Wissen, das kein sterbliches Geschöpf haben sollte. Dann schlossen sie sich. Im nächsten Moment war das Tier tot.

»Die Götter sollen sie verrotten lassen!«

Der Korb war durch so viele Hände gegangen, daß nur die Götter wußten, wer die Wurst vergiftet hatte. Conan würde nie erfahren, ob der Giftmischer hier im Gefängnis saß.

Falls dieser Giftmischer aber unter Livias Dach lebte, würde der Cimmerier ihm das Geheimnis entreißen und ihn dann töten.

Die meisten Menschen in Messantia wären überrascht gewesen, daß Lord Harphos nicht beim ersten Hauch von Zauberei schreiend aus dem Haus seiner Mutter gelaufen war. Selbst diejenigen, die wußten, daß Harphos besser war, als er nach außen wirkte, hätten nicht erwartet, daß er sich so einsetzte.

Harphos hatte das Glück, in seinen Privatgemächern weit weg vom Ziel des magischen Angriffs zu sein.

Außerdem war er wach und bereit, als Skirons finstere Macht sich im Haus ausbreitete.

Zu seinem Wissen als Heiler gehörte jedoch keinerlei Magie. Der alte Kyros, sein Lehrer, hatte entschieden abgelehnt, ihm so etwas beizubringen. »Nicht ohne Erlaubnis deiner Mutter – und mit auch nicht!«

»Keine Angst, Meister. Sie würde einen Tobsuchtsanfall bekommen, wenn nicht noch Schlimmeres.«

»In manchen Dingen ist deine Mutter weiser, als sie selbst weiß.«

Jetzt war seine Mutter in Gefahr, weise oder nicht. Es war Harphos' Aufgabe, das Wissen einzusetzen, das sie verboten hatte, um sie zu verteidigen. Wenn er *sie* nicht verteidigen konnte, dann zumindest das Haus Lokhri. Außerdem war es seine Pflicht, sie zu rächen.

Harphos drehte aus Kräutern zwei Stöpsel, die giftführende Winde hinderten, in seine Nase einzudringen. Dann machte er einen Kräuteraufguß und tränkte darin ein Tuch, das er sich vor den Mund band. Er legte einen mit Eisenplatten geschützten Gürtel an und einen Beutel mit eisernem Schloß. In diesem Beutel verstaute er zwei verschlossene Phiolen. Mit der einen konnte er Benommenheit abwehren, welche die Magie vielleicht verursachte. Die zweite verlieh ihm für ungefähr eine halbe Stunde eine Kraft, die nahe an die Conans grenzte.

Ganz zum Schluß steckte Harphos noch schnell ein Kurzschwert in den Gürtel, obgleich er nicht erwartete, in dieser Nacht menschlichen Feinden zu begegnen. Falls aber doch und sie waren nicht in der Überzahl, würden sie ihr blaues Wunder erleben.

Kampfbereit stieg Harphos die Treppe zu den Gemächern seiner Mutter hinauf. Auf dem Weg stieß er nur auf Bewußtlose und sogar auf einige Tote. Manche hatten offensichtlich den Verstand verloren oder lagen im Sterben. Er konnte nur hoffen, daß die Wahnsinnigen ihre Sinne wieder zurückbekämen, sobald der Zauber das Haus verlassen hatte.

Beim Hinaufgehen fraß die Angst in seinem Bauch wie ein Wolf an einem Schaf. Beim Anblick der zerbrochenen Tür zum Zimmer seiner Mutter wurde die Angst so fest wie ein Eisklumpen und so groß, daß er in alle Richtungen zu wachsen schien. Harphos ging weiter.

Später dachte er, daß es nicht der Angstzauber war, den Skiron zurückgelassen hatte, der ihn gebrochen hatte, sondern der Anblick dessen, was von der Zofe noch übrig war, und der Geruch ihres Todes – und das Trugbild, das Skiron auf der Schwelle zu Lady Doris' Schlafzimmer schweben ließ.

Harphos warf einen Blick auf die mit Dornen besetzten schwarzen Arme, die seine Mutter umschlangen, und stieß einen Schrei aus. Dann machte er kehrt und rannte weg.

Er erinnerte sich später nicht mehr daran, das Haus verlassen zu haben oder durch die Straßen gerannt zu sein. Er hätte nicht schneller laufen können, wenn er beide Phiolen ausgetrunken hätte. Seine Hände zitterten, seine Augen waren starr. Wem er begegnete, hielt ihn für einen Wahnsinnigen.

Er erinnerte sich an gar nichts mehr, bis er gegen das Tor von Livias Palast hämmerte. Im nächsten Augenblick stand er vor Conans Feldwebel Talouf.

»Was im Namen von Erlik …?«

»Das … ist … nicht das … Werk … der Götter«, stieß Harphos hervor. Er hielt sich an den Gitterstangen des Tors so fest, als würde er in einen Vulkan stürzen, wenn er sie losließ. »Zauberei, Zauberei … in unserem Haus.«

Talouf war kein Dummkopf. Das Tor öffnete sich. Harphos fiel auf, wie leise es sich bewegte im Vergleich zu dem rostigen Ungeheuer im Lokhri-Palast. Dann umrundeten die Wachen den jungen Lord. Einige gaben ihm Wasser, andere boten ihm die Schulter zum Anlehnen. Nach einiger Zeit führten sie ihn ins Haus, wo Lady Livia wartete.

Sie saß zwischen Seidenkissen auf einem Sessel aus geschnitztem Elfenbein. Ihr Gesicht hatte ebenfalls die Farbe feinen Elfenbeins, ebenso ihr Nachtgewand. Es gab mehr von ihrem schönen Körper preis, als Harphos in seinen kühnsten Träumen je zu sehen gehofft hatte. Doch hätte das dünne Gewand auch eine Rüstung sein können. Ihre Augen waren so hart und kalt wie Stahl – und sie wurden nicht wärmer, nachdem Harphos seine Geschichte beendet hatte. Reza stand neben ihr und verzog ebenfalls keine Miene.

»Du bist also geflohen«, stellte sie fest. Ein Richter, der einen Mann dazu verurteilte, gepfählt zu werden, hätte freundlicher gesprochen.

»Myl... Livia...«, sagte Harphos. Ihm versagte die Stimme, und die Knie wurden weich. »Ich... der Magier ließ einen Zauber zurück, der allen angst machte. Er hat noch mehr dagelassen.« Dann beschrieb er das Bild seiner Mutter. Weit kam er jedoch nicht, weil Livia ihm mit erhobener Hand Schweigen gebot. Dann legte sie die Hand auf den Mund.

Als Livia ihre Fassung wiedererlangt hatte, waren die blauen Augen weniger kalt. »Was ist deiner Meinung nach aus deiner Mutter geworden?«

»Ich weiß es nicht«, sagte Harphos. »Aber mir scheint, daß deine Feinde jetzt auch meine Feinde sind. Ich dachte, du wüßtest, ob sie noch lebt oder tot ist.«

»Ich habe keine Ahnung«, erklärte Livia. »Aber ich glaube, ich weiß, wer die Frage beantworten kann.«

»Lord Akimos?«

Zum ersten Mal lächelte Livia und nickte. »Ich wäre überrascht, wenn er nichts wüßte.«

»Dann laß uns sofort zu ihm...«

»Ich glaube kaum, daß er irgendwelche Fragen beantwortet, die man auf die erlaubte Art stellt. Und was die andere Möglichkeit betrifft – ehe wir diese einsetzen können, müssen wir Hauptmann Conan befreien.«

Zuckte der Haushofmeister bei diesen Worten zusammen? Harphos nahm sich vor, einen Wahrheitsfinder aufzusuchen oder einen entsprechenden Trank zu bereiten, falls er keinen aufstöbern konnte.

»Wo hält man ihn fest?«

Jetzt war Livia an der Reihe, eine Geschichte zu erzählen. Beim Zuhören wurden Harphos die Knie wieder weich. Reza schob ihm einen Stuhl unter. Als Livia fertig war, starrte Harphos auf den Boden, damit sie nicht den Ausdruck auf seinem Gesicht sah.

Lieber hätte er sich alle Knochen brechen lassen, als zurück in das Haus zu gehen, wo jetzt diese grauenvolle Magie herrschte. Doch ehe Livia ihn für einen Feigling hielt, würde er sich lieber vierteilen oder pfählen lassen.

»Dann – wenn vielleicht einige eurer Männer mit mir zurückgehen könnten …?«

»Was ist mit dem Zauber?« fragte Reza mürrisch.

»Es gibt einen Weg in den Keller, der nicht durch das übrige Haus führt. Alles, was wir brauchen, ist im Keller. Ein Mann kann fast alles tragen. Ich werde dieser Mann sein, da ich ein paar Schutzmaßnahmen getroffen habe.«

Livias Gesicht strahlte jetzt wie die Sonne. Hätte Harphos nicht gesessen, wäre er zu Boden gesunken. Diesen Blick auf dem Gesicht der Geliebten festzuhalten, dafür war Vierteilen ein geringer Preis!

Dreizehn

Der Wärter an der Tür des Hauses von Charof war wie erwartet allein. Es gab so viele trickreiche Vorrichtungen, die Flucht der Gefangenen zu verhindern, daß ein einziger Wärter genügte. Sein Dienst bestand darin, wach zu sein (und wenn er klug war, nüchtern) und jeden, der hinein- oder hinausging, auf einem Wachstäfelchen neben der Tür einzutragen.

Der Wärter hatte die Beine halb durch den Tunnel und die Arme zur Decke gestreckt. Als er oberhalb der Treppe, die zu ihm herabführte, Schritte hörte, stand er auf und zog das Kurzschwert.

»Wer ist da?«

»Nur eine Freundin.« Es war die Stimme eines Mädchens. Gleich darauf sah der Wärter die Besucherin.

Sie war nicht viel älter als siebzehn, hatte aber bereits sehr weibliche Formen. Ihre Tunika war schäbig, geflickt und nicht ganz sauber. Der Wärter hätte einen Monatssold darauf gewettet, daß sie darunter nichts trug. Auf alle Fälle waren ihre Füße nackt. Auch die dunkelbraune Haarpracht war unverhüllt.

»Eine Freundin, sagst du?« Der Wärter steckte das Schwert nicht weg, ließ jedoch die Spitze sinken.

»Nun, ich könnte eine werden.«

»Ich habe dich oben noch nie gesehen.«

»Wann warst du das letzte Mal über Himgos Tür?«

Der Wärter lachte und schüttelte den Kopf. Das Mädchen lächelte.

»So lange nicht? Dann ist es kein Wunder, wenn du

mich nicht kennst. Ich habe erst vor fünf Tagen in der Küche angefangen.«

Der Wärter nickte. Das erklärte, warum er sie nicht kannte und warum sie wie eine ehemalige Strafgefangene gekleidet war. Die Köche und Küchenhilfen des Wachhauses bekamen nur einen Hungerlohn und rächten sich dafür, indem sie bei der Kost sparten. Der Wärter erinnerte sich, daß er sogar an Bord von Schiffen, die schon einen Monat auf See gewesen waren, besser gegessen hatte!

»Nun ja, wenn du nichts Besseres zu tun hast, könnten wir ja mal sehen, ob wir Freunde werden.« Der Wärter hoffte, daß der Kleinen sein Umhang als Unterlage weich genug sein würde ...

»Aber gern.« Sie schob sich an ihm vorbei. Dabei streifte ihre Hüfte gegen seine. Dann strich sie ihm über den Arm, setzte sich und holte aus dem Ausschnitt ihrer Tunika eine kleine Flasche. Der Inhalt war deutlich zu sehen: bester Feuerwein.

Das Mädchen hielt ihm die Flasche entgegen, dabei rutschte die Tunika erst über die eine Schulter, dann über die andere. Langsam glitt der Stoff über die Brüste bis zur Taille.

Der Wärter hatte richtig vermutet. Die Kleine trug unter der Tunika wirklich nichts. Er machte einen Schritt nach vorn – dann kam ein Donnerschlag, und er sah Sterne. Noch ein Schritt, dann fiel er mit dem Gesicht voraus auf die kalten Steine.

Das Mädchen zog die Tunika hoch, zog den Korken aus der Flasche und spritzte etwas Feuerwein auf den Wärter. Feldwebel Talouf nahm drei Stufen mit einem Sprung und kniete sich neben dem Wärter hin. Mit geübten Fingern löste er die Schlüssel vom Gürtel des Wärters und holte seinen eigenen Dolch aus der Ecke. Er hatte ihn auf den Wärter, mit dem Griff voran, geworfen und ihn so betäubt.

»Das ist Verschwendung von gutem Feuerwein«, murrte Talouf.

»Je mehr er stinkt, desto weniger schöpfen sie Verdacht«, sagte Gisela. »Von mir aus soll er ganz tief in den Schlamassel geraten, weil er mich so unverschämt angesehen hat.«

»Gisela«, rief Livia von der Treppe, »die Männer werden dich immer anschauen, ob dir das paßt oder nicht, es sei denn, du versteckst dich in einer Zelle!«

Gisela lächelte Lady Livia an, die mit ihrer Eskorte herabkam. Die zwei Männer aus Conans Schar, und zwei ihrer eigenen trugen die Uniformen der Wächter. Harphos kam als letzter, ebenfalls wie ein Wächter gekleidet, allerdings mit dem Abzeichen eines Hauptmanns am Gürtel und das eines Heilers auf der Schulterklappe. Er hatte einen dicken Lederbeutel über die Schulter geschlungen.

»Selbstverständlich beuge ich mich der übergroßen Erfahrung meiner Herrin in diesen Dingen«, sagte Gisela.

»Vandar, lege dieses unverschämte Weib mindestens einmal in der Woche übers Knie, bis sie lernt, den Mund zu halten«, sagte Livia.

»Sie würde mir wahrscheinlich ebenso eine über den Schädel hauen wie Talouf dem Wärter«, meinte Vandar und grinste.

»Nein, ich würde den Dolch mit der Spitze voran benutzen«, sagte Gisela spitz.

»Genug geredet«, sagte Talouf. Er nahm einen Schlüssel, der beinahe so lang wie der Arm eines Kindes war, schob ihn ins Schloß und drehte. Metall kreischte, Stein rieb gegen Stein, Ketten rasselten und von unten drang wütendes Zischen herauf.

Als wieder Ruhe herrschte, stand die Tür zum Haus des Charof offen. Eine schmale Zugbrücke war herabgekommen und lag über dem tiefen Spalt zwischen den

Mauern. Talouf blickte in die schier bodenlose Tiefe hinab. Er hatte das Gefühl, als bewegte sich etwas. Wieder hörte er das Zischen.

Talouf wagte erst wieder zu atmen, als er festen Boden unter den Füßen spürte. Die anderen überquerten den Abgrund ebenso geschwind. Nur Harphos blieb stehen und spähte mit den kurzsichtigen Augen in die Finsternis.

»Verdammt, Har… Hauptmann. Wonach suchst du, den Schatz von Gilmi?«

»Ich versuche herauszufinden, welche Tierart dort unten haust. Wenn ich es weiß, kann ich den Biestern vielleicht etwas geben, um sie ruhigzustellen.«

Talouf biß sich auf die Zunge. Wenn Harphos die Erlaubnis wollte, Schlafmittel an Schlangen auszuprobieren, mußte er Hauptmann Conan fragen. Der Feldwebel vertraute lieber auf Stahl oder schnelle Füße, um die meisten Schwierigkeiten zu lösen. Er hatte keine Lust, einen Wahnsinnigen auch noch zu unterstützen!

Conan knurrte der Magen, aber so schnell verlor er seine Kraft nicht. Als er draußen Stimmen hörte, war er im Nu aufgesprungen und für alles bereit, sei es Hilfe oder Bedrohung.

Jemand machte sich am Schloß zu schaffen.

»Talouf?«

»Hauptmann?«

»Ja, hier.«

»Bist du gefesselt?«

»Nein, frei wie ein Vogel.«

»Den Göttern sei Dank.«

Conan stockte der Atem, als er diese Stimme hörte. Livia, hier? Hatte man sie auch verhaftet oder hatte sie darauf bestanden, bei seiner Befreiung mitzumachen? So wie er Livia kannte, stimmte wohl letzteres. Keiner hätte gewagt, sich ihrem Wunsch zu widersetzen.

Talouf stocherte immer noch im Schloß herum. Vergeblich. Er fluchte laut.

»Dieses vaterlose Schloß soll...«

»Wie dick ist es?«

»Fingerdick.«

»Wir haben keine Zeit. Tretet zurück!« Conan holte tief Luft, suchte einen festen Halt, stemmte sich dann mit der Schulter gegen die Tür und drückte.

Er drückte, bis ihm die Adern auf der Stirn zu platzen drohten. Schweiß strömte wie Wasser in einem Mühlbach. Doch jetzt spürte er, daß *etwas* nachgab. Die Freunde draußen schrien.

Der Cimmerier trat zurück, holte tief Luft und stemmte sich diesmal mit dem Rücken gegen die Tür. Metall ächzte, quietschte und gab mit einem entsetzlichen Schrei nach.

Conan lief es eiskalt über den Rücken, weil er plötzlich daran denken mußte, wie viele Menschen hier unten bei diesen Schreien wohl gestorben waren. Weder Götter noch Priester konnten viel gegen Geister ausrichten, wenn ein Mann sich nicht von den Orten fernhalten konnte, wo sie ihr Unwesen trieben.

Der Cimmerier trat durch die offene Tür hinaus. Livia warf die Kapuze ihres Umhangs aus dem Gesicht und ging einen Schritt auf ihn zu. Conan sah, wie Harphos das Gesicht schmerzlich verzog.

Conan verneigte sich tief und ergriff Livias Hände. Dann küßte er sie.

»Mylady, ich bin überglücklich, Euch wieder dienen zu können.«

Harphos entspannte sich. Livia sah aus, als würde sie im nächsten Augenblick losbrüllen oder anfangen zu weinen.

Vandar als Krieger behielt einen kühlen Kopf. »Dein Schwert, Hauptmann.«

Conan gürtete das Breitschwert um. »Habt ihr euch

eine gute Geschichte ausgedacht, mit der wir hier herauskommen?«

Harphos zeigte dem Cimmerier einen Paß aus Leder mit unglaublich vielen Siegeln. »Ich bezweifle, daß ich noch viele Freunde habe, wenn sie herausfinden, was ich mit ihren Geschenken gemacht habe. Aber darum sollen sich die Götter kümmern.«

Sie gingen zurück, Conan als letzter. Er lauschte, ob jemand sie verfolgte, da hörte er Talouf fluchen.

»Diese von Schweinen gezeugte Tür ist geschlossen – und die Zugbrücke ist hochgezogen!«

So war es. Conan blickte in die dunkle Tiefe. Lautes Zischen drang zu ihm herauf. Er musterte die Entfernung über die Spalte. Nein, es war aussichtslos, hinüberzuspringen und die Brücke herabzuziehen. Selbst wenn er die Haken erreichen würde, waren sie zu fest verankert, wenn die Brücke geschlossen war.

Außerdem würden diejenigen, die die Brücke hochgezogen hatten, auf der anderen Seite warten. Zweifellos waren es mehr Männer, als er jetzt bei sich hatte. Danach kamen noch viele andere Türen – und alle gut bewacht.

Nun erwartete den Cimmerier und seine Männer doch das Ende. Niederlage und Tod für ihn und die seinen, Niederlage und Schmach für Livia. Es sei denn, sie fänden doch noch einen Weg in die Freiheit …

Conan spähte über den Rand der Felsspalte. Er erkannte trotz der Dunkelheit die Schlangen, die sich auf dem Boden ringelten. Dann sah er die Bronzekrampen auf der anderen Seite.

Er setzte sich und zog die Stiefel aus. Dann streifte er die Tunika ab. Da die Frauen ihn sehen konnten, gürtete er das Schwert über den Lendenschurz.

»Ich werde erkunden, ob es da unten einen Weg hinaus gibt«, erklärte er. »Ich habe schon gegen größere Reptilien als die Schoßtiere der Wächter da unten gekämpft. Mit ihren Häuten habe ich meine Schilde geschmückt.«

Livia öffnete den Mund, doch Harphos kam ihr zuvor.

»Warte. Ich habe hier etwas.« Er holte nach einigem Suchen aus seinem Beutel eine Flasche, wie sie in Khitai gemacht wurde.

»Was ist das?« fragte Gisela. »Ein Liebestrank?«

Harphos wurde rot. »Ein Schlafmittel. In der Flasche ist genug, um sechs Männer bewußtlos zu machen. Vielleicht reicht es dann für eine Schlange.«

»Schlangen sind langsam«, sagte Conan. »Stahl ist schneller.«

»Ja, aber wenn die Wächter die Schlange nur schlafend finden, sind sie nicht sicher, ob wir entkommen sind«, sagte Livia. »Laß es ihn versuchen. Es kann doch nicht schaden, zumindest dir die Arbeit zu erleichtern.«

Conan wollte heftig widersprechen, daß er keine Hilfe brauchte, solange er sein Schwert hatte. Dann erinnerte er sich jedoch daran, daß er die Verantwortung für sieben Leute trug, darunter zwei Frauen.

»Gib mir die Flasche. Wenn die Schlange nahe genug kommt, werde ich ihr eine Dosis verpassen.«

»Ich werde mitkommen«, sagte Harphos.

»Nein, Harphos«, widersprach Livia. »Die Krampen sind auf der anderen Seite, und du kannst nicht so weit springen wie Hauptmann Conan. Er kann dich auch nicht auffangen.«

»Nein, wir würden beide unten als Schlangenfutter landen«, sagte Conan. »Dann könntest du gleich runterspringen und es mir leichter machen, die Schlange zu töten, während sie dich auffrißt.«

Harphos wurde blaß, dann rot, als Livia ihm die Hand auf den Arm legte. Der Punkt war erledigt. Conan holte tief Luft, flog in einem riesigen Satz über den Felsspalt und fand am obersten Krampen Halt.

Wütendes Zischen aus der dunklen Tiefe. Der Cimmerier sah jetzt das riesige Schlangenhaupt mit den Giftfängen im aufgerissenen Maul. Zwei rote Augen, so groß wie Melonen, funkelten ihm entgegen.

Conan zog den Stöpsel aus der Flasche und wartete, bis die Schlange ihm den Kopf noch höher entgegenreckte. Dann warf er die Flasche mitten in den offenen Rachen. Das Zischen wurden ohrenbetäubend laut. Die Schuppen scharrten auf dem felsigen Boden, als die Schlange sich wand.

Conan hoffte, daß Harphos' Schlaftrank bald wirken möge. Nur weil er der beste Schlangentöter der Gruppe war, hieß das noch lange nicht, daß es ihm besonderes Vergnügen bereitete, mit dem Reptil zu kämpfen. Außerdem hatte Livia recht. Es wäre besser, keine tote Schlange als Zeugin für ihre Flucht zurückzulassen.

Plötzlich kam ihm der Gedanke, daß Livia und Harphos gar kein übles Paar abgeben würden. Sie sollten zumindest den Versuch machen. Allerdings mußte man vorher Lady Doris zum Schweigen bringen. Ob das gelang, ohne sie zu erwürgen? Und Harphos durfte es nichts ausmachen, daß seine Frau doppelt so viel Verstand hatte wie er.

Die Zeit schien sich bis ans Ende der Welt auszudehnen. Conan wartete immer noch auf die Wirkung des Schlaftranks. Der Cimmerier zückte sein Schwert, als die Schlange eine Armeslänge von seinen Füßen entfernt war. Wenn das Mittel nun nicht oder nur sehr langsam wirkte …

Funken stoben, als die Giftzähne an den Felsen kratzten. Dann bäumte sich die Schlange auf. Grüner Schaum brodelte in ihrem Schlund, die gespaltene Zunge zuckte wild umher. Dann schlossen sich die mächtigen Kiefer so laut wie ein Eisentor. Gleich darauf schien die mächtige Schlange alle Knochen zu verlieren. Sie sank zurück in die Tiefe und blieb reglos liegen.

Bei Conan siegte die Klugheit über die Eile. Er zählte bis zehn. Dann riß er ein Stück Mörtel aus der Wand und warf es der Schlange auf den Kopf.

»Gut gemacht, Harphos. Ich klettre nach unten und sehe nach, ob das Biest auch wirklich schläft. Talouf, habe ich nicht ein Seil unter deiner Tunika gesehen?«

»Würde ich je ohne Seil gehen oder Lady Livia ohne Tunika?«

»Hüte deine Zunge ...«, begann Harphos. Dann sagte Livia etwas, das Conan nicht verstand, den Lord aber zum Schweigen brachte.

Conan kletterte an den Krampen nach unten. Er landete in knöcheltiefem schwarzen Schlamm, der ekelhaft stank. Ein Blick verriet dem Cimmerier, daß seine Mühe nicht vergebens gewesen war. Ein Tunnel führte in die Dunkelheit – aber leicht nach oben.

Conan kletterte über das leblose Reptil. »Talouf, das Seil!« Der Cimmerier hob die Arme. Dabei warf er noch einen Blick auf den Tunnel.

Es war gut, daß er das tat. Aus der Finsternis kam ihm ein Zischen entgegen, als wären alle Geysire Vanaheims ausgebrochen. Etwas bewegte sich. Conan sprang nach hinten und schlug mit dem Schwert gegen den mächtigen schuppigen Kopf, der sich ihm aus dem Tunnel näherte.

»Da sind ja zwei Schlangen!« rief Harphos.

»Erzähl Conan etwas, das er noch nicht weiß!« verlangte Livia. Mehr hörte der Cimmerier nicht, denn er war zu beschäftigt mit dem Gegner. Die Überraschung der Schlange, ihren Partner so still zu finden, gab Conan einen Herzschlag lang Zeit, die er zu nutzen verstand. Er sprang über die schlafende Schlange zurück und schlug mit beiden Händen auf das Genick des anderen Reptils.

Die handtellergroßen braunrosigen Schuppen teilten sich, ebenso das blasse Fleisch darunter. Aber dieser

Streich hatte die Schlange nicht tödlich getroffen. Jetzt wußte sie, daß der Feind nicht zu verachten war. Conan wußte, daß Schlangen einen langsamen Verstand hatten, aber wenn sie lange genug lebten, um so riesig zu werden, mußten sie wissen, wie man kämpfte.

Mann und Reptil begannen einen tödlichen Zweikampf. Der Graben war so eng, daß die Schlange sich nicht um Conan ringeln konnte. Daher stieß sie immer wieder zu, um den Feind zwischen die Fänge zu bekommen.

Jedesmal, wenn sie zustieß, traf Conans Klinge sie und schnitt durch Schuppen tief ins Fleisch. Manchmal verfehlte das Ungeheuer den Cimmerier und prallte gegen die Felswand. Es klang wie ein Rammbockstoß. Steine flogen um Conans Ohren. Er war nicht sicher, ob die Schlange sich zuerst bewußtlos schlagen oder die Felsmauer zum Einsturz bringen würde.

Da fiel ein großer Felsbrocken von oben herab, prallte an der Schlange ab, dann von der Mauer und traf beinahe Conans Schwertarm, ehe er sich in den Schlamm vergrub. Ehe Conan fluchen konnte, kam bereits ein zweiter Brocken.

Dieser traf die Schlange auf die Schuppennase. Sie bäumte sich auf und zischte wütend nach oben. Dabei bot sie dem Cimmerier die Kehle dar.

Mit aller Kraft seiner muskulösen Arme schlug Conan zu. Die Klinge schnitt so tief ein, daß sie die Lebensader des Reptils durchtrennte. Blut schoß wie eine Fontäne hervor. Einen Moment lang schien sich die Schlange noch höher aufzubäumen, doch dann sank sie plötzlich in sich zusammen. Conan konnte gerade noch beiseite springen, ehe sie auf ihren schlafenden Partner fiel.

»Hat einer von euch diese Felsbrocken geworfen?« rief Conan nach oben.

»Ja, ich«, antwortete Gisela. »Ich dachte …«

»Denk lieber nicht, sondern hilf mir!« brüllte Conan.

»Talouf, kommt herunter, damit wir endlich wegkommen von hier.«

Die Schlangenkörper boten eine rutschige Landefläche, aber alle schafften es, bis auf Gisela. Sie blieb mit der Tunika an einem Nasenhorn hängen und landete nackt wie ein neugeborenes Kind im schwarzen Schlamm.

Vandar reichte ihr seine Tunika, damit sie ihre Blöße bedecken konnte.

»Pfui!« sagte Livia und rümpfte die Nase. »Was haben diese Tiere – Conan, was tust du?«

Conan schlug große Stücke aus der schlafenden Schlange heraus. Ganz zuletzt stieß er seinen Dolch durch ein Auge tief ins Hirn hinein. Das Reptil zitterte nur leicht, als es im Schlaf vom Tod überrascht wurde.

»Euer Rat, Mylady«, sagte Conan und wischte sein Schwert an den Schuppen ab, ehe er es in die Scheide steckte. »Wenn beide Schlangen tiefe Wunden tragen, sieht es so aus – jedenfalls hoffe ich das –, als hätten sie sich gegenseitig umgebracht. Außerdem kann die erste uns nicht mehr durch die Tunnel verfolgen.«

Livia schüttelte sich und reichte eine Hand Harphos, die andere dem Cimmerier. Beide Männer mußten sie einen Augenblick lang stützen, sonst wäre sie in den stinkenden Schlamm gesunken. Dann holte sie tief Luft. »Los, gehen wir.«

»Wie Ihr wünscht, Mylady«, sagte Talouf. »Aber ich gehe voran, weil ich diese unterirdischen Gänge besser kenne als ihr alle.«

Conan blickte den Feldwebel überrascht an. »Talouf, hast du mich belogen, als du sagtest, daß du noch nie in Messantia gewesen seist?«

»Hauptmann, du hast nur gefragt, ob die Wächter mich kennen würden. Das habe ich verneint, und das ist die Wahrheit.«

»Wahrscheinlich deshalb, weil du die ganze Zeit das

Tageslicht gescheut hast, richtig?« sagte Livia und lächelte.

»Nicht nur Diebe wickeln wichtige Geschäfte in der Dunkelheit ab«, sagte Talouf und ging zum Tunnel.

Es dauerte nicht lange, bis sie herausfanden, wovon die Schlangen sich ernährt hatten. Überall lagen Knochen umher, Menschenknochen.

Zum Glück stießen sie bald auf einen Gang, der zur Straße hinaufführte, wo die Luft frisch und der Boden festes Gestein war. Als sie ins Freie kamen, war die Sonne gerade untergegangen. Bei ihrer Ankunft im Damaos-Palast herrschte bereits Nacht.

Auf dem Weg hatten sie einen wichtigen Beschluß gefaßt: Ehe sie weiter gegen den Feind von außen kämpfen konnten, mußte zuerst der Feind im Innern ausgeschaltet werden. Es gab zweifellos einen Spion im Haus, und wenn er nicht Reza hieß, dann würde Reza bei der Jagd nach dem Spion entweder helfen oder das gleiche Schicksal wie dieser erleiden.

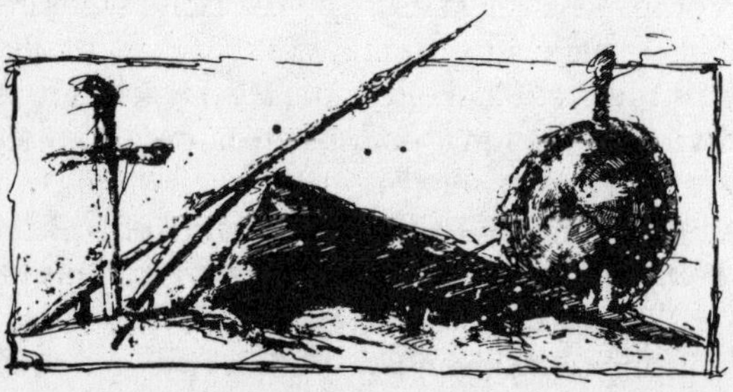

Vierzehn

Reza war sofort hellwach, als er den Lärm hörte. Wer an der iranistanischen Grenze nicht schnell aufwachte, diente nicht lange bei Khadjars Freischärlern. Wenn Khadjar den Mann nicht wegjagte, machten ihn die Iranistani einen Kopf kürzer oder schnitten andere edle Teile ab.

Blitzschnell rollte Reza auf die der Tür fernen Seite des Betts. Dabei griff er unters Kopfkissen und holte sein Kurzschwert heraus.

Doch da landete die flache Seite eines Breitschwerts auf seinem Handgelenk. Er mußte die Klinge fallen lassen. Klirrend fiel sie auf den Boden. Eine hünenhafte Gestalt bewegte sich mit unglaublicher Geschwindigkeit. Ein Stiefel trat auf Rezas Schwert.

Dann traf ihn ein Faustschlag gegen die Schläfe. Er fiel mit dem Gesicht voraus auf den Boden. Benommen spürte er die kalten Steinplatten an der Wange. Dann band man ihm Hände und Füße. Er wollte fluchen, doch fehlte es ihm an Kraft.

Doch jetzt konnte er klar sehen. Unter dem Bett hindurch hatte er freien Blick auf die Tür und die Menschen, die dort standen. Reza hatte das Gefühl zu träumen. Lady Livia? Und sie hatte ungerührt zugeschaut, als man ihn zusammenschnürte wie ein Schwein, das man zur Schlachtbank führte. Und Harphos von Lokhri stand so nahe bei Livia, daß sein Atem ihr Haar zerzauste, und trug einen prallen Lederbeutel über der Schulter.

Reza war sicher, daß er sich den Kopf so gestoßen hatte, daß sein Verstand verwirrt war. Da zog ihn jemand mit kräftiger Hand hoch. Er blickte in eisblaue Augen in einem dunklen Gesicht, das aus dem Gestein seiner Heimat in Cimmerien gemeißelt zu sein schien.

»Er ist wach«, sagte Conan.

»Ich ...«, begann Reza.

»Je weniger du sagst, desto schneller haben wir die Sache erledigt«, sagte Conan. Seine Stimme war weniger hart als sein Gesicht. »Harphos, bist du bereit?«

»Ja, allerdings würde ich dringend empfehlen, etwas Olivenöl zur Hand zu haben.«

»Olivenöl?« fragten Livia und Conan wie aus einem Mund.

»Ja. Die Dosis der Kräuter, die wir vielleicht brauchen, könnte dazu führen, daß er sich nach einer gewissen Zeit die Gedärme aus dem Leib kotzt. Wenn wir ihm aber nach der Befragung Olivenöl geben, passiert das vielleicht nicht.«

Livia nickte. »Gisela, dir stellt man am wenigsten Fragen, wenn du es holst. Ab in die Küche!«

»Jawohl, Mylady.« Reza sah, wie die Dienerin hinausging und Harphos den Beutel abstellte und Flaschen und Phiolen herausholte.

»Also, Reza«, sagte Lady Livia, »wie es aussieht, haben wir einen Spion im Haus. Er hat zu viele unserer Geheimnisse verraten. Obwohl du so lange im Dienst bist, gibt es mehr als genug Gründe, daß du der Spion bist. Lord Harphos hat einen Trank bereitet, der dich zwingt, die Wahrheit zu sagen. Solltest du dich weigern, ihn zu trinken, müssen wir dich schuldig sprechen. Dann müssen wir härtere Maßnahmen ...«

Reza lachte. Er konnte gar nicht aufhören zu lachen. Die anderen sahen sich erstaunt an. Zweifellos dachten sie, er hätte den Verstand verloren.

Als der Haushofmeister wieder Luft holen konnte,

lächelte er. »Mylady, verzeih mir, daß ich dich so lange im Zweifel gelassen habe. Ich ... die Gründe deines Verdachts sind wahr, aber ich bin weder ein Spion noch ein Verräter, noch habe ich die Eide gebrochen, die ich deinem leiblichen und deinem Ziehvater geschworen habe. Her mit dem Trank! Und danach werde ich euch zeigen, wo ich den wirklichen Spion gelassen habe.«

Livia schaute die anderen an. »Wenn er so wenig Angst hat ...«

Conan schüttelte den Kopf. »Vielleicht redet er nur so, um unsere Wachsamkeit einzulullen. Aber es ist gut, daß er sich bereiterklärt.«

»Conan, würdest du aufhören zu reden, als wäre ich ein wildes Tier ohne Sprache? Harphos, du kannst mir alles einflößen, was du willst. Wenn ich aber danach zu schwach bin, um gegen die wahren Feinde des Hauses Damaos zu kämpfen, dann solltest du weg sein, ehe ich meine Kraft wieder erlangt habe. Denn sonst werde ich dich die Treppe hinunterwerfen, aus dem Haus jagen und im Fischteich ertränken.«

Harphos lachte nervös. Dann widmete er sich wieder der Zubereitung des Wahrheitstranks. Das gab Reza Zeit, zu beobachten, wie sie die beiden Männer anschaute.

Conan hatte ihr Herz berührt. Das war nicht zu bestreiten. Aber der Cimmerier hatte keine Macht über ihren Verstand. Er konnte sie nicht in die Irre führen. Wenn Livia nicht die gesamte Klugheit beiseite schob, die sie in all den Jahren erworben hatte, seit Reza sie kannte, konnte der Cimmerier dem Haus Damaos nicht schaden.

Jetzt mußte er, Reza, Sohn des Shiram, Conan nur noch davon überzeugen, daß er völlig unschuldig war!

Lady Doris wachte mit Schmerzen auf, die nichts mit ungestillter Begierde zu tun hatten. Sie waren eher so wie damals, als sie in eine Weißdornhecke gefallen war. Von den Schultern bis zu den Knien hatte sie überall winzige Stiche.

Offenbar befand sie sich in einem leichten Wagen, der über eine der Hohen Straßen rumpelte. Er war mit Segeltuch so dicht bedeckt, wie ein Vogelkäfig in der Nacht.

Da sie vor neugierigen Augen sicher war, streifte sie das Gewand ab, das ihr einziges Kleidungsstück war. Sie hatte sich das Jucken und Brennen nicht eingebildet. Rote Punkte, wie Insektenstiche, bedeckten sie überall.

Im nächsten Moment hielt der Wagen. In der folgenden Stille hörte Doris Vögel singen und Pferde schnauben. Dann Männerstimmen. Sie sah sich im Wagen nach etwas zu essen oder zu trinken um, wenigstens Wasser. Am dringendsten hätte sie allerdings einen Nachttopf gebraucht!

Doris hatte gerade festgestellt, daß so ein Gefäß nicht vorhanden war, als die Leinwand hinten zurückgeschlagen wurde. Ein viereckiges Gesicht mit grauem Spitzbart und kahlem Schädel erschien.

Doris wollte dem Mann nicht die Genugtuung geben, in Panik nach dem Gewand zu greifen, daher legte sie eine Hand in den Schoß und einen Arm vor die Brüste.

»Lord Akimos, welchem Umstand verdanke ich das Vergnügen deines Besuchs?«

»Es scheint mir eher, daß du dich meiner Gastfreundschaft anvertraut hast, Lady Doris. Ich wäre ein schlechter Gastgeber, wenn ich nicht um dein Wohl besorgt wäre.«

»Eine Erklärung reicht aus. Kannst du mir diese nicht geben, möchte ich ein Pferd, um nach Messantia zurückzureiten.«

»Ich bin untröstlich, Mylady. Aber dringende Geschäfte hindern mich, beide Wünsche zu erfüllen. Doch werde ich sofort alles andere herbeischaffen, wenn es in meiner Macht steht.«

Doris dachte daran, alle Hilfsangebote von dem Mann zurückzuweisen, der sie eindeutig entführt hatte. Die Gründe dafür würde sie wohl nur erfahren, wenn es Akimos beliebte, sie ihr mitzuteilen. Diesem Fratz Livia würde bestimmt etwas einfallen, ihren Mut zu beweisen.

Doris war anders. Sie war als Kind arm gewesen und kannte Hunger und Kälte. Sie wußte, daß Kraft und Verstand geschwächt wurden, wenn man durstig und hungrig war und wie ein Schwein im eigenen Dreck leben mußte.

»Ein Nachttopf. Etwas zu Essen und Wasser. Anständige Kleidung. Und Salbe für ... meine Insektenstiche.«

»Selbstverständlich.«

Akimos' Gesicht verschwand. Sie streifte ihr Gewand über. Dann hörte sie, wie er seinen Männern Befehle gab. Durch die offene Klappe sah sie ein Dreieck des purpurfarbenen Himmels über dunklen Bergen. Neben der Straße stand ein knorriger Olivenbaum. Ein dünner junger Mann in einem abgetragenen blauen Reisegewand saß darunter.

Im ersten Moment ergriff Doris kaltes Grauen. Der Mann ähnelte ihrem Sohn Harphos ungemein. War es möglich, daß er bei diesem Komplott mitgemacht hatte? Hatte er sich zum Sklaven von Akimos gemacht, nur um sich von ihr zu befreien?

Dann sah sie jedoch, daß der Mann so alt war, daß er Harphos' Vater sein könnte. Seine Augen waren dunkel und tief und wissend. Dieses Wissen war von einer Art, wie es nicht für Menschen bestimmt war und das gegen sie eingesetzt werden würde, ehe sie Akimos wieder freilassen würde.

Der Mann hob die Augen und schaute sie an. Doris erschauerte, obwohl es ein warmer Abend war. Diese

Augen schienen nicht nur durch ihr Gewand zu dringen, sondern auch durch die Haut, um ihre Knochen, ihre inneren Organe, sogar ihre Seele zu studieren.

Doris zog das Gewand enger um sich und drehte dem Mann den Rücken zu. Sie fragte sich nicht mehr, wie lange es dauern würde, bis sie wieder frei sein würde, sondern *ob* sie je wieder freikäme.

»Wie nahe sind wir ihnen?«

Talouf legte den Finger an die Lippen und flüsterte: »Zu nahe für deine cimmerische Stimme, Hauptmann.«

Reza grinste, aber er war noch blaß und schwitzte. »Fühlst du dich wohl?« fragte ihn Conan leise.

»Das ist der Geschmack vom Olivenöl, nicht die Wirkung des Tranks.«

»Wenn in der Küche ranziges Olivenöl war, Reza, ist das deine Schuld ...«, warf Harphos ein. Doch da legte ihm der Cimmerier die Hand über den Mund.

Schweigend zogen sie weiter. Conan, Reza, Talouf, Harphos und acht ausgewählte Männer, zur Hälfte aus dem Haus Damaos und zur Hälfte aus Conans Schar. Vier der Männer und Talouf waren als Geheime Wächter verkleidet.

Die Geheimen Wächter waren nicht so geheim, daß Harphos nicht herausgefunden hatte, wie sich kleideten. Sie waren eine Schar Männer, die besonders dazu ausgebildet waren, um in Häuser einzudringen und Beweise zu holen, die man auf legale Weise nicht bekommen konnte. Strenggenommen waren sie nach argossischem Recht Verbrecher, aber diese Auffassung störte seit Jahrhunderten weder sie noch ihre Herren.

Conan hatte gelacht, als er das hörte. »Argos kommt mir langsam so ähnlich vor wie andere Länder, in denen ich gewesen bin. Es hat zehn Gesetze, wo die anderen eins haben, aber die Gesetze werden so ausgelegt oder angewendet, wie es den Herrschenden beliebt.«

»Warte, bis du einmal herrschst, ehe du dich darüber lustig machst, Conan«, sagte Harphos.

»Nur ein Gott könnte so lange warten«, entgegnete der Cimmerier und lachte wieder.

Ganz gleich, was die Gesetze über die Geheimen Wächter sagte: Sie waren ein praktisches Werkzeug. Lords wie Akimos hatte selten etwas von ihnen zu befürchten, bei den Dienstboten der Lords war das ganz anders.

Nach weiteren hundert Schritten kamen sie an einen engen Tunnel, der steil nach oben führte. Talouf kroch auf allen vieren hinein. Gleich darauf verriet das Zischen einer Schlange dem Cimmerier, daß alles in Ordnung war.

Reza und Conan krochen durch den Tunnel hin zu Talouf. Der Gang war niedrig, aber so breit, daß die beiden Männer genügend Raum hatten, das Bronzegitter zu packen, das den Tunnel oben abschloß. Den vereinten Kräften der Hünen konnte selbst die kalt geschmiedete Bronze nicht widerstehen.

»Eine dieser Riesenschlangen könnte da so leicht wie durch Pergament kriechen«, sagte Reza, als sie das Gitter auf den Boden legten.

»Die könnte sich kaum durch diesen Tunnel zwängen«, meinte Conan. »Ich wette, daß es noch eine Barriere gibt, die wir nicht gefunden haben, um diese Schoßtiere aus den Kellern der vornehmen Herrschaften fernzuhalten. Ein Diener oder zwei, das wäre kein Verlust, wenn aber so ein Biest den Rehrücken für das Festbankett des Obersten Archonten fressen würde ...« Der Cimmerier tat, als schüttle er sich vor Entsetzen.

Er und Reza holten schwarze Masken aus dem Gürtel und streiften sie über den Kopf. Die vier Männer hinter ihnen folgten ihrem Beispiel.

»Fertig, Burschen?« fragte Reza. Die Männer nickten.

»Nun denn«, sagte Conan. »Denkt dran. Kein Blutvergießen, wenn wir es vermeiden können. Wenn es schief geht, nehmt wenigstens Gefangene, denen Harphos später seinen Trank geben kann.«

»Ich habe aber kein Olivenöl«, beklagte sich der junge Lord.

»Mir ist es gleich, wenn Akimos' Leute die Eingeweide auf diesen schönen Marmorboden erbrechen«, sagte Reza. »Sorgt nur dafür, daß ihr lange genug lebt, um ihnen den Trank verabreichen zu können.«

Harphos schaute beleidigt drein, weil man ihn am Kampf nicht teilnehmen ließ. Aber seine Blicke trafen nur die Rücken der Männer, die durch die Öffnung nach oben krochen. Danach mußten sie ungefähr sechs Fuß nach unten springen. Lautlos wie die Katzen landeten sie im Staub.

Später meinte Conan, das ihm beim nächsten Schritt des Unternehmens am unwohlsten gewesen sei. Sie durchsuchten den Keller von Akimos' Palast, ohne etwas Größeres als eine Ratte aufzustöbern. Dann meldete ein Späher, daß alle Dienstboten fort seien, bis auf einige alte Frauen und ein paar Knaben. Diese wollte Conan nicht beunruhigen.

Der Cimmerier fragte sich, ob Akimos seine Geheimnisse dadurch schützen wollte, daß er alle Dienstboten mitgenommen hatte, die diese vielleicht kannten. Wenn diese Vermutung stimmte, dann standen sie jetzt vor der schwierigen Entscheidung, die alten Frauen und Knaben auszuquetschen oder den Palast vom Dach bis in den Keller zu durchsuchen und zu beten, daß sie irgend etwas finden würden, das ihnen weiterhalf.

Sie waren gerade so lange im Palast, wie man braucht, um in einer guten Weinschenke eine Mahlzeit einzunehmen, als ihnen das Glück hold war.

»Ich höre jemanden singen«, sagte der Späher.

Conan nickte. Er hörte es auch, dazu Trommeln. Sie

stiegen die Treppe von den Quartieren der Dienerschaft hinauf zu dem Korridor, der zu Akimos' Privatgemächern führte. Ein Mann blieb zurück, um Taloufs Gruppe zu verständigen.

Die Teppiche und Gobelins waren hier ebenso prächtig, wie sie im Haus Lokhri schäbig waren. Ein Gobelin bedeckte einen Mann und eine Frau teilweise, die ansonsten splitternackt auf dem Boden lagen. Womit die beiden sich beschäftigt hatten, war so eindeutig wie die Weinflecken auf dem Marmorboden.

Aus der halboffenen Tür drang Gesang heraus, der in ein Grölen überging, aber dennoch nicht das Klirren der Becher und das Plätschern des Weins übertönte. Der Trommler war auch kein Meister seines Fachs. Dann hörte man deutlich, wie jemand zu Boden plumpste.

Conan nickte. Bei diesem Krach hätte eine Schar Kozaki über den Gang reiten können, ohne daß man sie gehört hätte.

Dann war Conans größte Sorge, daß Akimos' Diener sich gegenseitig umbringen könnten, um ihm zu entkommen. Er sah keinen, der in der Lage gewesen wäre, eine Waffe zu halten. Es war nicht leicht, den Dieb zu spielen, der auf der Suche nach Beute auch Blut vergießen würde, ohne einen von Akimos sturzbetrunkenen Dienern ernstlich zu verletzen.

Conan stieß einen hyrkanischen Kriegsruf aus. Das war das Signal für Talouf, mit seinen ›Geheimen Wächtern‹ zu kommen. Ein Mann griff den Cimmerier mit einem Schemel an, obwohl er ein Kurzschwert am Gürtel trug.

Conan parierte den Schlag mit dem Schemel und stieß dem Angreifer den Schemel in den Bauch. Dabei rutschte er aus und fiel rücklings gegen einen Tisch, auf dem Weinkrüge und Delikatessen standen. Der Tisch kippte um. Krachend und klirrend fiel alles zu Boden.

Einige Diener, Männer und Frauen, waren so betrunken, daß sie wie Hunde auf allen vieren umherkrochen und den Wein aufleckten. Conan juckten die Füße. Am liebsten hätte er sie wie Hunde getreten.

Wieder ertönte ein hyrkanischer Kriegsruf.

»Mitra sei Dank!« sagte Conan leise. Laut stieß er eine Reihe schrecklicher Flüche aus. Talouf und seine Männer stürzten mit gezückten Schwertern herein.

Conan hatte oft weniger Mühe gehabt, um sein Leben zu kämpfen, als jetzt bei diesem Scheingefecht. Er und seine Schar mußten wie Todfeinde von Taloufs Gruppe aussehen, ohne jedoch wirklich Blut zu vergießen – weder ihr eigenes noch das der gaffenden oder grölenden Dienerschaft. Zudem mußte er noch höllisch aufpassen, nicht in den Weinpfützen oder Essensresten auf dem Boden auszurutschen oder über herumkriechende Diener zu stolpern.

Endlich verlor von Conans Männern einer nach dem anderen den ›Mut‹ und floh über die Treppe aufs Dach. Der Cimmerier ging als letzter und kämpfte zum Schein so erbittert mit Talouf, daß sie mit den Klingen Funken aus den Wänden schlugen. Conan würde sein Schwert von einem Schmied untersuchen lassen, ehe er sich an die Verfolgung von Lady Doris machte.

Endlich waren Conan und seine ›Diebe‹ auf dem Dach versammelt. Jetzt blieben ihnen noch zwei Aufgaben. Erstens mußte er hören, was Talouf zur Dienerschaft sagte, und aufpassen, daß Talouf und seinen Männern kein Leid geschah.

Zweitens mußte er die Diener davon abhalten, aufs Dach zu laufen und sich in ihrer Verzweiflung hinabzustürzen. Allerdings würden sie sich nicht ernstlich verletzen, wenn sie nicht auf dem Kopf landeten. Aber das Geschrei und der Lärm würden zweifellos über die Mauern des Palasts hinausdringen und womöglich die echten Wächter anlocken. Zumindest könnten Akimos'

Nachbarn auftauchen und Conan Fragen stellen, die er nicht beantworten wollte.

Conans Plan hatte Erfolg. Er hörte die Diener von den Höhlen von Zimgas sprechen, von Männern und Pferden, die sich für eine lange Reise ausgerüstet hatten, von einem geschlossenen Wagen, der für eine Frau ausgestattet worden war. Er hörte, wie Talouf die Diener fragte, ob sie irgend etwas über das Haus Lokhri wüßten – und vieles andere mehr.

Wenn das, was Conan hörte, ein Seil gewesen wäre, hätte er damit Akimos zehnmal hängen können.

Der Cimmerier wartete, bis Talouf der Dienerschaft erklärte, daß sie ihrem Herrn treu und gut gedient hätte und daß er ihn sofort warnen würde. Dann fügte er noch hinzu, daß sie alle Spuren der nächtlichen Orgie beseitigen sollten, sonst könnte sie nicht einmal ihre Hilfsbereitschaft den Wächtern gegenüber vor dem Zorn ihres Herrn schützen.

Danach rückte Conan mit seinen Männern so lautlos ab wie die Diebe, die sie gespielt hatten. Als sie zu dem vereinbarten Treffpunkt in den unterirdischen Gängen kamen, wartet Talouf bereits dort. Seine Männer hatten zwei Truhen mitgebracht.

»In der einen sind Schriftrollen aus Akimos Schreibpult«, erklärte der Feldwebel. »Ich habe erklärt, daß wir sie genau studieren müssen, um herauszufinden, wonach die Diebe gesucht hätten.«

»Und was ist da drin?« fragte Conan und stieß mit dem Fuß dagegen. Das Gewicht sagte alles. Er war daher nicht überrascht, als ihm Silbermünzen, Goldstücke und mehrere Ketten mit Juwelen entgegenfunkelten, als Talouf den Deckel geöffnet hatte.

»Das geht zurück«, erklärte Conan entschieden.

»Zu Akimos?« Talouf starrte ihn fassungslos an.

»Nein, zur Dienerschaft. Nenn es Belohnung für ihre Unterstützung der Wächter.«

»Bei Erliks Messingkeule!« sagte Talouf. »Ich hatte schon Angst, du seist ein ehrlicher Mann geworden, Hauptmann.«

»Ich weiß nicht, wer Conan in Wirklichkeit ist«, sagte Reza. »Aber eins kann ich dir sagen, Feldwebel Talouf. Solltest du die Neigung verspüren, ein Dieb zu werden, rede nicht darüber, wenn ich es hören kann.«

Lady Doris lag auf dem Bauch, hob die Zeltbahn ein wenig und lugte hinaus. Vom Zelteingang aus hätte sie zweifellos mehr gesehen, aber dann hätten die Wachen sie bemerkt – und sie hatte keineswegs vor Angst den Verstand verloren, so wie sie tat.

Bis jetzt war es leicht gewesen, die Wachen zu täuschen. Bei Akimos oder Skiron wäre es nicht so leicht, aber die Wachen waren zumindest ein Anfang. *Alles* war besser, als sich sinnlos die Augen auszuheulen.

Außerdem waren die Wachen die meiste Zeit die einzigen Männer in Reichweite. Wenn sie sich um sie keine Sorgen machten – nun, es war nur ein Hoffnungsschimmer. Aber selbst der kleinste Funken Hoffnung war mehr, als sie gehabt hatte, als diese – *Kreatur* in ihr Gemach gekommen war.

Weiter oben sah sie die roten Flammen eines Lagerfeuers. Sie schienen den Eingang zu einer Höhle zu beleuchten. Eine dünne Gestalt tanzte vor dem Eingang. Sie sah nur die Umrisse vor dem Feuer. Vielleicht war es Skiron. Er schien nackt zu sein.

Plötzlich überfiel sie Angst. Sie biß sich in die Hand, um nicht wie ein hungriger Welpe zu wimmern. Sie belog sich, wenn sie glaubte, daß es einen Unterschied machte, wenn sie die Wachen täuschte. Sie würde sie nie so hinters Licht führen können, daß sie fliehen konnte, ehe Skiron das nächste Mal seinen Zauber auf sie warf. Und selbst wenn ihr die Flucht gelingen würde, konnte ihr Skiron seine Kreaturen hinterherschicken.

Nach einiger Zeit ebbte die Angst so weit ab, daß sie wieder ruhig atmen konnte. Jetzt sah sie weitere Schattengestalten vor dem Feuer. Männer trugen Lasten – Decken, Holzscheite, Krüge und Gegenstände, die sie nicht erkennen konnte. Sie schleppten alles in die Höhle.

Jetzt mußte sie über ihre Furcht lachen. Hatte sie sich über einen Schutzzauber von Skiron über Vorräte fast zu Tode geängstigt?

Das Lachen hatte sie so beruhigt, daß sie Wurst aß, Ale trank und ganz natürlich einschlief.

Nach menschlicher Zeitrechnung hatte es mehrere Tage gedauert, bis der isolierte Teil den Großen Beobachter traf. Jetzt brauchte der isolierte Teil nur Stunden, um sich mit dem Kleineren Beobachter in den Höhlen von Zimgas wieder zu vereinigen. Die beiden Hauptbeobachter hatten den Isolierten Stärke zugeführt – und mit der Stärke hatten sie Gänge in den Fels gehauen, der die einzelnen Teile voneinander getrennt hatte.

Die Großen und Kleineren Wächter hatten auch ihre uralten Gedankenverbindungen wiederbelebt – wie die Menschen, welche die Beobachter geschaffen hatten, es nannten. Die Beobachter verwendeten keine Bezeichnungen, weil sie derartige Gedächtnisstützen nicht brauchten.

Schließlich waren sie beinahe unsterblich. Für sie waren die Jahrhunderte, seit sie in die Felsen unter den Berge gegangen waren, wie Tage für Menschen. Sie hatten nichts vergessen, was sie einst gewußt hatten. Ein Teil dieses Wissens war, wie sie die Stärke wiedergewinnen konnten, die sie verloren hatten.

Nahrungsaufnahme gehörte dazu. Aber lebendiges Fleisch allein konnte ihren Hunger nicht stillen. Auch Zauberei brachte ihnen neue Stärke.

Als der isolierte Teil den Hauptbeobachtern mitteilte,

daß in den Höhlen von Zimgas Zauberei ausgeübt werde, war diese Information für sie außerordentlich wertvoll. Zumal es sich um ein Art Zauberei handelte, von der sich die Beobachter ernähren konnten.

Hätten die Beobachter vermocht, die Menschheit nachzuahmen, hätte sie vor Freude gejauchzt.

Fünfzehn

Lady Doris träumte.

Sie träumte von einem Liebhaber, der stärker und zivilisierter war als Conan. Er hatte die großartige Stärke des Cimmeriers, flüsterte ihr jedoch wunderschöne Liebesworte ins Ohr, während sie miteinander verbunden waren.

Sie schlang Arme und Beine noch enger um den Mann und atmete gierig seinen Schweißgeruch ein, als wäre es köstlichstes Parfüm. Dann legte sie den Kopf zurück und schrie, hörte ihn schreien, roch seinen Atem …

Seinen Atem? Sein Atem war so duftend wie ihr Garten, als er noch richtig gepflegt war. Wie konnte sich sein Atem zwischen zwei Zügen so verändern und so widerlich werden?

Wie …?

Doris wachte auf. Der Leib, mit dem sie verschlungen war, der sie auf den Strohsack preßte, war weder stark noch schön. Und ob Lord Akimos zivilisiert war …

Es spielte keine Rolle. Er ließ nicht von ihr. Und weil er nicht von ihr ließ, wußte sie, daß sie hilflos war. Begierde stieg in ihr auf und riß sie wie eine Flutwelle mit, ließ ihre Glieder zucken und zwang sie zu schreien, wie keine normale Frau schrie.

Akimos grunzte, als er sich ausgetobt hatte und rollte von Doris herunter. Sie lag ausgestreckt da, nur in ihr langes Haar gehüllt, schweißüberströmt, mit schlaffem Mund und kaum bei Sinnen.

»War das nicht großartig, Doris?«

Doris war sich in diesem Augenblick bewußt, daß es einer von Conans Vorzügen war, daß er kein Lob für sein überragendes Können erwartete. Wenn eine Frau hinterher einschlief, als sei sie betäubt, war es für einen Mann nicht schwer, zu zweifeln – oder zu fragen, wenn er zweifelte. Bis jetzt war Doris nicht bewußt gewesen, wie sehr sie Männer verabscheute, die hinterher ein Lob erwarteten.

»Ich bin sicher, für einen Mann in deinem Alter ...«

Seine Hand traf sie, ohne daß sie gesehen hatte, daß er den Arm gehoben hatte. Dreimal schlug er zu – und hart. Ihre Augen füllten sich mit Tränen, aber sie weigerte sich, die Lider zu schließen. Nein, dieser Sohn eines Straßenkehrers sollte nicht glauben, daß er sie zum Weinen bringen konnte! Und auch nicht glauben, daß er ihr Angst einjagen konnte.

»Ein Mann in deinem Alter bemüht sich wirklich, einer Frau Vergnügen zu verschaffen. Ich bin zufrieden.«

Diesmal kamen Faustschläge. Doris rollte sich auf den Bauch. Dann wurde ihr klar, wozu das führen konnte, wenn Akimos ihr noch mehr Schmerzen zufügen wollte. Trotz aller Klatschgeschichten über sie hatte sie Schmerzen gebraucht, um ihre Lust zu steigern.

Jetzt schon. Sie wußte, daß ihre Ekstase ungeahnte Höhen erreichen würde, wenn Akimos an ihrem Körper nagen würde, wie ein Wolf an einem Lamm. Entsetzen fuhr durch ihre Gedanken wie ein Eiswind. Aber ihr Körper blieb heiß. Er hatte einen eigenen Willen, und er verlangte danach, auf den Wogen der Leidenschaft wie ein Schiff im Sturmwind zu reiten.

Aus Doris' Kehle entrang sich ein wimmernder Laut, der sich steigerte, bis sie laut schrie.

Skiron hörte den Schrei und lächelte. Dann warf er einen Seitenblick auf die Männer am Lagerfeuer, und das Lächeln verschwand.

Der Zauber, der Lady Doris dazu gebracht hatte, Akimos' Liebessklavin zu werden, war stark und schwierig. Aber er schien gut zu wirken. Noch ein paar Tage, dann würde Lady Doris Akimos so verfallen sein, wie ein Vendhyer nach Mohnsirup süchtig war.

Inzwischen erinnerte der Zauber jedoch alle anderen Männer im Lager daran, daß sie an den Vergnügungen ihres Herrn keinen Anteil hatten. Waren die Schreie aus dem Zelt schuld daran, daß die Männer so griesgrämig oder geil dreinschauten?

Es spielte keine Rolle. Es war für den Frieden im Lager und den Erfolg Lord Akimos' wichtig, daß die Männer ihre Begierde stillen konnten. Wenn Skiron das erreichen konnte und den Männer klarmachen konnte, daß sie das allein ihm verdankten, würden sie mit mehr Achtung auf ihn hören.

Bis jetzt hatte Akimos' oberflächliche Freundschaft und eine offene Börse genügt. Doch es würde eine Zeit kommen, in der Skiron für seine Pläne mehr Hände und noch mehr Freunde brauchen würde. Dann würden Sklaven, die er durch Zauberei völlig verblödet und wie Opferlämmer verbraucht hatte, nicht mehr genügen.

Und wenn diese Freunde aus dem Kreis von Akimos' Männern kamen – nun, das würde alle Träume beenden, die der Kaufmannsprinz vielleicht hatte, irgendwann auf Skirons Dienste zu verzichten.

Skiron ging an dem Feuer vorbei hinaus in die Dunkelheit. In der Ferne hörte er einen Hirsch röhren.

Im Wald, nur etwas unterhalb des Lagers, gab es Wild. Skiron kannte die Zaubersprüche, mit denen man Rehgeißen und andere weibliche Tiere in Geschöpfe verwandeln konnte, die Männern als Ersatz für Frauen dienten, zumindest nachts und im Bett. Es waren sehr mächtige Zaubersprüche, selbst in Ländern, die älter und mehr Erfahrung mit Magie hatten, als Argos. Niemand würde an der Bedeutung eines Zauberers zweifeln, der sie wirksam einsetzen konnte.

Allerdings würde sich der Zauberer dabei schwächen und viel der unersetzbaren Pulver und Kräuter verbrauchen, die er mit soviel Mühe erworben hatte. Und wenn er später seine gesamte Kraft brauchen würde? Nein, es mußte einen leichteren Weg geben.

Den gab es. Die Dörfer, an denen sie beim Aufstieg zur Höhle vorbeigekommen waren. In jedem Dorf gab es Mädchen und junge Frauen. Wenn er ein paar davon mit dem gleichen Zauber wie Lady Doris verhexte, würden die Männer einen Monat lang lächeln.

Skiron kehrte zum Feuer zurück.

»Partab!«

»Lord Skiron?« Der große Venhyer stand auf. Der Feuerschein fiel auf seinen kahlen Schädel und die Klinge des Krummschwerts, das in der Schärpe steckte. Er erhob sich lässig, als wollte er ausdrücken, daß er sich Skiron nicht widersetzte, aber nur so schnell gehorchte, wie es ihm beliebte.

»Wir haben ein Problem, das die Gesundheit der Männer betrifft.«

Partab hatte keinen besonders hellen Verstand, doch kapierte er schnell, worum es ging, nachdem der Zauberer angefangen hatte, ihm alles zu erklären. »Ah, du bist weiser, als ich zu hoffen gewagt hatte«, sagte Partab. »Ich habe mich in der Tat beklagt, daß keine Frauen da sind, wenn ich mich wieder wie ein junger Mann fühle.«

»Das kann man ändern, wenn du und ein Dutzend guter Männer mit mir kommen.«

»Ich werde sie sofort auswählen.«

»Gut. Schärf ihnen ein, daß wir so leise sein müssen wie Wiesel, die einen Hühnerstall ausrauben wollen, obwohl die Hunde des Bauern wach sind. Akimos wird es uns nicht danken, wenn wir die ganze Gegend alarmieren, weil die Männer nach ihren verlorenen Frauen und Töchtern suchen.«

»Sie werden nichts finden«, versicherte ihm Partab. Er zog das Krummschwert und ließ die Klinge durch die Luft zischen.

»Nicht, wenn wir uns ein wenig Mühe geben«, sagte Skiron. Es bedurfte nur einiger nicht besonders starker Zaubersprüche, um die Erinnerung auszulöschen. Wenn er dazu keine Zeit hatte, wäre Partabs Lösung die einzige.

Conan saß auf seinem Bett und ölte das ärmellose Kettenhemd, das er morgen unter dem ledernen Reitzeug tragen würde, das mit der anderen Ausrüstung – vom Lendentuch bis zum Breitschwert – auf der Truhe am Fußende des Betts lag.

Livia hatte ihm angeboten, daß einer ihrer Diener seine Waffen und Kleidung vorbereitete, aber er hatte abgelehnt, und Reza hatte erklärt, warum.

»Wir werden leicht und schnell reisen, Mylady. Keine Diener, außer für dich. Manche Männer werden ihre Pflichten vernachlässigen, wenn sie sehen, daß der Hauptmann das auch tut.«

Livia nickte höflich. Sie hatte in Rezas Stimme die Anspielung nicht überhört, daß sie schneller und weiter vorwärtskämen, wenn sie nicht dabei wäre.

Doch Harphos hatte darauf bestanden, und niemand konnte oder wollte ihm den Wunsch abschlagen. Kaum hatte Livia gehört, daß Harphos an der Rettungsaktion für seine Mutter teilnahm, hatte sie ebenfalls darauf bestanden, mitzukommen. Conan und Reza versuchten, ihr das auszureden, soweit es ihr Stand erlaubte. Doch Livia ignorierte die beiden, wie es *ihr* Stand erlaubte.

Conan hatte den Eindruck, daß die beiden jungen Menschen sich zu einem Wettkampf herausforderten:

Wer würde mehr Mut beweisen? Da Conan erlebt hatte, daß derartige Wettkämpfe meist damit endeten, daß die Teilnehmer als Fraß für die Geier endeten, war er nicht froh, Harphos und Livia so zu sehen.

Nun ja, die beiden waren knapp vier Jahre jünger als er, obgleich Livia einen Kopf auf den Schultern trug, der das leicht vergessen ließ. Wenn sie nicht hören und nicht vorsichtig sein wollten, dann mußten sie eben reiten und kämpfen. Dabei würden er, Reza und die Männer, die sie führten, natürlich so weit schützen, wie es die Götter zuließen, und noch mehr, wenn möglich …

Conan hörte, wie jemand die unverschlossene Tür berührte, noch ehe diese sich öffnete. Er hielt den Atem an und verengte die Augen zu Schlitzen. So unbeweglich wie ein Felsbrocken und auch so gefühllos saß er da, als Gisela hereinschlüpfte.

Sie warf einen Blick auf Conan und nahm an, der Cimmerier schlafe. Dann ging sie auf Zehenspitzen zum Bett und streifte erst eine Sandale ab, dann die zweite. Sie griff zum Saum ihrer Tunika …

Da schleuderte Conan den Öltopf durchs Zimmer. Er traf die Tür und schlug sie zu. Mit einem Satz war der Cimmerier an der Tür und schob den Riegel vor. Mit dem nächsten Satz war er wieder am Bett und riß Gisela in seine kräftigen Arme.

Statt sich zu wehren, schmiegte sie sich an ihn und rieb ihre Hüften an ihm, ohne sich darum zu kümmern, daß ihre Tunika weit über die Knie hinaufrutschte, als Conan sie hochhob.

Der Cimmerier lachte und hob sie noch höher. Dann warf er sie aufs Bett. Sie schnellte dreimal hoch, ehe sie liegen blieb. Jetzt lachte sie so laut, daß sie erst Luft holen mußte, ehe sie sich aufsetzen und die Tunika ganz ausziehen konnte.

Gisela trug jetzt nur noch die Untertunika, die knapp über ihren Brüsten anfing und in der Schenkelmitte endete. Die dünne Seide war mit Blumen bestickt, die allerdings nicht dazu beitrugen, Giselas Reize zu verhüllen.

Conan lachte schallend. »Da ich dich ins Bett hinein anstatt hinaus geworfen habe, hoffe ich, daß du weißt, wozu du hier bist.«

Gisela setzte sich auf. »Conan, ich bin kein grünes Mädchen.« In der Tat war eine Siebzehnjährige in Argos bereits eine Frau. Und es waren die Brüste einer Frau, die sich unter dem dünnen Stoff wölbten.

»Mag sein. Aber du bist nicht so ganz nach meinem Geschmack. Ich habe dich und Vandar gesehen …«

Bei diesen Worten huschte ein Schatten über Giselas Gesicht. Conan runzelte die Stirn.

»Hattest du Streit mit Vandar?«

»Hauptmann Conan, geht dich das etwas an?«

»Bei Crom, ja!« fuhr der Cimmerier sie an. »Wenn ihr gestritten habt, sollte ich das wissen, denn es betrifft einen meiner besten Männer. Wenn nicht – was tust du hier?«

»Ich sitze auf deinem Bett.«

»Beinahe nackt und bereit, mich anzuspringen wie ein Tiger eine Ziege! Gut, du bist deine eigene Herrin. Aber wenn du einen guten Grund hast, hier zu sein, werde ich dich nicht von der Bettkante stoßen. Aber entweder du nennst mir diesen guten Grund, oder du gehst mit einem roten Hinterteil von hier weg, und Vandar bleibt ab morgen weg.«

Gisela wurde blaß und schlug die Augen nieder. »Wenn Reza erfährt, daß ich es dir gesagt habe …«, flüsterte sie.

»Ich schwöre jeden Eid, daß ich Reza nichts erzählen werde. Aber jetzt rede, und zwar schnell.«

»Reza hat mich geschickt. Er will nicht – daß du an Lady Livia denkst – als Frau.«

»Trolle sollen Reza holen und Dämonen Livia in eine

Jauchegrube stoßen!« Gisela zuckte zusammen und vergrub das Gesicht in den Kissen. Erst als sie merkte, daß ihre Untertunika ihr Hinterteil nicht mehr bedeckte, mußte sie lachen.

Es war so einfach, daß er es hätte sehen müssen, ohne die arme Gisela so zu erschrecken. Jeder Mann, der alt genug war, um mit einer Frau zu schlafen, hätte es gesehen! Reza hatte nur einen Gedanken im Kopf: Livias guten Ruf zu schützen! Aber wie? Natürlich, indem er den Kuppler spielte!

Wieder lachte Conan. Er hoffte, daß Reza ab morgen in seinem Kopf noch Platz für einen anderen Gedanken hatte. Sonst müßte der Cimmerier für beide das Denken übernehmen. Aber dann würde er mehr Sold verlangen!

»Livia hat von mir nichts zu befürchten. Ich weiß, daß sie ein Auge auf Harphos geworfen hat.«

»Er ist ihrer nicht wert!«

»Laß das nur nicht Livia hören, wenn dir deine Haut lieb ist. Ich habe Frauen nie so recht verstanden, aber eins habe ich gelernt: Wenn eine Frau glaubt, den Richtigen gefunden zu haben, können weder Götter noch Dämonen sie von ihm fernhalten.«

»Das ist wahr!« rief Gisela. Sie streifte das Hemd über den Kopf und streckte Conan die Arme entgegen. Ihre Haut war heller als die des Cimmeriers, obwohl ihre Haare rabenschwarz waren. Sie hatte es eingeölt, so daß es im Schein der Lampe glänzte. Gisela stand auf und ging auf Conan zu. Ihre Brüste wippten verführerisch. Conan kam ihr entgegen und zog sie an sich.

Der Cimmerier brauchte nicht lange, um sich seiner Kleidung zu entledigen, Gisela zurück ins Bett zu tragen und festzustellen, daß sie nicht nur den Körper einer Frau hatte, sondern sich auch auf weibliche Künste gut verstand.

Die Beobachter strömten aufeinander zu. Sie benutzten vorhandene Felsspalten oder gruben neue. Dabei nahmen sie Isolierte in sich auf und nährten sich von deren Stärke und Erinnerungen. So wuchsen sie von Minute zu Minute.

Als die beiden Großen Beobachter ihre Tentakel durch die letzte Spalte streckten, waren sie beinahe gleich groß. Nach menschlichen Maßen waren sie so groß wie eines halbes Dutzend Elefanten. Sie konnten nicht stehen oder gehen wie Elefanten, aber keine Elefantenherde wäre ihrem tödlichen Griff entkommen.

Sie berührten einander und tauschten alles aus, was sie seit ihren Erwachen gelernt hatten. Dann ruhten sie. Das war nicht leicht, weil der Zauber, der sie erregte, immer noch durchs Gestein pulsierte; aber Erinnerungen aus grauer Vorzeit sagten ihnen, daß es weise sei, ein wenig zu ruhen.

Jeder von ihnen hatte inzwischen so viel Materie in sich, um ein weiteres Paar Beobachter hervorzubringen, das schnell zu voller Größe heranwachsen würde, wenn es richtig genährt wurde. Doch jetzt mußten sie ruhen und ihrer Substanz den Befehl erteilen, diese Beobachter während der Ruhepause zu formen. Danach mußten sie wieder in den Bergen nach Nahrung suchen. Vielleicht würden sie es sogar wagen, an die Oberfläche unter dem offenen Himmel vorzudringen, weil es dort Nahrung in Hülle und Fülle gab.

Livia schlich barfuß zu Conans Tür und lauschte. Die Geräusche, die aus dem Zimmer drangen, ließen darauf schließen, die die beiden sich prächtig vergnügten.

Livia hatte Angst, Reza zu begegnen. Ihre Erklärung würde den zerbrechlichen Frieden zwischen ihn gefährden. Bei Tage – ohne die brennende Erinnerung an die Laute aus dem Zimmer – konnte sie den Mund halten. Doch heute nacht …

Heute nacht war die letzte Nacht, die sie unter ihrem eigenen Dach und in ihren eigenen Gemächern verbrachte, umgeben von ihren Dienerinnen, die etwas ausplaudern könnten. Ausplaudern *würden*, wenn Reza ihnen Angst einjagte.

Morgen jedoch – und viele weitere Nächte – würde sie in Herbergen, Zelten oder im Freien schlafen. Dann konnte sie geheimhalten, wohin sie ging, mit wem sie hinging und was sie dort taten.

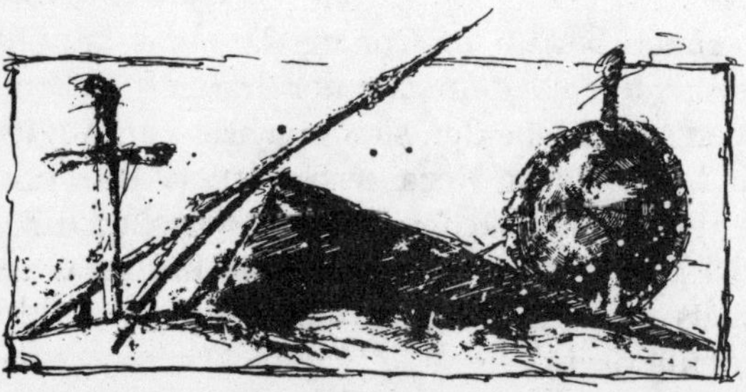

Sechzehn

Der Cimmerier hörte den Schrei einer Frau. Er drang aus dem Himmel über den Baumwipfeln. Er hob die Hand. Das war das Zeichen für die Schar, auf dem schmalen Weg hinter ihm anzuhalten.

»Vandar, du kommst mit mir. Reza, ich möchte Männer an den Flanken.«

»Ich weiß, was zu tun ist, Conan.«

»Conan ebenfalls, und er führt hier das Kommando«, sagte Livia.

Der Cimmerier wünschte sich, er hätte auch die Kommandogewalt, der Lady zu befehlen, still zu sein. Ihre Sticheleien gefährdeten den Frieden zwischen den beiden Hauptleuten. Keiner bezweifelte mehr die Loyalität des anderen, doch geblieben war Rezas Eifersucht auf den Einfluß des Cimmeriers über seine Herrin.

Conan stieg vom Pferd. Es war nicht weit zum Boden. Argos war kein Pferdeland, daher ritten seine Leute auf struppigen kleinen Wallachen oder auf Maultieren. Die Tiere gingen sicher und waren ausdauernd. Sie mußten ja keine Attacke ausführen oder Bogenschützen schnell in die Flanke des Feindes bringen.

»Komm!«

Das dichte Dach der Pinienzweige verdeckte einen Großteil des Himmels und schirmte die Sonne ab. Es gab Unterholz. Der Cimmerier kam schnell voran, zumal es bergab ging. Mehrmals mußte er warten, bis Vandar ihn eingeholt hatte.

Am Ufer eines Bergflusses kamen sie aus dem Wald

heraus. Auf dem gegenüberliegenden Ufer erhob sich eine graue Felswand hoch in den Himmel. Am Rand der Klippe stand eine Frau. Sie hatte den Kopf zurückgeworfen, streckte die Arme in die Höhe und schrie.

Während Conan die Felswand studierte, um den besten Weg hinauf zu finden, tauchte oben eine zweite Frau auf. Sie ging auf die andere Frau zu. Doch als sie sich ihr bis auf zwanzig Schritte genähert hatte, wich diese zurück.

»Noch zehn Schritte und sie stürzt ab«, sagte Conan.

»Vielleicht will sie das«, sagte Vandar. »Ist die Rettung der Dorftrottelin unsere heutige Aufgabe?« Er zog den Kopf ein, als ihn der Blick des Cimmeriers traf.

»Ja«, antwortete Conan. Er zog Schwert und Dolch, um sie vor dem Wasser zu schützen, und trat in den Fluß. Nach drei Schritten reichte ihm das Wasser bis an die Brust. Vandar holte tief Luft und folgte ihm. Der Fluß war eiskalt.

Als sie am anderen Ufer aus dem Wasser stiegen, war Vandar so blau wie Conans Augen. Der Cimmerier hatte vom Fluß aus bereits einen passenden Aufstieg gefunden. Es sah aus, als hätte jemand früher Stufen in den Fels gehauen.

Conan kletterte auf die unterste bröcklige Stufe und schüttelte sich wie ein Hund. Vandar musterte mißtrauisch den Weg nach oben.

»Das ist ein Steig für Ziegen, aber nicht für Menschen, Hauptmann. Wo sind deine Hörner und dein Bart?«

Conan tippte Vandar ans Kinn. »Wo ist denn dein Bart? Laß dir erst mal einen wachsen, *dann* kannst du dich mit deinem Hauptmann anlegen. Folge mir!« Conan kletterte nach oben. Er konnte sich gelegentlich an Ranken und verkrüppelten jungen Bäumen festhalten, die im Fels Nischen gefunden hatten.

Als sie die Klippe halb erklommen hatten, hörte die erste Frau auf zu schreien. Jetzt sprach die zweite Frau mit tiefer Stimme beruhigend auf sie ein. Conan konnte die Worte nicht verstehen, aber der flehende Tonfall war unüberhörbar.

Vandar kletterte neben den Cimmerier. »Hauptmann, was *tun* wir hier?«

»Eine offensichtlich geistesgestörte Frau wandert weit von ihrem Dorf weg in diese Gegend – das riecht verdammt nach Zauberei.«

»Nicht jeder Wahnsinn kommt von Zauberei, Hauptmann.«

»Aber sehr viel. Und wenn nicht, müssen wir dennoch versuchen, sie zu retten. Ihr Dorf und ihre Verwandten werden es uns danken und offen mit uns sprechen. Vielleicht haben sie etwas gesehen, was uns hilft.«

»Verzeih, Hauptmann. Da hätte ich selbst draufkommen müssen.«

»Wirst du, wenn du so lange wie ich aufgrund deines Verstands und Schwerts gelebt hast, sonst lebst du nämlich nicht so lange.«

Sie kletterten weiter. Bei der nächsten Atempause lehnte sich Conan gegen den Fels und schaute auf den Fluß hinab. Sie waren jetzt über den Wipfeln. Er sah über das Tal zu den Bergen auf der anderen Seite. Sie waren nicht weit genug im Norden, daß auf ihren Gipfeln um diese Jahreszeit schon Schnee lag. Trotzdem wirkten sie majestätisch.

In diesem Gelände konnte sich eine ganze Armee verstecken. Ohne das, was sie in Akimos' Haus erfahren hatten, wäre es die berühmte Suche nach einer Stecknadel im Heuhaufen gewesen, den Kaufmannsprinzen und seinen Zauberer aufzuspüren. Falls Akimos Wind von ihrem Kommen bekam, konnte es immer noch so aussichtslos werden. Wenn die Leute im Dorf der Frau nichts für sie tun konnten, würde er sie bitten, zumindest den Mund zu halten und keinem von ihm und seiner Schar zu erzählen.

Conan und Vandar schlichen das letzte Stück so leise hinauf wie Katzen auf der Mäusejagd. Ganz gleich, ob die Frau wahnsinnig oder verzaubert war: Sie konnte leicht in Panik geraten. Dann trieben die Retter sie zu dem Sprung, den sie verhindern wollten.

Die beiden Männer blieben dicht unter der Felskante. Conan sah die Wahnsinnige. Sie stand mit vor der Brust verschränkten Armen keine fünf Schritte vom Rand entfernt. Noch schlimmer war, daß keine zwei Schritte neben ihr eine Felsrille zur Kante verlief. Wenn sie dort hineinfiel, würde sie wie auf einer Rutschbahn ins Leere gleiten.

»Wir nehmen die letzten Schritte im Sturm«, flüsterte Conan Vandar zu. »Du läufst zwischen sie und die Kante. Ich schütze die Rille. Aber was du auch tust, nur mit bloßen Händen!«

»Gut. Wenn sie mir ein Auge auskratzt, kann Akimos' Zauberer sich freikaufen, wenn er es wieder einsetzt.«

Der Cimmerier holte tief Luft, tippte dem Gefährten auf die Schulter und flog beinahe die letzten Stufen hinauf. Vandar war dicht hinter ihm, trat aber auf einen losen Stein und stolperte. Dank der Gunst der Götter landete er auf dem Bauch zwischen der Frau und der Kante.

Sie heulte wie ein Wolf und sprang zur Felsrinne. Conan hatte sich umgeschaut, ob Vandar etwa abgestürzt sei. Dadurch kam er einen Herzschlag zu spät, um die Frau aufzuhalten.

Aber es war nicht zu spät, ihr in die Rille zu folgen. Er erwischte sie bei den Füßen und umklammerte die Knöchel mit eisernem Griff. Er spreizte die Beine, um Halt zu finden. Aber die Rille war zu steil, er rutschte. Noch ein kleines Stück und beide würden in den Fluß stürzen und sterben. Vielleicht war es *doch* eine idiotische Idee gewesen, die Frau zu retten …

Etwas fiel ihm auf den Fuß. Jemand band etwas um

seinen Knöchel. Er hörte Vandar oben schreien: »Beeil dich, du schwachsinniges Luder!« Dann legte sich ein Stück Stoff um den zweiten Knöchel.

Die Knoten zogen sich fest. Die Todesfahrt war fürs erste beendet. Der Cimmerier ließ einen Fuß der Frau los und stemmte beide mit der freien Hand zurück nach oben. Endlich konnte er auch die Ellbogen einsetzen. Wie ein betrunkener Käfer kroch er zurück auf sicheren Boden.

Conan stand auf. Die Frau war ohnmächtig geworden, und so wie sie aussah, war das gut so. Conan sah frische Wunden. Abschürfungen und Striemen, wie von Peitschenhieben und sogar Brandwunden.

»Hauptmann, alles in Ordnung?«

Vandar und die zweite Frau standen Seite an Seite. Beide waren bis zur Taille nackt. Bei der Frau sah das wirklich vorteilhaft aus.

»Du hast schneller gelernt zu denken, als ich erwartet hätte«, sagte Conan. »Wenn du mir in die Rille nachgesprungen wärst, schwämmen jetzt drei Leichen im Fluß.«

»Ich hatte Schwierigkeiten, Shilka zu überreden, ihre Tunika zu verwenden, aber da es um ihre Schwester ging ...«

»Ihre Schwester?« unterbrach Conan ihn. Vandar zeigte auf zwei Findlinge. Conan sah, daß sich dahinter etwas bewegte.

Sofort warfen sich beide Männer flach auf die Erde. Shilka blieb stehen. Dann hielt sie die Hände trichterförmig vor den Mund und rief: »Ho! Kommt ihr aus dem Dorf Hirschsprung? Diese Männer sind Freunde. Sie haben Komara gerettet.«

»Wenn du das sagst«, ertönte eine rauhe Stimme. »Aber man kann nicht vorsichtig genug sein, wenn Zauberei seit vier Nächten hier ihr Unwesen treibt ...«

»Zauberei?« rief Vandar.

»Welche Art Zauberei?« rief Conan.

»Das solltet ihr doch wissen, ihr …«, rief eine zweite Stimme.

»Warte!« befahl die erste Stimme. »Wer seid ihr?«

»Hauptmann Conan, ich diene bei den Wächtern.«

»Ich habe dich aber noch nie in der Garnison im Tal gesehen.«

»Dort war ich auch nie. Ich komme geradewegs aus Messantia. Möglicherweise verfolge ich die Magie, vor der ihr Angst habt. Erzählt mir davon.«

»Ja, erzählt es!« rief Shilka. »Und während Oris erzählt, könnt ihr andern euch um meine Schwester kümmern. Wir haben sie nicht vor dem Tod errettet, damit sie jetzt verblutet.«

Scham oder Hoffnung lockte die vier Männer aus dem Dorf hinter den Findlingen hervor. Alle trugen Armbrüste und Speere oder Kurzschwerter. Conan ging zur Felskante, um Reza ein Zeichen zu geben, noch mehr Männer heraufzuschicken. Er traute den Dorfbewohnern, aber er würde ihnen noch mehr trauen, wenn sie zahlenmäßig unterlegen wären.

Als der Cimmerier die Kante erreicht hatte, tauchte ein vertrauter Blondschopf auf. Conan erwähnte mehrere Götter, die höfliche Argosser für gewöhnlich nicht anriefen.

Livias Lachen klang wie das Plätschern eines Bergbachs. »Verzeih, daß ich dich überrasche, Hauptmann. Aber ich dachte, ich könnte vielleicht helfen, die Bergbewohner zu überzeugen, daß wir Freunde sind. Bergbewohner haben manchmal so harte Schädel wie die Felsen ihrer Berge, wie du bestimmt weißt …«

Ehe Conan eine passende Antwort einfiel, eilte Livia schon zu den Dörflern. »Hat diese arme Frau Verwandte?«

»Sie hat einen Ehemann«, sagte Oris. »Aber ob er sie wiederhaben will, nachdem …«

»Nachdem sie unter böser Magie so gelitten hat, nennt er sie verdorben?« fuhr Livia ihn an. Conan hörte, wie das Eis in ihrer Stimme knackte. Die Dorfbewohner hörten es auch, denn sie traten einen Schritt zurück.

»Nun ja«, sagte Oris, »ich würde weder das eine noch das andere wetten. Meine Stimme hat sie, das ist sicher …«

»Sehr gut. Tu dein Bestes. Und wenn das nicht gut genug ist, wird die Frau in meinem Haus einen Platz haben, auf dem sie so lange bleiben kann, wie sie will.«

»Und wer bist du, du messantische Schlampe?« rief der Mann, der als zweiter gesprochen hatte.

Conan tat drei schnelle Schritte und hob den Mann am Kragen und am Gürtel hoch. »Sie ist … eine Frau, die dieses Versprechen halten kann. Und ich kann das Versprechen halten, daß ich dir sämtliche Knochen brechen werde, wenn du noch einmal so etwas sagst.«

»Ich bin Lady Livia vom Haus Damaos«, erklärte Livia. Dann merkte sie, daß ihre Reitkleidung durchnäßt war und an ihr klebte. Damit waren ihre Bemühungen, als Mann zu erscheinen, hinfällig geworden.

»Das ist sie und noch mehr«, sagte Conan. Er stellte den Mann auf die Beine und wischte sich die Hände an den Beinkleidern ab. »Aber wenn ein Wort darüber unseren gemeinsamen Feind erreicht …«

»Darum werde ich mich kümmern«, sagte Oris. »Nun, Mylady, Hauptmann, seid ihr allein gekommen?«

Conan gab Livia das Zeichen, daß sie ihn sprechen lassen sollte. Zu seiner Überraschung nickte sie.

»Warum?«

»Wenn ihr mit einer großen Abteilung hier seid, bitte ich euch, ins Dorf Hirschsprung zu kommen und uns vor den Frauenräubern zu beschützen. Wenn ihr nur wenige seid, geht bitte wieder. Dann würdet ihr nur den

Zorn der Frauenräuber wecken, ohne daß ihr etwas dagegen tun könnt.«

Es war offensichtlich, daß der Mann von Conans Tugend nicht so überzeugt war, wie er vorgab. Doch der Cimmerier glaubte nicht, daß es ein zweites Mal helfen würde, einen Mann wie ein ungezogenes Kind hochzuheben und herumzuschwenken.

»Wie viele Dörfer haben gelitten?«

»Vier. Jede Nacht ein anderes.«

»Warum führst du uns nicht an einen Ort, von dem aus wir alle vier Dörfer schnell erreichen können? Wenn die Frauenräuber wiederkommen, erwischen wir sie auf dem Rückweg. Sollten sie uns angreifen, werden sie sich blutige Nasen holen, und die Menschen in den Dörfern werden wieder gut schlafen können.«

»Das klingt weise, Hauptmann.«

»Ach, die Trolle sollen die Weisheit holen! Gibt es einen solchen Ort?« Er beschloß, alles auf eine Karte zu setzen. »Wir haben von einem Ort gehört, der Höhlen von Zimgas heißt, dort ...«

Oris war blaß geworden und sah aus, als wolle er vor Angst oder Hochachtung auf die Knie fallen.

»Na, was stimmt nicht mit den Höhlen?«

»Sie ... Hauptmann, du weißt nicht, wonach du fragst.«

»Dann sag es mir! Oder sprechen hier alle nur in Rätseln?«

»Die ... die Beobachter halten sich in den Höhlen von Zimgas auf, Hauptmann.«

»Beobachter? Rede, Mann!«

Oris schluckte. »Die Beobachter waren Ausgeburten der Magie. Sie wurden vor Jahrhunderten dazu geschaffen, um die Grenzen von Argos zu bewachen. Als die Magie aus dem Land floh, schliefen sie ein, doch man sagt, daß sie nicht gestorben sind. Wenn sie leben, kann Zauberei sie wecken.«

»Das wird den Zauberern schlecht bekommen«, sagte Conan. »Außer einer guten Klinge haben die meisten Zauberer ihr Leben verloren, weil sie die Schoßtiere anderer Menschen aufgeweckt haben.«

Oris schüttelte sich. »Es gibt nur einen Ort, wo ihr vor den Beobachtern sicher seid: Burg Tebroth. Sie liegt nicht weit von den Dörfern entfernt. Aber ... ihr müßt wissen ...«

»Ja, ich muß es wissen, sonst marschiert ihr zurück in euer Dorf und müßt einen Heiler aufsuchen, damit er euch euren Verstand wiedergibt«, fuhr Conan ihn unwillig an.

»Man sagt, die Burg sei einer einzigen Nacht erbaut worden. Die Beobachter sollen selbst die Steine aufgetürmt haben.«

Conan erzitterte nicht, aber sein alter Haß auf Zauberei stieg in ihm auf. Dann nickte er.

»Oris. Ein Handel. Wir haben ... eine recht stattliche Schar da unten, dazu Proviant, Wein und einen Heiler für deine Männer und Komara. Wir geben euch von allem etwas, wenn du uns zur Burg Tebroth führst. Danach bringst du Komara nach Hause und erzählst den Dorfältesten von unserer Anwesenheit. Sie können Fackeln oder Boten schicken, sollten die Frauenräuber wiederkommen.«

»Ich muß auch mitkommen«, erklärte Shilka. Sie hatte ihre Tunika noch nicht übergestreift und warf Conan einen unmißverständlichen Blick zu. »Meine Schwester braucht eine Frau, die sich um sie kümmert.«

Livia blieb eine Bemerkung im Hals stecken, als der Cimmerier sie anschaute. Doch ihr Gesicht war ebenso beredt wie das des Bauernmädchens. Gleich darauf zog Shilka ihre Tunika an.

Conan wünschte alle Frauen an einen möglichst weit entfernten Ort, bis die Sache mit Akimos und den Frauenräubern geklärt wäre.

»Nun?« fragte er Oris.

»Wie du willst, Hauptmann.«

»Gut.« Conan trat an die Felskante und gab Rezas Vorhut das vereinbarte Signal.

Conan war von der Burg Tebroth sehr beeindruckt. Sie war wie eine Festung gebaut und stand auf einem Felsen, von dem aus man ein enges Tal überschauen konnte. Der einzige Weg nach oben war ein gewundener Pfad, den ein halbes Dutzend Bogenschützen gegen eine Armee verteidigen konnten.

Oris erzählte Geschichten über die Burg. Wie die Beobachter die Steine über den schmalen Pfad heraufgeschleppt hatten. Als sie näher kamen, fragte Conan sich, ob diese alten Geschichten nicht wahr seien. Einige Steine waren so groß wie kleine Häuser. Er konnte sich nicht vorstellen, daß Menschen je imstande waren, sie den Abhang hinaufzuschaffen. Doch um seinen Männern nicht den Mut zu nehmen, sagte er zu Talouf:

»Also, ich glaube an die Beobachter erst, wenn ich einem von ihnen Auge in Auge gegenüberstehe. Die Steine sind groß, zugegeben. Aber mit genügend Sklaven kannst du alles überallhin schaffen.«

»Warst du je Sklavenaufseher, Conan?« fragte Livia. Sie ging so dicht neben ihm, daß sich ihre Schenkel fast berührten – nur weil der Pfad so eng sei, wie sie sagte.

»Nein«, antwortete Conan. »Ich war Sklave.«

Damit hatte er die Lady zum Schweigen gebracht, bis sie ans Burgtor kamen. Die Eisenteile waren längst verschwunden, aber es lagen genügend Steine herum, um Barrikaden zu bauen. Drinnen waren sie vor jeglichem menschlichem Angriff geschützt. Und was das andere betraf… Conan hatte vor, den Zauberer zu finden, ehe er sie fand, und dann jedem Beobachter nur noch die Fersen von hinten zu zeigen.

Der Innenhof der Burg war kaum größer als ein

Küchengarten. Dort sammelten sie sich. Der Wind pfiff unheimlich um die von der Sonne gebleichten verwitterten Türme.

»Kennst du dich in diesem Bau aus?« fragte Conan Oris.

»So wie nur wenige«, antwortete dieser. Dann senkte er die Stimme. »Wenn ich du wäre ...«

»Bist du aber nicht. Los, ich brauche Rat, aber keine argossischen Artigkeiten.«

»Ich würde am Kellereingang und auf der Mauer Posten aufstellen«, flüsterte Oris so leise, daß sich seine Worte fast im Wind verloren.

»Man erzählt sich, daß unterirdische Gänge von hier durch den Fels direkt in die Höhlen von Zimgas führen. Nachdem die Beobachter ihre Arbeit getan hatten, wurden sie dorthin geschickt, um zu schlafen.«

»Wenn sie aufgewacht sind, könnten sie uns einen Besuch abstatten?«

Oris zuckte mit den Schultern. »Ich würde über die Beobachter nicht spotten, wenn ich ... Verzeihung. Ich habe gehört, daß die Beobachter riesig waren. Ein Pferd und Wagen würde durch einen ihrer Tunnel fahren können. Man könnte auch eine große Schar Männer hindurchführen.«

»Ich verstehe. Ich werde Posten und einen Haufen Steine vor der Kellertür aufstellen.«

Es wurde bereits dunkel, als die Wachen postiert und die Steine aufgehäuft waren. Bis alle Arbeiten zu Rezas und Conans Zufriedenheit ausgeführt waren, färbte sich der Himmel im Westen tiefrot. Der Wind war zu einer leichten Brise abgeflaut, was dem Cimmerier sehr recht war. Hätte er immer noch so unheimlich geheult wie bei der Ankunft, wäre er mit der Hand am Schwertgriff umhergelaufen und hätte ständig über die Schulter geschaut.

Oris' Geschichten über die Beobachter hatten sie ein

bißchen zu wirklich erscheinen lassen. Die Frauenräuber, die wie wilde Wölfe zwischen den Dörfern ihr Unwesen trieben, waren samt ihrer Magie sehr real. In diesen Bergen geschah mehr als nur irgendwelche Intrigen eines Kaufmannsprinzen.

Der Gedanke an die Frauenräuber erinnerte Conan an Komara. Sie lag auf einem Strohsack in dem Raum, den man in einer alten Burg am wohnlichsten und wärmsten nennen konnte. Der Cimmerier stieg die Wendeltreppe vom Turm hinab und schlug mit dem Schwertgriff gegen die Tür.

»Wer ist da?« Livias Stimme.

»Hauptmann Conan.«

Der Cimmerier trat ein. Livia kniete neben dem Strohsack und betupfte die Wunden der Frau mit einem Tuch, das sie in Essigwasser tauchte, das in einem Topf über dem offenen Feuer siedete. Reza saß auf der Fensterbank und blickte müde und mürrisch drein.

»Wo ist Shilka?«

»Ich habe sie schlafen geschickt. Sie war zwei Tage lang ihrer Schwester hinterhergelaufen, durch Berg und Tal, fast ohne Ruhe oder etwas zu essen.«

»Wie geht es Komara?«

»Ich glaube, der Zauber läßt nach. Sie schreit, aber wegen der Schmerzen oder wie in Alpträumen. Sie scheint zu spüren, daß sie unter Freunden ist.«

»Sie ist auch in einer leeren Burg, die in den nächsten Tagen – genau wissen das nur die Götter – vielleicht angegriffen wird«, sagte Reza. »Ich versuche Lady Livia zu überreden, die Frau morgen früh mit den anderen aus dem Dorf zurückzuschicken.«

»Also, Reza, wenn sie auf dich nicht hört, werde ich meinen Atem nicht verschwenden. Ich brauche ihn vielleicht noch im Kampf«, sagte Conan. »Erinnere dich auch, was Shilka gesagt hat: Komara ist im Dorf vielleicht nicht unter Freunden.«

»So ist es, Conan«, sagte Livia. »Außerdem hat Harphos mir einige Kräuter und Heilpflanzen gegeben, die es im Dorf bestimmt nicht gibt und die ihr schon geholfen haben.«

»Ach ja, wo steckt eigentlich Harphos?«

»Er ist auf der Suche nach einem Strohsack«, antwortete Livia. Täuschte Conan sich, oder klang ihre Stimme irgendwie seltsam? Jetzt errötete sie auch noch. »Er hat gesagt, er will die Wache von Mitternacht bis Morgen übernehmen, damit er jetzt schlafen kann.«

»Ich wußte nicht, daß Harphos ein Soldat ist«, sagte Conan vorsichtig höflich.

»Er hat gesagt, daß jetzt seine einzige Gelegenheit wäre, einer zu werden«, warf Reza ein. »Er möchte mit uns zu den Höhlen gehen, um seine Mutter zu befreien.«

Conan nickte nur und brummte etwas Unverständliches. Mehr hätte seinen Verdacht verraten. Harphos und Shilka waren beide weg, und Livia war deshalb unruhig. War sie eifersüchtig, oder hatte sie die Kupplerin gespielt – aus Gründen, die er nicht kannte?

Conan bezweifelte, daß er diese Gründe je erfahren würde. Frauen waren eben Frauen, und Livia war eine der schlimmsten! Die Antwort war es bestimmt nicht wert, darüber den Schlaf zu verlieren.

Der Cimmerier bezweifelte auch, daß Harphos je ein großer Kämpfer werden würde. Mit Sicherheit würde er die Männer gefährden, die seine Mutter befreien wollten. Wir konnte er ihn schützen, wenn er blindlings in die Gefahr lief? Das war eine Frage, die er aber heute nacht nicht mehr beantworten konnte.

»Danke«, sagte Conan. »Ich schlafe auf dem Ostturm, falls jemand mich braucht.«

Als erstes drang Wärme durch den tiefen Schleier des Schlafs, der Conan einhüllte. Waren es die Decken?

Oder wehte von den Bergen endlich ein warmer Wind zur Burg?

Dann wachte Conan so weit auf, daß er merkte, daß die Wärme von einer Stelle kam. Ein Kohlebecken? Aber auf dem Turm war keines gewesen, als er sich schlafen gelegt hatte.

Er warf die Decken ab und griff gleichzeitig nach dem Schwert. Da blickte er in zwei große blaue Augen. In diesen Augen stand ein Lachen. Auch die Lippen darunter lächelten ihm zu.

»Ich konnte in der stickigen Luft in den Kammern da unten nicht schlafen«, sagte Livia. »Deshalb bin ich heraufgekommen, wo ich sicher bin und frische Luft habe.«

Sie hatte sich in eine Decke gewickelt, aber die Schultern waren nackt. Im schwachen Schein der Sterne sah Conan die Sommersprossen darauf. Aber er wußte nicht, was sie unter der Decke trug.

»Du findest die Luft hier vielleicht frischer, als dir lieb ist, ehe die Sonne aufgeht«, sagte Conan. Er reckte sich. Wenn das Weib plaudern wollte, könnte er für eine Weile nicht schlafen. »Hast du Wein mitgebracht?«

»Nein, aber einen Topf mit Harphos' Salbe. Ich habe gesehen, daß du überall Blutergüsse und Abschürfungen hast.«

»Das ist unmöglich. Ich trug nämlich meine Reitkleidung, als ich auf die Klippe geklettert bin. Versuch einmal, nackt eine Felswand zu besteigen, dann wirst du wissen, was Abschürfungen und blaue Flecke sind. Oder versuch es einmal mit einem freundschaftlichen Ringkampf.«

»Was ist ein freundschaftlicher Ringkampf?«

»Wenn du mit einem Freund ringst, um zu sehen, wer der Beste ist, oder nur zur Übung. Ich war an Orten, wo Männer ihre Sklaven miteinander kämpfen ließen. Der Verlierer mußte damit rechnen, ausgepeitscht zu werden, oder mit Schlimmerem.«

»Könntest du mir ein bißchen Ringen beibringen?« Wieder klang Livias Stimme seltsam. Aber er konnte nicht sehen, ob sie rot wurde.

»Warum?«

»Ich habe meinen Dolch, aber wenn wir angegriffen werden und der Kampf lange dauert ...«

»Verstehe. Du und Harphos, ihr wollt beide über Nacht Soldaten werden.«

»Beleidige uns nicht, Conan. Wir wollen nur alles lernen, um Lord Akimos zu besiegen. Und ich bin durchaus fähig, ringen zu lernen.«

Livia mußte die Geste einstudiert haben, denn sie warf die Decke mit elegantem Schwung ab. Darunter trug sie das, was Conan vermutet hatte: Ihre Haut mit Sommersprossen an mehr Stellen als nur auf den Schultern bedeckt – und sonst nichts.

»Nun, Conan?«

»Für gewöhnlich trägt man bei einem ernsthaften Ringkampf zumindest ein Lendentuch, Livia.«

»Frauen sind anders gebaut als Männer, wie du bestimmt weißt. Außerdem sehe ich kein Tuch um deine Lenden.«

Livia drehte sich vor dem Cimmerier im Kreis. Conan konnte die Augen nicht von den festen Brüsten wenden. Sein Blut siedete bereits, nur mit größter Beherrschung riß er sie nicht in die Arme.

»Lendentücher brauchen wir nicht. Fehlt sonst noch etwas?«

»Man ringt am besten auf einer weichen Unterlage.«

»Wie Decken?«

»Ja.«

Livia breitete ihre Decke aus, Conan seine. Dabei berührten sich ihre Hände. Conans Hände entwickelten ein Eigenleben. Sie glitten Livias Arme hinauf, packten die Schultern und zogen sie näher.

Livia leistete einen Herzschlag lang Widerstand.

Dann warf sie sich ihm so plötzlich in die Arme, daß Conan auf den Rücken fiel und Livia darauf. Da alles, was sie tun wollten, auch im Liegen möglich war, dauerte es geraume Zeit, bis sie aufstanden – und dann auch nicht lange.

Der Mond stand schon hoch am Himmel, als sie endlich schliefen – eng verschlungen.

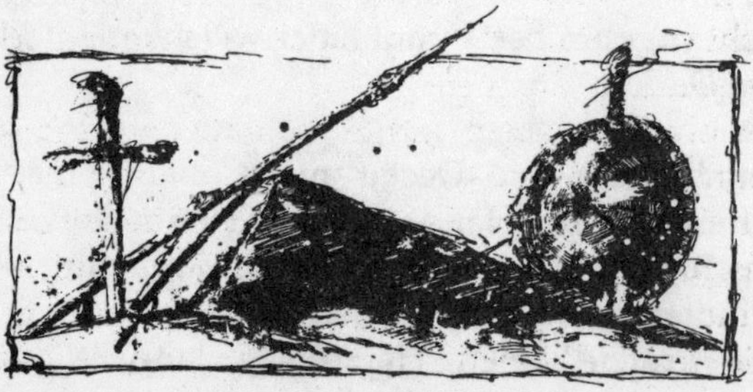

Siebzehn

»Conan, Conan, wach auf!«

Conan war wach, aber er hatte Livia durch halbgeschlossene Lider bewundert. Sie war es wert, bewundert zu werden. Sie hatte sich nicht die Mühe gemacht, ein Gewand überzustreifen, sondern war nackt zur Brüstung getreten. Mit etwas Glück verbargen die Zinnen alles bis auf Hals und Kopf, wenn jemand von unten heraufschaute.

»Ich bin wach. Was gibt's?«

»Ich sehe ungefähr vierzig Mann auf dem Weg zur Burg.«

Conan sprang auf und lief ebenfalls zur Mauerbrüstung, ohne etwas anzuziehen. Er beschattete die Augen gegen die ersten Sonnenstrahlen und musterte die Schar. Dann lachte er laut.

»Das sind hauptsächlich Frauen und Kinder. Und ein paar junge Burschen mit Keulen und Bogen. Das ist alles. Ich glaube, ein Dorf hat seine Bewohner heraufgeschickt, damit sie in Sicherheit sind.«

»Tut mir leid, daß ich das nicht gleich gesehen habe.«

»Nicht so schlimm, wenn du kein Soldat bist. Du hast zahllose andere Talente.«

Livia errötete. Dann lachte sie und zog sich schnell und anmutig an.

Auch Conan fuhr schnell in die Beinkleider und gürtete das Schwert um. Dann lief er die Turmtreppe hinab. Reza und Harphos hatten bereits ihren Dienst angetreten. Die Schwertkämpfer standen bereit, um die Bogenschützen zu unterstützen, falls die Besucher in feindlicher Absicht kämen. Reza wirkte wie immer so hart wie Granit; aber Harphos sah aus wie ein Mann, der die Nacht zwar im Bett verbracht, aber nur wenig Schlaf bekommen hatte.

Oris bot sich an, hinauszugehen und mit den Dorfbewohnern zu sprechen. Er kam schnell zurück.

»Sie kommen aus Drei Wölfe. Die Dorfältesten haben sie hergeschickt, um sie vor den Frauenräubern zu schützen.«

»Bringen sie ihr eigenes Essen, Wasser und Bettzeug mit?«

»Ich habe davon nichts gesehen.«

Conan wünschte, die Trolle würden die Ältesten forttragen, holte dann jedoch tief Luft.

»Ich werde sie nicht zurückschicken, da sie wohl die ganze Nacht hindurchmarschiert sind. Aber ich möchte durch ein paar Burschen an die anderen Dörfer folgende Nachricht schicken: Niemand kommt in die Burg ohne eigenen Proviant und Bettzeug. Wasser haben wir genug, aber wir können nicht dem halben Land Zuflucht bieten.«

»Wäre es nicht klug, sie zu bitten, ein paar bewaffnete Männer zu schicken?« fragte Harphos. »Wir müssen unsere Männer teilen, wenn wir losmarschieren, um meine Mutter zu befreien und ...«

»Harphos, sei ruhig, bis wir fertig sind«, unterbrach ihn Reza. Der junge Mann sah mit einem Schlag nur halb so alt aus wie vorher, wie ein kleiner Junge, der Angst hat, Schläge zu bekommen. Conan ging dazwischen.

»Wir werden in der Tat Männer ausschicken«, sagte er. »Aber zehn Männer können diese Burg gegen eine Armee halten.«

»Ja, wenn sie in gutem Zustand wäre«, sagte Harphos. »Aber ich habe in der Nacht, als ich ... nach einem ruhigen Schlafplatz gesucht habe, ein paar Schwachstellen entdeckt. Übrigens müssen die Krieger aus den Dörfern nicht in die Burg kommen, sondern können im Tal lagern und uns bei einem Angriff warnen. Danach sollten sie warten und den Angreifern in den Rücken fallen, während wir sie an der Front bekämpfen.«

Conan betrachtete Harphos mit neuem Respekt. Auch Reza tat dies, wenn auch widerstrebend. »Du denkst wie ein Soldat«, gab der Haushofmeister zu und klopfte Harphos auf beide Schultern. »Deine Mutter kann dir endlich dafür danken, daß du etwas lernst, was sie dir nicht beigebracht hat, wenn es so weitergeht.«

»Reza, du hast einen rührenden Glauben an die Menschheit, wenn du das denkst«, sagte Harphos. »Hauptmann Conan, darf ich dir die Schwachstellen zeigen?«

Die meisten Schwachpunkte, die Harphos dem Cimmerier zeigte, waren keine. Einige hätten höchstens trainierte Menschenaffen angelockt. Nur zwei Stellen boten erstklassigen menschlichen Kletterern ein wenig Aussicht auf Erfolg.

Harphos war ziemlich niedergeschlagen, aber Conan richtete ihn wieder auf. »Mylord, ich war ein Jahr Hauptmann in der turanischen Armee, ehe ich etwas über Festungsbau gelernt habe.«

»Turan ist kein Land, das für seine Burgen berühmt ist, oder?«

»Nur in den Bergen, wo sie die Straßen sperren können. Ansonsten hat Turan zu viele offene Grenzen und zu viele Feinde auf der anderen Seite, um Gold für Verteidigungsanlagen auszugeben, die nicht beweglich sind.«

»Ich verstehe.« Harphos blickte ins Tal und suchte offenbar nach Worten.

»Hauptmann Conan, darf ich dich um etwas bitten?«

»Mitzukommen?«

Harphos nickte.

»Wir können deine Fähigkeiten als Heiler gebrauchen. Aber kannst du marschieren und kämpfen?«

»Ich habe den Weg von Messantia bis hierher geschafft, oder?«

»Ja, aber wir mußten nicht kämpfen. Harphos, ich kann nicht vier Mann abstellen, um ...«

»Um sich um den kleinen Jungen zu kümmern?«

»So würde ich das nicht sagen.«

»Nein, wahrscheinlich nicht. Ich danke dir, daß du freundlich sein willst.« Harphos legte eine Hand an sein Kurzschwert. »Hauptmann, wir wär's mit ein paar Runden gegen eine Waffe deiner Wahl? Wenn ich dir beweise, daß ich nicht hilflos bin – kann ich dann mitkommen?«

»Ja.«

»Gibst du mir dein Wort?«

»Bei Mitra und Erlik! Zeig mir, daß du mit der Klinge umgehen kannst, und du kannst überallhin mitkommen, wohin dieses Abenteuer uns führt.«

Conan zog den Dolch und wickelte seinen Umhang um den linken Arm. Dann trat er zurück. Abgesehen von seinen längeren Armen hätte sein Breitschwert den Kampf furchtbar einseitig gemacht. Doch mit dem Dolch gegen Harphors Kurzschwert war die Reichweite ungefähr gleich. Andere Fähigkeiten würden den Kampf entscheiden.

Im Zeitraum von zehn Atemzügen stellte Conan fest, daß Harphos durchaus über diese Fähigkeiten verfügte. Er war aufmerksam, ausreichend schnell und konnte Lücken in der Deckung des Gegners gut erkennen. Vor allem bewegte er sich so geschickt, daß dem Cimmerier klar war, daß die bisherige Tolpatschigkeit nur vorgetäuscht war.

Conan war eindeutig besser, aber er mußte sich anstrengen. Die erste Runde endet damit, daß Harphos hart zustieß und Conans Rippen streifte. Doch dann hakte sich der Dolch des Cimmeriers in den Schwertgriff, so daß Harphos die Klinge nicht zurückziehen konnte. Blitzschnell trat Conan dem jungen Lord gegen die Beine, so daß dieser den Halt verlor.

Doch hielt Harphos sein Schwert fest und richtete die Schwertspitze gegen Conans Bauch, da dieser nicht gleich zurückgesprungen war. Der Cimmerier mußte lachen.

»Ich schätze, man braucht mehr Übung, als ich hatte, um Ringen mit dem Schwertkampf zu mischen.«

»Stimmt. Aber ein guter Kämpfer vergißt nie die Waffen, welche die Götter ihm gegeben haben, nur weil Schmiede ihm noch andere gemacht haben. Noch eine Runde?«

»Gern.« Harphos stand auf, wischte sich den Staub ab und ging wieder in Kampfstellung.

Sie kämpften noch vier Runden. Conan gewann alle, doch nicht ohne Anstrengung. Er gab rasch den Gedanken auf, den jungen Lord absichtlich gewinnen zu lassen. Harphos hätte es mit Sicherheit gemerkt und wäre wütend geworden. Der Cimmerier konnte es sich nicht leisten, verwundet zu werden, da er in den nächsten Tagen seine volle Kraft, Schnelligkeit und Konzentration brauchen würde.

Akimos und seine Männer waren keine Schwächlinge, aber sie waren auch nicht so gut, daß ein guter Krieger sie hätte fürchten müssen. Der Zauberer war eine andere Sache, zumal wenn man nicht nur den Rücken, sondern ein ganzes Dorf mit Frauen und Kindern schützen mußte!

Sehnsüchtig dachte Conan in diesem Augenblick an die guten alten Zeiten als Dieb in Zingara zurück. Damals war er niemandem Rechenschaft schuldig gewesen – abgesehen von einer kurzen Zeit mit der Zunft der

Diebe – und war nur für die eigene Haut verantwortlich gewesen.

Harphos versuchte, die letzte Runde mit einem Handgemenge zu beenden. Ohne Warnung griff er Conan an und hätte bei einem echten Kampf dem Cimmerier den Bauch aufgeschlitzt, ehe er selbst gestorben wäre.

Conan warf Harphos wieder auf den Rücken, sprang diesmal aber gleich zurück. Das Haupt des Hauses Lokhri rang nach Luft und nahm Conans angebotenen Arm dankbar an.

»Nun, Hauptmann?«

»Gut genug. Trotzdem werde ich dich in die Mitte der Abteilung stecken. Nicht um dich zu beschämen, sondern weil wir deine Heilkunst nötiger brauchen als deinen Schwertarm. Ich habe ein Dutzend Schwerter, die besser sind als du, aber niemand, der ein Abführmittel von einem Nachttopf unterscheiden kann.«

»Wie du wünscht, Hauptmann. Solange ich überhaupt mit darf. Und ... sollte ich fallen ..., würdest du dann dafür sorgen, daß Shilka das bekommt, was ich ihr versprochen habe?«

Conan sagte nicht, daß wahrscheinlich auch alle anderen sterben würden, wenn Harphos starb. Er versprach dem jungen Lord, sein Bestes zu tun und auch Livia um Hilfe zu bitten.

Conan verschwendete keine Zeit, einen unterirdischen Weg zu den Höhlen von Zimgas zu suchen. Selbst wenn es ihn gab – und er nicht nur eine Erfindung der Märchen war –, könnte es einen Monat dauern, bis er ihn entdeckte. Außerdem hatte unter der Erde der Feind den gleichen Vorteil, den Conan in der Burg hatte: Er konnte mit einer Handvoll Männer einen Gegner aufhalten, der zehnmal so viele Krieger hatte.

Überraschung erzielte man eher durch Schnelligkeit

als durch Heimlichkeit. Und sie würden Überraschung brauchen. Selbst wenn Skiron keinen Zauber hatte, um sie abzuwehren, würde Akimos keine Skrupel haben, Lady Doris von der nächsten Klippe zu werfen, als sie als Zeugin seiner Schurkereien leben zu lassen.

Der Cimmerier führte vierzig ausgewählte Männer – Soldaten und Dorfbewohner – in den Wald auf die Anhöhe jenseits der Burg und der Höhlen. Sie rückten noch vor dem Morgengrauen aus, um möglichst weit zu kommen, ehe es hell wurde. Tagsüber würden sie in Deckung bleiben. Nach einem halben Nachtmarsch müßten sie die Höhlen erreichen.

In der ersten Nacht und den Großteil des nächsten Tages war Livia zu beschäftigt, darüber nachzudenken, wie es wohl Conan und Harphos erging. Für die Frauen und Kinder mußten Schlafstellen geschaffen werden, wobei sie Familien, die miteinander in Fehde lebten, so weit wie möglich trennen mußte. Sie mußte dafür sorgen, daß es bei den Schlangen vor dem Brunnen nicht zu Schlägereien kam. Eine Aufsicht für die Kinder mußte bestimmt werden, damit nicht nachts die Mütter alle mit ihren Schreien wachhielten, weil die lieben Kleinen irgendwo umherwanderten.

Livia hatte so lange den Damaos-Palast geleitet, daß sie ziemlich genau wußte, was nötig war. Den Rest wußte Reza. Erst am Abend nach dem Abmarsch des Rettungstrupps spürte Livia, daß ihre geistigen und körperlichen Kräfte sie im Stich ließen. Sie stieg die Treppen zum Turm hinauf, wo sie Conan ihre Jungfräulichkeit geopfert hatte, und setzte sich auf den Strohsack, der ihr Liebeslager gewesen war.

Dort saß sie immer noch, als die Sonne hinter den Bergen versank. Da kam Reza zu ihr herauf.

»Mylady, fühlst du dich nicht wohl?«

»Nur müde, an Leib und Seele.«

»Hier ist kaum ein guter Platz zum Schlafen.«

»Nein, aber der ruhigste. Laß dir doch auch einen Strohsack und Wasser heraufbringen.«

Reza verneigte sich, runzelt jedoch die Stirn. »Mylady, dadurch wird es hier auch nicht bequemer.«

»Die Männer, die Lady Doris suchen, werden heute nacht noch unbequemer schlafen. Für manche wird es die letzte Nacht ihres Lebens sein. Soll ich da in Üppigkeit schwelgen?«

»Ich glaube kaum, daß ein Strohsack in einem wärmeren Raum Üppigkeit bedeutet«, sagte Reza und lächelte. »Aber ich sehe, daß du die Seele eines Offiziers im Körper einer Frau hast. Das weiß ich schon seit geraumer Zeit. Es hätte mich daher nicht überraschen dürfen, was ... zwischen dir und Hauptmann Conan in der vorigen Nacht geschah.«

Livia zuckte zusammen, als hätte sie einen Schlag ins Gesicht bekommen. Aber sie unterdrückte ihre Wut, da Reza gar nicht empört zu sein schien. Und wenn er der einzige war, der diese Vermutung hegte, war ihr Geheimnis sicher.

Reza lächelte wieder, als hätte er ihre Gedanken gelesen. »Ich habe es niemandem erzählt, das werde ich auch nicht tun. Ich zweifle nicht daran, daß sich Conan ebenfalls diesbezüglich zurückhält.«

»Ich auch nicht. Er hat viele Frauen gekannt, da bin ich sicher, aber er hat nie schlecht über eine gesprochen, es sei denn, daß sie ihm übel mitgespielt hat.«

»Ja«, sagte Reza ernst. »Mylady, sind zwischen euch irgendwelche Versprechen gewechselt worden?«

»Zu heiraten?« Sie konnte es nicht fassen, als Reza nickte. Wieder flammte Ärger in ihr auf. »Reza, du hast mich nicht leichtfertig genannt. Warum nennst du mich jetzt eine Törin?«

»Bist du eine?«

»Nein. Was zwischen mir und Conan gewesen ist –

nun, es ist vielleicht aus und vorbei. Auf keinen Fall wird es uns zum Traualtar führen.«

Es entging Livia nicht, daß Reza erleichtert aufatmete. »Den Göttern sei Dank! Ich mußte mich vergewissern. Mylady, es kommt durchaus vor, daß Männer eine Schlacht ausnutzen, um einen Rivalen zu beseitigen. Hättest du Conan etwas versprochen, wäre er vielleicht in Versuchung geraten.«

Livias Nägel hielten dicht vor Rezas Gesicht inne. »Beleidige Conan niemals wieder so! Seine Ehre ist so stark wie seine Männlichkeit!« Rezas Gesicht war undurchdringlich, doch Livia spürte, daß etwas Tödliches zwischen ihnen lag. »Reza, du sagst mir sofort, was du getan hast, oder du verläßt meinen Dienst noch heute abend und morgen die Burg.«

»Ich habe zwei Männern den Befehl gegeben, über Harphos wie zwei Hühner über ein Ei zu wachen. Sie sollen Conan niederschlagen, wenn er Harphos' Leben mutwillig gefährdet.«

Livia überlegte, daß Schreien oder Weinen nichts bringen würde, sondern reine Zeitverschwendung wäre. Sie zückte den Dolch.

»Du schickst sofort einen Boten zu diesen Männern und läßt ihnen bestellen, daß ich ihnen persönlich bei lebendigem Leib die Haut abziehe, wenn sie Conan ein Haar krümmen. Du erteilst dem Boten die Botschaft jetzt, vor meinen Ohren, und er soll sofort losreiten.«

Reza blickte sie entschlossen an. »Mylady, niemand kann die Rettungsmannschaft vor den Höhlen einholen. Wenn ich jetzt einen Boten losschicke, könnte er Akimos in die Hände fallen und würde sterben, doch nicht, ohne Akimos unsere Geheimnisse zu offenbaren. Akimos wäre dann gewarnt, und unsere Männer und dein guter Ruf wären verloren.«

Rezas Worte und seine ruhige Entschiedenheit drangen durch Livias Wut. »Ich schätze, du hast da nicht so ganz unrecht, Reza. Na schön. Ich verlange nur, daß du mit den beiden Männern nach ihrer Rückkehr sprichst und ihnen dieselbe Warnung mitteilst. Ich nehme an, Conan kann bis dahin seinen Rücken selbst schützen.«

»Zumindest gegen meine Männer«, sagte Reza. »Und was die Feinde betrifft – laß uns beten, daß die Götter uns gewogen sind. Aber jetzt, Mylady, leg dich hin und schlaf, ganz gleich, wo es dir beliebt. Sonst bist du morgen früh zu nichts zu gebrauchen.«

Livia wollte antworten, gähnte jedoch nur. Sie legte einen Arm um die breiten Schultern des treuen Dieners.

»Ich gehe nach unten, Reza, wenn du mich ins Bett bringst, wie du es so oft in der Vergangenheit getan hast.«

»Mit Vergnügen, Mylady.«

Skiron drehte Lord Akimos nicht mehr den Rücken zu, wenn er sich den Schweiß vom Gesicht wischte. Es war auch nicht nur die Wärme in der Höhle, die ihn zum Schwitzen brachte.

Als er die letzten drei Male den Zauber gewirkt hatte, der Lady Doris in Sklaverei hielt, hatte er etwas gespürt, das er als Echo bezeichnet hätte, wäre es an seine Ohren gedrungen. Aber er verstand es auf eine Art, die kein Zauberer gewöhnlichen Menschen erklären konnte. Deshalb hielt er den Mund.

Doch jetzt bat Akimos ihn um Rat. Wenn er diesen dem Kaufmannsprinzen nicht gab, würde dieser vielleicht den Sieg verspielen. Wenn Akimos jedoch ohne Skirons Rat siegte, war es kaum besser. Wenn Skiron Glück hatte, würde ihn Akimos am Leben lassen. Dann mußte er sich wieder als Wald-und-Wiesen-Zauberer durchbringen. Akimos könnte ihn jedoch auch den Wächtern übergeben, um zu beweisen, daß seine Hände sauber waren …

»Lord Skiron, ich habe eine Frage gestellt. Sind wir hier in Gefahr, so daß wir alle unsere Männer hier brauchen?«

Skiron schluckte. Mit einer Gegenfrage konnte er etwas Zeit schinden.

»Wohin sollten sie denn gehen?«

»Conans Lager erobern.«

»Ich bin kein Soldat, aber ...«

»Sage einmal im Leben die Wahrheit. Los!«

»Ist diese Burg nicht uneinnehmbar, selbst wenn wir sie mit allen Männern angreifen würden?«

»Mit natürlichen Mitteln können wir nichts ausrichten. Angeblich haben die Beobachter die Festung erbaut. Aber ich hatte daran gedacht, dich mitzunehmen.«

Skiron schluckte. Er hoffte, daß Akimos nicht bemerkt hatte, wie er bei dem Wort ›Beobachter‹ zusammengezuckt war. Er war ja auch nicht sicher, daß sie auf seine Zaubersprüche reagierten – jedesmal stärker und lauter. In diesen Bergen wurde im Lauf der Jahrhunderte schon viel Magie ausgeübt. Vielleicht waren es andere Kräfte als die der Beobachter.

Das redete er sich ein, während seine Lippen Worte formten, die für ihn keinerlei Sinn ergaben, aber Akimos zu beruhigen schienen. Schließlich stand der Kaufmannsprinz auf.

»Nun gut. Wenn du sicher bist, daß du gegen die Burg von hier aus ebenso deinen Zauber ausüben kannst wie vor dem Tor dort ...«

»Kein Zauberer kann arbeiten, wenn ihm Pfeile um die Ohren sausen. Außerdem könnte es sein, daß du Lady Doris nach deiner Rückkehr nicht mehr so willfährig findest, wenn ich nicht hier bleibe und ihre Bindung erhalte.«

Skiron wußte, daß er ins Schwarze getroffen hatte, als er den Ausdruck auf Akimos' Gesicht sah. Für Akimos war es ein Born des Stolzes geworden, wenn Doris seine

Füße mit ihren Tränen wusch und ihn anflehte, ihr weh zu tun. Das würde er nicht so leicht aufgeben.

Skiron würde also bleiben und tun, was in seinen Kräften stand, um Akimos zu helfen. Er würde noch mehr tun, wenn er dadurch herausfinden könnte, was er in den Gedärmen des Berges aufgeweckt hatte und was alle Götter ihn – erlaubt oder unerlaubt – dagegen tun ließen!

Doris von Lokhri lag auf einem Strohsack, der schweißgetränkt war von ihrem letzten Gerangel mit Akimos und durchnäßt von den Tränen, die sie vergossen hatte, als er sie verließ. Sie haßte sich wegen dieser Tränen, aber in einer Nische ihres Verstands, die Skirons Zauber noch nicht verdreht hatte, wußte sie, daß sie eigentlich keinen Grund hatte, sich zu schämen.

Skiron hatte sie so weit gebracht, daß sie Akimos brauchte, so wie jemand täglich eine Dosis Mohnsirup brauchte. Durch dieses Verlangen war sie an ihn gefesselt und hätte ihn gern geheiratet, so wie sie gern hätte, daß ihr Sohn Livia heiratete – und Akimos danach über beide Häuser herrschte.

Würde sie Akimos' Aufstieg erleben? Eins war sicher: Wenn Skirons Zauber nachließ, würde sie wieder Herrin über ihren Willen und ihre Hände werden. Dann würden selbst die Götter sie nicht davon abhalten, Akimos einen Dolch ins Herz zu stoßen.

Bei diesem Gedanken überfiel sie tiefer Schmerz, doch gemischt mit Verlangen. Sie war ein Ungeheuer, daß sie so an den Mann denken konnte, der sie verehrte!

Doris rollte sich auf den Bauch und erstickte ihr Schluchzen in den nassen Kissen. Als sie sich wieder gefaßt hatte, hörte sie schwere Marschschritte und das Klirren von Rüstungen und Waffen. Dann ertönte die Stimme des großen Vendhyers Partabs, als er den Wächtern dröhnend Kommandos erteilte.

Akimos marschierte hinaus, um gegen Conan zu kämpfen. Conan, diesen Barbar, der ihren Körper besudelt hatte! Conan, der sie beinahe für Akimos' Liebe wertlos gemacht hätte!

»Oiiiiiii!« Es war halb ein Schrei, halb ein Stöhnen. Zwei Diener liefen sofort herbei, gefolgt von Skiron.

Der Cimmerier saß auf einem Felsvorsprung, der für Falken eher geeignet war als für Menschen, und betrachtete die Kolonne Bewaffneter, die ins Tal marschierte. Er wäre jede Wette eingegangen, um selbst mit seinen Adleraugen einzelne Männer, geschweige denn Abzeichen, erkennen zu können. Aber er konnte die Feinde zählen.

Als er bei vierzig war, wußte er, daß sie die Richtigen gefunden hatten. Hätte jemand außer Akimos eine so große Abteilung in die Berge gebracht, hätten die Dorfbewohner es gewußt.

Conan musterte die Männer des Kaufmannsprinzen. Er war bereit zu wetten, daß er den Großteil von Akimos' Truppe sah, mit der dieser Burg Tebroth angreifen wollte. Die Höhlen von Zimgas würden also nur spärlich bewacht sein.

Conan kletterte zu seinen Leuten hinab. Talouf und Harphos stellten bereits Wachen auf.

»Das ist nicht nötig«, sagte Conan.

»Aber, Hauptmann Conan, du hast doch immer ...«

»Es gibt im Krieg kein ›Immer‹, Harphos«, erklärte der Cimmerier. »Diesmal brauchen wir keine Wachen.« Er beschrieb den anderen, was er gesehen hatte.

»Können wir sicher sein, daß Akimos die meisten Männer von der Höhle abgezogen hat?« fragte Talouf.

Jetzt antwortete Harphos. »Ich glaube nicht, daß er mehr als fünfzig oder sechzig Mann hat. Es sei denn, er hat auf eigene Faust Söldner angeheuert. Aber würde er das tun? Die Männer könnten reden.«

»Sei nie sicher, daß der Feind genauso denkt wie du«, sagte Conan. Als er das enttäuschte Gesicht des jungen Lords sah, fügte er hinzu: »Aber wahrscheinlich denkt Akimos so wie du. Wir marschieren sofort hinab.«

Während der Cimmerier die beiden Männer nach unten führte, entwarf er einen Plan: erst bergab bis zum Anfang einer Schlucht. Von dort aus konnten die Bogenschützen den Zugang zur Höhle beherrschen. Ihre Aufgabe bestand darin, Akimos vom Zurückkommen abzuhalten, falls er Wind von ihrem Angriff bekäme.

»Wir verständigen auch unsere Verbündeten in den Dörfern«, erklärte Conan. »Wenn sie mit ein oder zwei starken Gruppen Akimos den Rückweg versperren, dürften wir ihn heute nacht nicht wiedersehen.«

Der Cimmerier wollte den Rest der Männer durch die Schlucht – über die Felsbrocken an ihrem unteren Ende – direkt zur Höhle führen. Sie mußten eine Bahre und Medizin für Lady Doris mitnehmen, aber ansonsten hatte er keinen klaren Plan, außer dem Wunsch, sie herauszuholen.

Da die Verteidiger der Höhle zahlenmäßig unterlegen und völlig überrumpelt sein würden, würden sie sich dem Cimmerier kaum in den Weg stellen. Es sei denn, Lord Skiron war bei ihnen. Das war ein Wagnis, das Conan eingehen mußte. Wenn er Akimos gewesen wäre und gegen Burg Tebroth mit einem Zehntel der Männer marschiert wäre, die nötig gewesen wären, um die Festung zu erobern, hätte er jede Waffe und jeden Zauber mitgenommen, die ihm zur Verfügung gestanden hätten.

Aber – wie er soeben Harphos erklärt hatte – es war nicht gut, damit zu rechnen, daß der Feind ebenso dachte wie man selbst.

Achtzehn

Der Angriff erfolgte langsamer, als Conan geplant hatte. Akimos hatte nur eine Handvoll Wachen aufgestellt, aber die Männer schienen aufzupassen. Außerdem gab es bis zum Anfang der Schlucht ein Stück offenes Gelände, wo sich kaum Katzen, geschweige denn bewaffnete Männer verstecken konnten. Sie legten sich daher im Gebüsch auf die Lauer und warteten, bis das Tageslicht verblaßte.

Talouf beschwerte sich. »In der Dunkelheit arbeiten wir nicht gerade in Höchstform. Ich könnte mich ungesehen hinunterschleichen und die Wachen ablenken.«

»Verrat!« meinte einer von Rezas Männern.

Conan mußte blitzschnell eingreifen, um Talouf daran zu hindern, das Blut des Manns auf den Felsen zu vergießen. Er zischte dem Dieb ins Ohr:

»Ich dachte, daß du bei Nacht am besten arbeitest.«

»Ich schon, aber was ist mit den anderen Kerlen? Kein Grund, ihre Hälse zu riskieren.«

»Den meiner Mutter aber auch nicht«, warf Harphos ein. »Selbst wenn Talouf die Wachen ablenkt, könnte ihr Verschwinden Skiron und die anderen Männer in der Höhle warnen.«

Conan grinste. Er hatte sich nicht in der Annahme getäuscht, daß Talouf jetzt mehr Hauptmann als Dieb war und daß Harphos das Kriegshandwerk schnell erlernte. »Still«, sagte er. »Sonst hören uns die Wachen. Ich habe keine Lust, Lady Doris nachts durchs ganze Gebirge zu verfolgen, vor allem dann nicht, wenn mir dabei Zaubersprüche *und* Pfeile um die Ohren fliegen.«

Der Große Beobachter hatte sich ausgeruht. Seine Kraft war beinahe vollständig wiederhergestellt. Um es ganz zu schaffen, brauchte er Nahrung – die kostbare Himmelsnahrung, die so leicht zu fangen war und soviel Kraft verlieh.

Jetzt brauchte er nicht mehr die Zauber der Menschen, die ihn aufgeweckt und anfänglich Stärke gegeben hatten. Da diese Zauber weiterhin in der Höhle stattfanden, konnte er sie gut als Orientierungshilfe nutzen.

Der Große Beobachter nahm eine Gestalt an, mit der er durch die Felsspalten gleiten konnte, die für einen Hund zu eng waren. Dann kletterte er dem Himmel entgegen.

Flüsternd zeigte Conan den Bogenschützen ihre Ziele.

»Und wenn einer von euch das Ziel verfehlt, ramme ich ihm den Pfeil quer in den Hintern«, fügte der Cimmerier noch hinzu. »Ihr sollt eine Gefahr für Akimos sein, nicht für uns.«

Die Bogenschützen nickten. Sie hatten keine leichte Aufgabe vor sich, aber es waren die besten Bogenschützen aus dem Haus Damaos und aus Conans Söldnertruppe. Alle setzten inzwischen ihren Stolz darein, Hauptmann Conans Befehle genau zu befolgen, denn diese schienen *immer* unmöglich zu sein und waren immer für den Feind gefährlicher als für die Männer, die sie ausführten.

Conan setzte sich und zog die Stiefel aus. In der Dunkelheit war er auf unebenem Gelände auf seinen lederharten Sohlen schneller als mit Stiefeln. Dann steckte er das Schwert in die Scheide, nahm den mit Eisen beschlagenen Stab, den Talouf ihm reichte, und stieg langsam zur Schlucht hinab.

Gerade hatte er die obersten losen Findlinge erreicht, als der Boden unter seinen Füßen erbebte. Es war ein leichtes Beben, so wie eine Schleimsuppe in der Schüssel wackelte, wenn ein Kind mit dem Finger dagegen tippte. Doch trotz der Dunkelheit sah Conan, daß die Findlinge sich bewegten.

Zurückgehen oder warten? Vielleicht war es der einzige Erdstoß, aber wenn nicht, konnte der nächste alle Findlinge die Schlucht hinunterrollen lassen – und jeden, der zwischen ihnen war. Mehr Warnung brauchten die Wachen nicht.

Conan brauchte jedoch das Überraschungsmoment. Das konnte aber beim nächsten Beben vorbei sein. Es blieb ihm nicht anders übrig, als beim nächsten Erdstoß bereits mitten unter den Wachen zu sein.

Conan ließ alle Vorsicht fahren und sprang wie ein Löwe, der sich auf seine Beute stürzt, von Felsbrocken zu Felsbrocken. Einige Steine bewegten sich unter seinen Füßen, doch die Erde blieb ruhig.

Zumindest blieb sie ruhig, bis er mehr als die Strecke zur Schlucht geschafft hatte. Conan sah, wie die Wachen mit den Fackeln wild umherfuchtelten, als spürten sie die Gefahr, ohne aber zu wissen, worin sie bestand. Jetzt hob sich die Erde. Alle Findlinge setzten sich gleichzeitig in Bewegung.

Jeder Mann, mit Ausnahme des Cimmeriers, wäre hingefallen und von den Felsen überrollt worden. Doch selbst mit Conans Schnelligkeit und Geschicklichkeit gelang es ihm kaum, vor den Findlingen verschont zu bleiben. Wäre er nur zehn Schritte weiter von der festen Felswand der Schlucht weggewesen, hätten ihm auch diese Fähigkeiten nichts geholfen.

Auch der solide Fels bebte, aber davon ließ Conan sich nicht aufhalten. Er setzte den Stab ein und sprang hinab, bis das Gelände eben war. Dann rannte er los. Die Steine machten so viel Lärm und wirbelten so viel

Staub auf, daß hinter ihnen eine Kompanie Wächter hätte marschieren können, ohne entdeckt zu werden. Statt Conan zu töten, hatte ihm das Erdbeben die Überraschung beschert, die er brauchte.

Vor dem Cimmerier lag plötzlich eine mannshohe Stufe. Ohne zu zögern, sprang er hinab, rollte ab und stand mit dem Stab in beiden Händen wieder auf. Er hatte sich ein paar Abschürfungen zugezogen, war aber ansonsten unversehrt. Dann wirbelte er den mit Eisen beschlagenen Stab wie Windmühlenflügel im Sturm zwischen die Wachen und brach Schultern und Arme, zerschmetterte Gesichter und zertrümmerte Schädel.

Conan tötete drei Männer und jagte zwei in die Flucht, ehe er jemand über die Felsen herabkommen hörte. Er wagte nicht, sich umzudrehen, da jetzt ein halbes Dutzend Wachen aus der Höhle hervorbrachen. Er wagte aber auch nicht zurückzuweichen, obwohl es sechs gegen einen stand.

Zwei Beben waren vielleicht nicht alles. Bei einem dritten Erdstoß konnte die Höhle über Lady Doris einstürzen, es sei denn, jemand war so nahe, sie herauszuholen.

Bis jetzt war Conan selber der einzige Freund, der so nahe war. Ein Dutzend kräftiger Gefährten wären ihm sehr willkommen gewesen. Hätte er jedoch auf sie gewartet, wäre die Überraschung verloren gewesen. Conan nahm den Stab in die linke Hand, um damit sowohl parieren als auch zuschlagen zu können, und zückte das Breitschwert.

»Kommt her, ihr blökenden Milchbärte!« schrie er. »Los, probiert meine Klinge aus. Wenn nicht, werde ich euch fertig machen und dann eurem Herrn sagen, daß er sein Silber an Feiglinge verschwendet hat.«

Wütend griffen die Männer ihn an. Stahl traf auf Stahl. Das Klirren hallte in die Nacht, als sei ein Schmied bei der Arbeit.

Livia erwachte. Sie hatte wunderschön von Conan geträumt. Reza schüttelte sie an den Schultern. Sie wich zurück. Die eisernen Hände ließen sie los. Sie sank zurück auf die Kissen.

Dann schien sich ein ganzer Himmel voll Wasser über sie zu entleeren. Sie schrie und sprang auf, ohne daran zu denken, daß sie wie immer gekleidet war, wenn sie schlief. Reza stellte den Eimer ab, reichte seiner nackten Herrin höflich eine Decke und warf ihr ein Handtuch und eine Tunika aufs Lager.

»Und nimm deinen Dolch, ehe er Rost ansetzt«, verlangte er ernst. »Wir werden angegriffen.«

Jetzt war Livia wach und sah Männer laufen, hörte Trompetenschall hinter der Mauer und roch brennendes Pinienharz. Sie packte den Dolch und lief nach unten, Tunika und Handtuch unter dem Arm.

Als sie nackt, wie die Götter sie geschaffen hatten, im Burghof erschien, hätte sie beinahe die Schlacht gewendet – gegen die Verteidiger von Burg Tebroth. So viele Augen hingen an ihr, daß nur wenige auf das Tor und den Weg dorthin achteten. Genau in diesem Moment versuchten Akimos' Männer das Tor im Sturm zu nehmen.

Conan hatte nicht so sorgfältig gezählt wie sonst. Akimos hatte eher siebzig als vierzig Mann. Und jetzt jagte er in einem verzweifelten Angriff alle den engen Pfad hinauf. Die Bogenschützen schossen so gut sie konnten, doch war das nicht gut genug. Sie hatten als Lichtquelle nur ein paar brennende Pinienscheite, die über die Mauer flogen. Selbst die Pfeile, die trafen, prallten ebensooft an den Rüstungen ab, wie sie im Fleisch stecken blieben.

Akimos' Männer erreichten den Torweg nach schweren Verlusten. Dennoch waren sie dreimal so viele wie die Verteidiger, als sie gegen die Barrikaden aus Steinen wie eine Woge prallten, die alles zu überfluten drohte.

Doch da sprang Livia auf die Barrikade. Sie schrie Wörter, von denen sie nicht gewußt hatte, daß sie sie kannte, und schwenkte in einer Hand den Dolch, in der anderen ihre Tunika. Als die Angreifer diese nackte Kriegsgöttin sahen, hielten sie inne und gafften.

Das war für sie tödlicher als für die Verteidiger. Inzwischen spielte es keine große Rolle mehr, ob Lady Livia sich für den nächtlichen Kampf etwas anzog oder nicht. Einzig wichtig war, daß Leben und Ehre aller auf dem Spiel stand. Die Verteidiger nützten die Verwirrung aus, um deren Überzahl um ein gutes Dutzend zu vermindern.

Dann faßten sich Akimos' Männer, aber sechs weitere fielen, zusammen mit drei Verteidigern. Livia trat auf der Barrikade einem Mann gegenüber, der nicht sicher stand. Sie erinnerte sich, was Conan ihr über einen echten Ringkampf beigebracht hatte.

Ein wohlgeformtes Bein fegte dem Feind die Beine weg. Er fiel auf die Steine. Sein Helm hatte eine Beule – und auch sein Kopf. Als er von der Barrikade hinabrollte, riß er zwei Kameraden um, die hinaufklettern wollten. Ein dritter Mann sprang über ihn hinweg, um zu Livia zu gelangen.

Er hatte jedoch nur einen einzigen Gedanken: Das war die Frau, die Lord Akimos lebendig haben wollte. Daher ließ er das Schwert stecken und versuchte sie, an der Taille zu packen. Dabei übersah er, daß seine Kehle auf gleicher Höhe mit Livias Dolch war.

Er büßte für diese Nachlässigkeit, als ein Dolchschnitt ihm die Kehle von einem Ohr zum anderen durchtrennte. Blut schoß aus der Wunde. Er sank zu Boden, als wollte er im Tod noch Livias Füße küssen. Dann flog Livia durch die Luft. Reza riß sie von der Barrikade herab und warf sie zurück in die fragwürdige Sicherheit des Burghofs.

Livia landete auf den Knien. Da wurde ihr bewußt,

daß sie nur mit Schweiß, Staub und Blut des Manns bedeckt war, den sie eigenhändig getötet hatte. Ihr Magen rebellierte und entleerte sich. Dann sprang sie auf und streifte die Tunika über, die sie immer noch in der Hand hielt.

Inzwischen war es Reza und Feldwebel Kirgesthes gelungen, das Schlachtenglück zu wenden. Als Reza auf der Barrikade auftauchte, hielten ihn die Feinde für Conan. Die Angreifer, die den Kampf im Haus Damaos überlebt hatten, verloren vor Angst fast den Verstand. Selbst als sie ihren Irrtum bemerkten, verließ sie die Angst nicht. Sie erinnerten sich, daß Reza beinahe so furchteinflößend war wie der Cimmerier.

Ein halbes Dutzend Feinde starb von Rezas Hand, ehe sie ihre Furcht überwunden hatten. Von den Mauern und Türmen herab schleuderten die Frauen und Kinder Steine auf die Angreifer, allerdings mehr mit Eifer als mit Können. Trotzdem sanken viele Feinde tot oder verletzt zu Boden.

Jetzt wiesen die Reihen der Angreifer große Lücken auf. Reza befahl seinen Männern, durch diese Lücken vorzustoßen.

»Packt sie von hinten!« schrie er. »Greift sie im Rücken an, dann haben wir sie bald erledigt.«

Kirgesthes hatte inzwischen die Bogenschützen neu geordnet. Es brannten so viele Pinienscheite, daß es im Burghof nach Rauch roch, aber die Schützen konnten Feind und Freund unterscheiden. Akimos setzte seine wenigen Bogenschützen gegen sie ein, aber das waren die ersten, die fielen. Dann schoß Kirgesthes selbst Akimos' Hauptmann nieder, und seine Mannen leerten die Köcher mit erstaunlicher Geschwindigkeit.

Bei dem Gegenangriff von der Barrikade und bei dem Pfeilhagel blieb Akimos' Männern nur eine Möglichkeit, wenn sie überleben wollten. Sie gaben die Attacke auf und zogen sich durch den Torweg zurück. Es war ein

Rückzug, keine Flucht, obgleich sie sich eher schnell als würdig langsam bewegten.

Bis Lady Livia sich einigermaßen ordentlich angezogen hatte (die Tunika, darunter nur das Handtuch um die Lenden gewickelt), war der Torweg gesichert. Sie saß auf einem Stein und hatte die Hände vors Gesicht geschlagen, als Reza zu ihr trat.

»Mylady, diesmal haben wir sie zurückgeschlagen.«

»Werden sie wiederkommen?«

»Das kann ich erst beantworten, sobald ich gezählt habe …«

Ein Jubelruf unterbrach ihn. Eine weiterer. Schließlich riefen alle in der Burg wie mit einer Stimme: »Livia von Damaos! Livia von Damaos! Lange lebe das Haus Damaos und Lady Livia!«

Die Tränen, die Livia mühsam zurückgehalten hatte, füllten jetzt ihre Augen. Sie brauchte Rezas starken Arm, um zu stehen. Einen Moment lang wünschte sie, es wäre Conans Arm. Dann blickte sie auf die Menschen hinab, die sie geführt hatte.

Die Hochrufe schwollen an, bis sie nicht nur von der Burg, sondern auch von den Bergen widerhallten. Livia zwang sich zu lächeln und zu winken. Vor Weinen konnte sie allerdings nicht sprechen.

Da bebte die Erde, wie eine Seidendecke, die man lässig auf ein Bett wirft. Das Beben kam und ging innerhalb eines einzigen Atemzugs, ließ jedoch den Jubel mit einem Schlag verstummen.

Livia schüttelte das Haar nach hinten und fand ihre Stimme wieder.

»Ich danke euch. Mögen die Götter euch segnen und schützen. Aber diese Hundesöhne können wiederkommen. Laßt uns bereit sein, sie zu empfangen.«

Der Jubel klang etwas dünner, aber nur deshalb, weil viele der Verteidiger die Verwundeten einsammelten.

Livia setzte sich und holte diskret das Handtuch unter der Tunika hervor. Dann wischte sie den Staub und das Blut von ihren Beinen.

Beim dritten Erdbeben wurde Harphos kein bißchen langsamer. Es war nicht so stark, daß sich die Steine unter den Füßen lösten, und alles andere brauchte er nicht zu beachten. Er mußte nur Hauptmann Conan rechtzeitig erreichen.

Als der Staub sich gelegt hatte, sah Harphos im Schein der restlichen Fackeln den Cimmerier im Kampf gegen sechs Feinde. Der junge Lord erwartete, daß alle anderen herbeistürzten. Doch nur Talouf sprang vorwärts. Keiner folgte ihm. Selbst die Bogenschützen hielten die Pfeile zurück.

Conan hatte Harphos genug beigebracht, damit dieser wußte, was zu tun war. Sein Ehre sagte ihm dasselbe.

»Folgt mir!« rief Harphos, zückte das Kurzschwert und lief die Schlucht hinab. Männer mochten einen Cimmerier im Stich lassen, doch nie den Erben von Lokhri – so hoffte er.

Harphos blickte nicht zurück, als er dahinlief. Wenn die Männer nicht folgten, würden seine auf sie gerichteten Augen auch nicht helfen. Noch weniger würde es ihm helfen, wenn er stolperte, stürzte und sich am nächsten Felsen das Gehirn aus dem Kopf schlug, von dem er manchmal bezweifelte, daß er es besaß. Harphos war ziemlich kurzsichtig, doch nicht nachtblind; aber er war noch nie nachts in einer Staubwolke einen steinigen Abhang hinabgelaufen, an dessen Ende Feinde warteten.

Aber irgendwie blieb er – durch Willensstärke und die Angst, einen Narren aus sich zu machen – auf den Beinen. Trotzdem atmete er erleichtert auf, als er ebenen Boden erreichte. Noch erleichterter war er, als er hinter sich die Männer kommen hörte. Vielleicht mußte er nun doch nicht beweisen, wie gut er mit dem Schwert umzugehen verstand …

Die Erleichterung machte ihn leichtsinnig. Harphos blieb mit einem Fuß in einem Spalt hängen. Ein jäher Schmerz durchschoß ihn, als der Stein die Haut abschürfte und gegen den Knöchel schlug.

Die nächste Überraschung war, daß einer der toten Gegner des Cimmeriers nicht so tot war, wie Harphos geglaubt hatte. Der junge Lord zog das Schwert, aber er hatte noch nie gegen einen Mann gekämpft, während sein Fuß buchstäblich im Boden steckte.

Funken flogen. Schweißüberströmt parierte Harphos den Dolchstoß von Akimos' Mann. Dank der Gunst der Götter und Conan war der Mann verletzt und blutete. Die Wunden machten ihn langsam. Außerdem war seine Klinge nicht länger als die von Harphos.

Der Schweiß lief dem Erben von Lokhri jetzt bis zu den Fußknöcheln und bewirkte, daß Harphos den eingeklemmten Fuß herausziehen konnte. Der Gegner machte noch einen verzweifelten Versuch, dann starb er, als sich ihm Harphos' Schwert zwischen die Rippen bohrte und das Breitschwert des Cimmeriers ihm anschließend noch den Schädel spaltete.

Harphos wollte lachen, brachte jedoch nur ein verkrampftes Lächeln zustande, aber immerhin, er wurde nicht ohnmächtig. »Conan, hättest du nur ein bißchen stärker zugeschlagen, hättest du mich… schau hinter dich!«

Harphos' Warnung hatte ein Echo. Der Cimmerier wirbelte mit unmenschlicher Schnelligkeit herum. Anstatt den Mann niederzuschlagen, der ihn im Rücken angriff, trat er ihm zwischen die Beine. Stöhnend wand sich der Mann auf dem Boden.

Harphos sah jetzt, daß der Gegner einer von Conans Männern war. Douras hieß er. Ein Damaos-Mann,

Mekhas, ließ das Schwert sinken und schaute in alle Richtungen, nur nicht zum Cimmerier.

»Was in Mitras Namen …«, begann Harphos.

»Hör ihm zu, wenn er spricht«, fuhr der Cimmerier Douras an und drückte ihm den Daumen unters Kinn. Der Mann krümmte sich noch stärker, schwieg jedoch.

»Hauptmann Conan«, sagte Mekhas. »Ich … ich dachte, du würdest Harphos als nächsten töten. Man hat uns diesbezüglich gewarnt. Dann sah ich, daß wir uns geirrt hatten. Ich wollte Douras aufhalten, aber ich konnte nur noch dich warnen.«

»Dafür danke ich dir«, sagte Conan. »Noch dankbarer wäre ich, wenn du mir sagst, wer euch gewarnt hat. Vielleicht sogar so dankbar, daß ich mit dir nicht das gleiche mache wie mit Douras.«

Mekhas blickte zu Boden. Harphos fuhr ihn wütend an. »Sollte Conan dich am Leben lassen, werde ich Lady Livia bitten, dich mit dem Tod zu bestrafen. Also – *wer* hat euch gesagt, daß Conan mich vielleicht umbringen will?«

»Reza.«

Harphos und Conan fluchten gemeinsam. »Ich werde den Hundesohn mit einem glühenden Messer kastrieren«, drohte Conan, nachdem er aufgehört hatte zu fluchen. »Jetzt hat er einmal zu oft seine Nase in Sachen gesteckt, die ihn nichts angehen. Es sei denn …«

Conan brach ab. Harphos blickte ihn fassungslos an. Nie hätte er geglaubt, den Cimmerier je verlegen zu sehen. Dann lachte Conan.

»Vielleicht wollte er nur seine Herrin vor ihrer eigenen Torheit beschützen, nicht vor meinem Ehrgeiz. Wenn das stimmt, kann *sie* ihn ja kastrieren.«

Harphos war verwirrt. Der Cimmerier war nicht mehr verlegen, sprach jedoch in Rätseln, was nicht viel besser war.

»Welche Torheit Livias?«

Conan hakte beide Daumen in den Gürtel. »Daß sie – auf eigenen Wunsch hin, könnte man sagen – mit mir geschlafen hat.«

Einen Augenblick lang hatte Harphos das Gefühl, als hätte ihn jemand in den Magen getreten oder ins Gesicht geschlagen. Er konnte kaum atmen. Dann erinnerte er sich an gewisse Dinge, nicht zuletzt wie er die erste Nacht auf Burg Tebroth in Shilkas Armen verbracht hatte.

Jetzt war ihm klar, daß Livia das alles geplant hatte, um ihm eine angenehme Beschäftigung zu bieten, während sie dem Cimmerier die Beine weggezogen und sich auf ihn gestürzt hatte! Harphos war sicher, daß es so gewesen war. Bei diesem Bild mußte er lachen.

Conan runzelte die Stirn. »Was im Namen von Erliks Stolz ist so komisch?«

»Die Vorstellung, daß die Frau, die ich heiraten möchte, dich praktisch entführt hat, Hauptmann. Ich wußte, daß Livia zielstrebig ist, aber nicht, *wie* zielstrebig. Nun, ich werde ihr ein Gespräch aufdrängen müssen.«

Jetzt schaute Conan ihn verblüfft an. »Du bist nicht wütend?«

Harphos seufzte. »Hättest du versucht, die Sache zu vertuschen, hätte ich dir vielleicht ebenso mißtraut wie Reza. Da du jedoch die Wahrheit zugegeben hast, ist die Angelegenheit zwischen uns geklärt.«

Er dachte kurz nach. »Meine Mutter wird das allerdings anders sehen und einen grauenvollen Auftritt machen. Aber ich lasse mich dadurch nicht mehr aufhalten. Mit Reza ist es schwieriger. Ich glaube nicht, daß er weiterhin im Dienst …«

»Wenn Reza die heutige Nacht überlebt, können wir das mit ihm klären«, unterbrach ihn Conan. »Doch jetzt verschwenden wir mit Reden Zeit, die wir brauchen, um deine Mutter …«

Ein gräßlicher Schrei unterbrach ihn. Er schien aus

dem tiefsten Höllenschlund zu kommen. Harphos blickte über die Toten zum Eingang der Höhlen von Zimgas hin. Dort stand eine Frau. Man sah nur ihre Silhouette vor dem Schein der Fackeln. Doch Harphos erkannte sofort seine Mutter.

»Sieht so aus, als hätte Mutter sich selbst gerettet«, sagte er. Dann steckte er das Schwert weg und lief hinauf. Lady Doris war auf die Knie gefallen. Sie hatte den Kopf gesenkt. Ihre Schultern bebten vor Schluchzen oder Erschöpfung

Beim Laufen sah Harphos, wie das Licht aus der Höhle schwächer wurde, als würde sich etwas zwischen die Fackeln und den Eingang schieben.

Drogen, Erschöpfung, Zauber und Schmerzen verhinderten, daß Lady Doris sich genau daran erinnern konnte, was in der Nacht ihrer Befreiung geschehen war. Auf keinen Fall erinnerte sie sich daran, daß sie ihr Leben Lord Skiron verdankte.

Doch das war die Wahrheit. Skiron hatte als erster gespürt, daß der Große Beobachter sich näherte. Als er das Zischen hörte, war er bereit. Sein Sklave hatte bereits den Sack mit den magischen Gerätschaften auf dem Rücken. Skiron trug seinen Zauberstab und eine Phiole für Lady Doris' Zauber.

Als das Zischen lauter wurde, rannten die beiden Männer zu Lady Doris. Der Sklave riß die Vorhänge zurück. Skiron stellte die Lady auf die Beine. Sie starrte ihn mit leeren Augen an und machte keine Bewegung, sich ein Gewand überzustreifen.

Dann wich sie zurück. »Ich muß hierbleiben. Akimos kommt bald zu mir.« Sie lächelte.

»Akimos wartet draußen auf dich. Du wirst in einem Triumphzug mit ihm nach Messantia zurückkehren. Doch jetzt mußt du dich beeilen. Bitte, Mylady, komm mit! Komm mit zu Akimos!«

Während Skiron sprach, gebrauchte der Beobachter zum ersten Mal seine Stimme und stieß eine tiefen, dröhnenden Schrei aus. Der Zauberer spritzte den Inhalt der Phiole auf Lady Doris. Der Zaubertrank konnte durch die Haut eindringen, auch wenn das nicht so schnell wirkte, als wenn sie ihn getrunken hätte.

Doris benetzte einen Finger mit der Flüssigkeit, die zwischen ihren Brüsten herabrann, und leckte ihn ab. Dann lächelte sie wieder.

»Ich komme.« Sie rannte so schnell zum Höhleneingang, daß Skiron sie nicht einholen konnte.

Conan sah, wie ein halbes Dutzend Männer im Eingang zu den Höhlen von Zimgas gerade in dem Moment auftauchte, als Harphos seine Mutter erreichte. Er stieß einen Warnschrei aus, aber die Männer schienen eher daran zu denken, zu flüchten als zu kämpfen. Sie liefen an Harphos vorbei, wie Hasen vor einem Wolf flüchteten. Dann sahen sie den Cimmerier unten und schlugen einen Haken.

»Hinterher!« brüllte Conan. »Wenn sie entkommen, brate ich die Schuldigen zum Frühstück!« Er war ziemlich sicher, daß einer der Flüchtigen Skiron war, sagte jedoch nichts. Wenn der Magier noch Zaubersprüche hatte…

Kurz danach dachte der Cimmerier nicht mehr an menschliche Gegner. Der Große Beobachter hatte den Höhleneingang erreicht.

Bei seinem Anblick wurden mehrere seiner Männer ohnmächtig. Andere knieten nieder, um zu beten. Andere übergaben sich. Einige standen wie betäubt da. Nur wenige konnten später beschreiben, was sie gesehen hatten: Es war ein durchsichtiges graues Etwas, in dem karmesinrote und ekelhaft dunkelgelbe Lichter umherschwammen.

Hätte auch Harphos den Verstand verloren, wären er

und seine Mutter sofort gestorben. Doch der junge Lord sah, wie der Beobachter einen Fühler mit einem Rachen voll spitzer Zähne ausstreckte. Blitzschnell schlug er mit seinem Schwert drauf zu. Ein Stück des Rachens flog durch die Luft, landete ... und kroch zurück zum Fühler.

Allerdings schien der Beobachter sehr schmerzempfindlich zu sein, zumindest spürte er die Gefahr. Er zog den großen Fühler wieder ein und schickte vier kleinere aus, die mit Saugnäpfen bestückt waren. Das gab Harphos Zeit, seine Mutter wegzuschleppen, allerdings mußte er sie bald tragen.

Inzwischen hatte Conan seine Männer wachgerüttelt und um sich versammelt. Kampfbereit standen sie da, als der Beobachter sich ganz ins Freie schob.

Plötzlich schnellte er einen Teil von sich nach unten und begrub zwei Männer unter seinem grauen Schleim. Sie konnten nur kurz schreien, dann waren sie schon verschwunden. Entsetzt sahen die Männer, wie das Blut ihrer Kameraden das Grau stellenweise rot färbte. Gleich darauf wuchsen aus dem Schleim Beine, ein Schwanz und ein Kopf mit mehr Zähnen als bei einer Schule Haie.

Ehe sich das Ungeheuer in Bewegung setzen konnte, blitzte Conans Schwert im Schein des Lagerfeuers auf. Der Cimmerier schlug so kräftig auf den Kopf des Ungeheuers ein, als wolle er den Berg spalten. Die eine Hälfte des Kopfs sauste durch die Luft, kroch aber sofort wieder zurück zu dem mit Beinen bestückten Teil. Doch dann spürte der abgetrennte halbe Kopf, daß der Beobachter selbst vor der Höhle war. Sofort änderte er die Richtung und kroch, ohne auf Hindernisse zu achten, auf die glühenden Scheite des Feuers zu.

Entsetzliche Schreie drohten die Ohren der Menschen zu durchbohren. Conan sah, wie das abgetrennte Kopfstück sich auf der Glut krümmte. Rauch stieg auf.

Schnell packte er eine Fackel und lief näher hinzu. Dann schlug er auf den isolierten Teil ein. Es war, als träfe er auf den Panzer einer Wasserschildkröte. Der konnte jedoch der Kraft des Cimmeriers nicht widerstehen. Ein Spalt tat sich auf. Conan rammte die Fackel hinein.

Rauch stieg auf. Wieder ertönten die grausigen Schreie. Conan hätte sich am liebsten die Ohren zugehalten, um den Lärm einer Welt auszuschalten, die wahnsinnig wurde. Der isolierte Teil schwoll an, bis die Haut platzte und wie ein gigantisches Furunkel aufbrach. Ekliger Gestank und rauchende Hautfetzen regneten auf Conan und seine Schar nieder, doch die Männer kümmerten sich nicht darum.

Sie hatten gesehen, daß der Beobachter nicht unbesiegbar war, ja, sie hatten sogar erkannt, wie man ihn verletzen konnte. Schnell griffen alle zu brennenden Scheiten oder zündeten dürre Äste an.

Harphos rief: »Gut gemacht, Hauptmann Conan! Jeder vernunftbegabte Mensch wußte, daß es eine Möglichkeit geben mußte, diese Kreaturen auch ohne Zauberei zu vernichten.«

Conan nickte. Er mußte zugeben, daß die Zauberer aus grauer Vorzeit, welche die Beobachter geschaffen hatten, weitblickender gewesen waren als die meisten ihrer Zunft. Auf alle Fälle waren sie vorsichtiger gewesen als Skiron, der so fahrlässig gehandelt hatte wie ein Mann, der in einem knochentrockenen Wald Feuer anzündet.

Der Große Beobachter spürte die Zerstörung des isolierten Teils. Er hatte aber Erinnerungen an ähnliche Zerstörungen, die seine Existenz jedoch nicht gefährdeten. In dieser Situation brauchte er allerdings mehr Wissen, um zu entscheiden, ober er kämpfen oder zurückweichen sollte. Der Weg zu diesem Wissen schien ihn nach vorne zu führen.

Der Große Beobachter schob sich vollständig aus der

Höhle heraus. Als die Männer sahen, mit welchem Ungeheuer sie es zu tun hatten, verloren wieder einige die Besinnung. Mehrere wollten fliehen, doch Harphos stellte sich ihnen in den Weg, seine Mutter im Arm, das Kurzschwert in der Hand.

»Wenn ihr euch nicht vor der Schande fürchtet, dann solltet ihr zumindest mich fürchten!« schrie er sie an. In diesem Augenblick sah er beinahe so beeindruckend aus wie Conan. Die Beinahe-Flüchtigen kamen wieder zu sich und gingen zurück zu ihren Kameraden.

Jetzt flogen vom Berg aus Pfeile auf den Beobachter herab. Die Bogenschützen gaben bei den schlechten Lichtverhältnissen ihr Bestes und zielten auf alles, was einem Mund oder Auge ähnelte.

»Brandpfeile!« brüllte Conan. »Nehmt Brandpfeile! Wenn ihr das Ding in Brand steckt, brennt es lichterloh wie ein Heustock.«

Conan blieb nicht die Zeit, herauszufinden, ob die Bogenschützen ihn gehört hatten. Seine Schreie hatten die Aufmerksamkeit des Beobachters auf ihn gelenkt. Sofort wuchsen zwanzig Stummelbeine mit jeweils fünf Klauen an den Enden. Damit kam die graue Masse schneller vorwärts. Außerdem ging es bergab. Ehe der Cimmerier wußte, wie ihm geschah, reckten sich ihm fünf lange Hälse mit Köpfen, deren Rachen aufgerissen waren, entgegen.

Nur seine Schnelligkeit rettete Conan das Leben – und einer der Damaos-Männer, der seinen Speer in einen der Hälse stieß. Der Kopf, der auf dem Hals saß, hielt inne. Der Mann drehte den Speer in der Wunde, ehe er ihn herauszog. Sein Kamerad sprang beiseite, als der Kopf wie wild um sich schlug, um dem aufgerissenen Rachen zu entkommen. Vorher hatte er jedoch noch ein brennendes Holzscheit zwischen die Zähne geworfen.

Der Beobachter schrie aus zwei Mäulern, als der dritte Kopf in Rauch aufging und eklige Fetzen durch die Luft flogen. Der Halsstumpf schlug noch heftiger um sich. In zwei Köpfen steckten noch Leben, der Wille zum Überleben und scharfe Zähne. Ein Kopf packte vor Conans Augen einen Mann, hob ihn hoch, schüttelte ihn und verschlang ihn anschließend.

Einer von Conans Männern stürzte sich auf den zweiten Kopf und schlug ihn mit dem Krummschwert ab. Sein Hieb war beinahe so kraftvoll wie der des Cimmeriers. Der Kopf flog durch die Luft und landete auf einem Mann, der gerade eine behelfsmäßige Fackel am Feuer entzündete. Beide landeten in der Glut. Der Mann schrie vor Schmerzen, als sich die Zähne in sein Fleisch gruben und die Glut seine Haut verbrannte. Doch dann löste sich der Kopf plötzlich in eine stinkende grünliche Rauchwolke auf. Der Mann stand auf. Er hatte Brand- und Bißwunden, doch er lebte, wie man seinen schrecklichen Flüchen entnehmen konnte.

Jetzt schien der Große Beobachter völlig verwirrt zu sein – oder auch erschöpft, weil der Gegner so erbitterten Widerstand geleistet hatte. Aber Conan bezweifelte, daß das graue Monster ernstlich verletzt war. Das wollte er ändern, ehe dieses sich eine neue Methode ausdachte, mit der es nicht so verwundbar war wie zuvor mit den Köpfen auf den langen Hälsen.

Jetzt kamen die Männer zurück, die Akimos' Lager geplündert hatten. Zwei trugen Strohsäcke. Schnell griff Conan zu einer neuen Fackel und rief die beiden und mehrere Speerwerfer zu sich. Dann führte er die Gruppe vorwärts.

Conans Breitschwert pfiff. Dann klaffte in einem Halsstumpf des Beobachters eine breite Wund in der hornartigen Haut. Die beiden Speerträger spießten die Strohsäcke auf, und Conan stieß die Fackel tief ins Stroh. Dann schoben alle drei mit vereinten Kräften den Strohsack in die Wunde des Beobachters, so als würden sie einen Stöpsel in eine Flasche stecken.

Später meinte Conan, daß das Ende der Welt wohl stiller sein werde als das Ende des Großen Beobachters. Die Todesschreie und das Zischen waren ohrenbetäubend und endeten in einem schrecklichen Brüllen.

Niemand konnte den Rauch und den Gestank ertragen, als der Große Beobachter explodierte. Tellergroße scharfe Hautfetzen sausten umher. Ekliger Saft spritzte auf.

Conan lief mit seinen Männern nach unten und blieb dort, bis das letzte Leben aus dem Großen Beobachter gewichen war. Der Cimmerier stocherte mit dem Schwert in einigen rauchenden Stücken herum, als er Harphos auf sich zulaufen sah. Der junge Lord war nackt, bis auf die Stiefel, das Lendentuch und ein Kurzschwert, von dem Schleim tropfte.

»Wie geht es Lady Doris?« fragte der Cimmerier.

»Nicht gut«, antwortete Harphos. »Ich habe ihr meine Tunika angezogen und die schlimmsten Wunden eingesalbt. Aber sie braucht eine Bahre. Sie ruft ständig nach Akimos, wie ein Verdurstender nach Wasser.« Beide Männer brauchten das Wort ›Zauberei‹ nicht auszusprechen.

»Nun, dann laß uns Lord Akimos suchen«, sagte Conan und steckte das Schwert zurück in die Scheide. »Oris hat von mehr als einem Beobachter gesprochen. Falls sich noch einer hier rumtreibt, könnten wir ihn mit Lord Akimos füttern.«

»O ihr Götter! Hast du denn überhaupt kein Mitleid, Conan? Ein Geschöpf wie den Beobachter vergiften ...«

»Damit wären meine und deine Männer gerettet – und die Bewohner der Dörfer in dieser Gegend auch.« Conan war nicht zu Scherzen aufgelegt.

»Wenn du eine Bahre bauen läßt, suche ich ein paar Träger«, sagte Harphos.

Es war einige Zeit her, daß Conan dem jungen Lord die Ehre einer formellen argossischen Verneigung hatte zuteil werden lassen. Doch jetzt verbeugte er sich vor Harphos – und nicht, weil es sein ›Platz‹ erforderte. Heute war das Werk vollendet worden, Lady Doris' Jungen in einen Mann und den Herrn im Haus Lokhri zu verwandeln – und erst recht in einen für Livia geeigneten Gemahl.

Neunzehn

Akimos zuckte zusammen, als Partab plötzlich aus der Dunkelheit zu ihm trat.

»Nur ich, Mylord.«

Das vendhysche Schwein wußte also, daß der Lord des Hauses Peram Angst hatte. Wie lange würde es dauern, bis alle Männer vor Burg Tebroth das wußten?

»Irgendwelche Neuigkeiten von den Wachposten?«

»Sie haben Lärm gehört. Das können die Dorfbewohner gewesen sein, das Vieh, wilde Tiere oder alles mögliche.«

»Verflucht seien diese Stadtaffen!«

Hätte Akimos jedoch Männer angeworben, die sich hier im Gebirge auskannten, wäre sein Geheimnis schnell keins mehr gewesen. Dann wäre er wahrscheinlich nicht einmal bis hierher gekommen, wo er kurz vor einer Niederlage stand.

»Die Götter werden das schon irgendwann erledigen. Aber vorerst sollten wir die Wachposten verstärken.«

Akimos runzelte die Stirn. Er hatte bei dem verzweifelten Kampf am Tor beinahe ein Drittel seiner Streitmacht verloren. Das wäre ein geringer Preis, wenn er dafür den Sieg und Livia errungen hätte, aber dieses Luder hatte splitternackt gegen ihn gekämpft und so die Schlacht herumgerissen. Jetzt saß sie auf ihrem niedlichen Arsch und lachte über ihn …

Akimos fluchte laut. Dann nahm er sich wieder zusammen. »Wie wahrscheinlich ist ein Angriff der Dorfbewohner?« Er haßte es, einen Untermenschen wie

Partab um Rat zu fragen, aber der Mann hatte die Raubzüge angeführt und kannte die Dörfer und ihre Bewohner besser als jeder andere.

»Wenn sie von unserer Schwäche erfahren haben, sehr wahrscheinlich. Und wenn die Verteidiger in der Burg Möglichkeiten haben, eine Botschaft zu senden, dann wissen sie mit Sicherheit Bescheid.«

»Und wie wahrscheinlich ist das?«

»Ich glaube kaum, daß Reza von selbst auf den Gedanken käme, eine Nachricht zu schicken, auch nicht Livia oder Harphos. Bei Conan ist das schon anders.«

Akimos hatte den Eindruck, daß Conan seit seiner Ankunft in Argos ihm nichts als Schwierigkeiten bereitet hatte. Beinahe hätte er das laut ausgesprochen.

Doch die Worte kamen ihm nicht über die Lippen, denn in diesem Augenblick ertönte von der Burg her ein schreckliches Getöse. Steine rumpelten ins Tal. Menschen schrien vor Angst und Schmerzen. Und dann schien es, als zischten alle Schlangen auf der Welt gleichzeitig.

Der Kleinere Beobachter spürte, daß der Verstand des Großen Beobachters zu arbeiten aufhörte. Das geschah just, als er sich seinem Kameraden auf der Suche nach Himmelsnahrung angeschlossen hatte.

Er wartete in einer der kleineren Höhlen von Zimgas, tief unter der Erde, bis er sicher war, daß der Große Beobachter nicht wieder erwachen würde. Dann schob er sich schnell durch die Höhlengänge und suchte nach einer anderen Öffnung, die zum Himmel führte.

Hinter dieser Öffnung lag viel Himmmelsnahrung. Diese brauchte der Kleinere Beobachter jetzt dringender als je zuvor, denn jetzt fiel die Aufgabe, noch mehr Beobachter hervorzubringen, allein ihm zu.

Es gab noch ein Bedürfnis, das er stillen konnte, wenn er diese Zweibeiner verschlang, welche die beste Quelle für Himmelsnahrung waren. Bei den Menschen hätte man dieses Bedürfnis Rache genannt.

Die Posten auf der Barrikade vor dem Keller von Burg Tebroth trafen als erste auf den Kleineren Beobachter. Sie waren zu dritt und hatte nur leichtere Verletzungen. Reza war bereit, an die Beobachter zu glauben. Aber er war nicht bereit, an etwas zu glauben, daß durch diesen Steinwall dringen könnte.

Die drei Männer bezahlten Rezas falsche Annahme mit ihrem Leben. Sie hörten ein leises Zischen, dann ein dumpfes Grollen und schließlich ein Krachen, als ob ein Steinmetz einen Block spaltet. Ja, so ähnlich klang es.

Der Kleinere Beobachter hatte sich in einen lebenden Rammbock verwandelt, mit einem Kopf, der so hart wie Eisen war und mit starken Beinen, die den Kopf gegen die Steine drücken konnten, die nach allen Richtungen flogen. Einer traf einen Wachposten und zerschmetterte ihm den Schädel, noch ehe der Mann schreien konnte.

Die anderen beiden Posten hatte noch ihre Waffen gezückt, ehe auch sie sterben mußten. Der Kleinere Beobachter hatte sich geteilt, beide Hälften hatten offene Mäuler und schnappten gleichzeitig zu.

Die Todesschreie der beiden Wachen alarmierten schließlich alle, die noch nicht durch den Lärm des Sturmangriffs des Kleineren Beobachters aufgewacht waren. Ein Blick auf den sich nähernden Kleineren Beobachter überzeugte jeden davon, daß das alleinige Heil in der Flucht lag.

Manche liefen blindlings aus dem Tor hinaus, ohne zu überlegen, was vor ihnen lag. Sie hatten nur den einen Gedanken: davor zu fliehen, was hinter ihnen war. Viele hetzten die Treppen zu den Türmen und auf die Mauern hinauf.

Sobald zwanzig oder dreißig Schritte zwischen ihnen und dem Kleineren Beobachter lagen, atmeten sie leichter. Es war unmöglich, daß diese Kreatur Treppen steigen oder gar die Außenseite der Mauer oder eines Turms zu erklimmen vermochte.

Livia sah mit Entsetzen, wie die Menschen eines Besseren belehrt wurden. Der Kleinere Beobachter machte unterhalb einer Mauer Halt und verwandelte sich in eine riesige, mandelförmige, harte Masse. Aus dieser Masse wuchs ein Hals, so lang, bis er den oberen Mauerkranz erreichte. Dann schoß aus dem Hals ein Kopf, wie eine abscheuliche Blume, heraus. Mit den scharfen Zähnen packte er die kreischenden Menschen reihenweise und pflückte sie wie Beeren.

Livia hielt sich die Ohren zu, um die Schreie der sterbenden Menschen nicht mehr höre zu müssen. Um nicht selbst zu schreien, mußte sie jedoch die Faust in den Mund stecken. Wahnsinn hätte sie ergriffen, wenn sie nicht die stille Hoffnung gehegt hätte, daß zumindest die Frauen und Kinder sicher seien.

Endlich färbte sich der Kleinere Beobachter leuchtend rot und schien weniger beutegierig zu werden. Inzwischen glich seine Hülle einem Nadelkissen, in dem Pfeile, Speere und Lanzen steckten. Reza tippte Livia auf die Schulter.

»Mylady, man sagt, Feuer könnte gegen die Beobachter etwas ausrichten.«

»Haben wir Brandpfeile?«

»Nein, aber wir können Feuerbrände machen.« Livia schwieg. Man brauchte Männer, welche die Feuerbrände zum Beobachter brachten. Sie sah nicht, wie diese Männer das lebend überstehen konnten – vor allem nicht Reza, der mit Sicherheit die Männer führen würde. Doch nichts anderes bot einen Hoffnungsschimmer.

»Nun gut. Ich werde jetzt nach den Verwundeten sehen. Sie sollen zumindest nicht einsam und verlassen sterben, wenn wir sonst nichts mehr für sie tun können.«

Wenn sie nichts mehr tun konnten, dann war auch ihr Schicksal besiegelt. Aber wenn sie bei den Kranken war, würde sie wenigstens nicht mitansehen müssen, wie das Schicksal sich ihr näherte. Mit etwas Glück würden sie die von der Mauer herabfallenden Steine erschlagen, ehe der Beobachter anfing, sie zu verspeisen…

Livias Magen rebellierte. Sie lehnte sich an die Mauer, bis der Krampf vorbei war. Danach hätte sie schwören können, daß sie plötzlich taub geworden war.

Weit unten im Tal hörte sie den Schlachtruf des Hauses Lokhri: »Stets vorwärts in die Schlacht!« Und dann sogar: »Livia von Damaos!«

Conan hätte mit seiner Truppe die Burg ungefähr gleichzeitig mit dem Kleineren Beobachter erreicht, wenn es nicht zu einem unglücklichen Zwischenfall gekommen wäre.

Als sie etwa eine Viertelmeile hinter Akimos' Männern dahinmarschierten, stießen sie mit einer Schar Dorfbewohner zusammen, die dasselbe Ziel hatten. Jeder hielt den anderen für Akimos' Verstärkung. Beide Gruppen warfen sich zu Boden und gingen in Deckung. Dann gaben die Führer Anweisungen für Angriff und Verteidigung.

Erst nachdem man so kostbare Zeit vertan hatte, erkannte Conan die Bauern, und einige von ihnen erkannten das Abzeichen der Damaos. Sogleich marschierten alle vereint weiter, aber sie waren noch auf dem Berg, als der Kleinere Beobachter weiter oben schon zuschlug.

Trotz des Unheils, das der Kleinere Beobachter in der Burg anrichtete, war er für Conan und die Dorfbewohner ein Segen der Götter. Akimos und seine Leute waren so verwirrt, weil sie nicht wußten, was in der Burg vorging, daß sie nicht nach hinten schauten. Conan konnte daher seine etwas über sechzig Mann starke Truppe in Angriffsstellung bringen, ehe Akimos merkte, daß er Gäste bekommen würde.

Der Cimmerier gab das Signal zum Angriff. Der Berghang verwandelte sich sogleich in ein unübersichtliches nächtliches Schlachtfeld. Conan stürmte mit erhobenem Schwert durch dieses Chaos und hinterließ eine breite Blutspur. Seine Kriegsrufe machten seinen Männern Mut und raubte ihn den Feinden. In dieser Nacht wuchs er über sich hinaus und kämpfte wie zehn Cimmerier. Es war für Akimos' Männer keine Schande, daß sie vor ihm flohen und schrien, Dämonen würden sie verfolgen.

Endlich erreichte Conan das Tor. Nun stand er einem echten Dämon gegenüber. Der Kleinere Beobachter donnerte auf ihn und seine Männer zu.

Livia beobachtete durch eine Schießscharte, wie dem Kleineren Beobachter Beine und ein mit Dornen gespickter Kopf ohne Augen wuchsen. Er glich einer riesigen Schildkröte mit acht, zehn – nein, zwölf Beinen, keinen Schwanz. Der Panzer war glatt wie Glas, bis auf einige Brandnarben.

Die Legenden hatten recht. Wenn man Feuer in die Substanz eines Beobachters warf, litt er. Und wenn man das Feuer tief genug hineinstieß, würde er vielleicht sterben, ehe er die Burg kahl gefressen hatte.

Von allen Seiten warfen die Männer Feuerbrände auf den Beobachter. Rauch stieg bereits an vielen Stellen auf. Inzwischen waren Livia und alle in den Unterkünften für die Kranken halb taub, so laut schrie das Ungeheuer.

Plötzlich verstummte es und verwandelte wiederum seine Gestalt. Livia wußte nicht, ob der Beobachter gleich wieder angreifen würde oder sich anderswo eine leichtere Beute gesucht hatte. Sie betete zu den Göttern, daß letzteres zuträfe. Dann sah sie, wie dem Beobachter noch drei Beinpaare wuchsen und er durch den Torweg hinauswatschelte. Dabei riß das Ungeheuer zu beiden Seiten Steine aus den Mauern. Doch die übermannshohen Quadern prallten an seinem Panzer ab wie Wasser an der Ente.

Livia kroch von der Schießscharte weg und kümmerte sich wieder um die Verletzten. Sie legte Verbände an, strich Salbe auf und hielt die Hände der Menschen, die am Verstand, und nicht am Körper Schaden genommen hatten.

Akimos feuerte seine Männer an, als sie zur Burg stürmten. Jetzt konnte ein Angriff gelingen, da die Verteidiger offenbar abgelenkt waren. Doch gleich darauf verfluchte er sie, weil sie in wilder Flucht zurückliefen.

Die Flüche erstarben ihm auf den Lippen, als er sah, wovor sie flohen. Er stellte sich ihnen dennoch in den Weg, schwang sein Schwert und rief:

»Kämpft, Männer, kämpft! Für die Ehre des Hauses Peram! Für den Sieg über die verfluchten ...«

Seine weiteren Worte gingen unter den Flüchen der Fliehenden unter. Ein Mann fluchte nicht nur, sondern versetzte gleichzeitig Lord Akimos einen Streich mit dem Kurzschwert. Der Hieb war übereilt und schlampig ausgeführt, doch der Zufall wollte es, daß er Lord Akimos' Hals traf.

Blut spritzte heraus und floß ihm über Schulter und Brust. Akimos spürte, wie seine Kräfte schwächer wurden, je stärker das Blut herausschoß. Er mußte sich setzen und aufhören zu schreien, bis er neue Kräfte gesammelt hatte.

Akimos lag auf dem Rücken, war aber noch nicht völlig verblutet, als der Kleinere Beobachter des Wegs kam und ihn verschlang.

Conans Männer hielten die Stellung, als der Beobachter den Berg herab auf sie zumarschierte. Die Bauern hatten eine weniger gute Führung oder wußten nicht, wie sie die Beobachter bekämpfen konnten. Sie ergriffen schreiend in Panik die Flucht.

Von den wenigen Männern, die von Akimos' Truppe noch übrig waren, folgten die meisten den Dorfbewohnern. Kaum einer hatte mehr Lust zu kämpfen. Sie wollten nur so viele Meilen wie möglich zwischen sich und das Ungeheuer bringen.

Eine Handvoll beherzter Diener aus dem Haus Peram setzte sich jedoch gegen Conans Männer zur Wehr. Es kamen allerdings drei Gegner auf jeden von ihnen. Noch ehe der Kleinere Beobachter Akimos verzehrt hatte, waren sie tot, gefangen oder geflohen.

»Conan, wir müssen Männer in die Burg schicken und Livia holen!« rief Harphos.

»Wie sollen wir sie um *das* da herumschicken?« fragte Conan mürrisch und zeigte auf den Beobachter. Dieser hatte inzwischen drei Köpfe, allerdings mit kleinen zahnlosen Mäulern, aber riesigen roten Augen. Das Ungeheuer rührte sich im Augenblick – anscheinend zufrieden – nicht von der Stelle. Aber Conan konnte sich vorstellen, was es tun würde, wenn die nächste Beute in seine Nähe kam.

»Wir können Livia nicht da drin lassen!« schrie Harphos.

»Können wir nicht, stimmt! Aber *sie* kann ihre Leute und die Verwundeten nicht in der Burg zurücklassen«, erklärte Conan wütend. »Bei ihr gibt es nur alles oder nichts. Eine solche Führerin ist sie nun einmal. Und da es nicht alles sein kann, bis wir das Ungeheuer getötet haben ...«

»Conan, ich gehe allein, wenn ...«

Conan packte Harphos an den Schultern. Der junge Mann wand sich wie ein Fisch am Haken, konnte sich jedoch nicht befreien.

»Du gehst nirgendwohin! Wenn du den Weg hinaufgehst und gefressen wirst, wird Reza mich umbringen, wenn Livia es nicht tut. Bleibst du nun, oder muß ich dich fesseln?«

Harphos seufzte. »Conan, es gibt Momente, da glaube ich, daß du meine Braut besser verstehst als ich.«

»Frauen sind nun einmal so. Ich kenne ähnliche Situationen«, sagte Conan. »Aber ich kenne weniger die Frau als die militärische Führerin.«

Er schlug Harphos freundschaftlich auf die Schulter. »So, und jetzt müssen wir uns um Feuer kümmern. Wenn ein schöner großer Scheiterhaufen lichterloh brennt, geht dieser Beobachter ebenso zugrunde wie sein Vorgänger.«

Harphos nickte und rief Männer zusammen. Talouf stellte sich neben den Cimmerier, als der junge Lord fortging.

»Wie lange wird das Biest auf uns warten, Hauptmann?« fragte der Feldwebel.

»Das wissen nur die Götter, und mit denen habe ich in letzter Zeit nicht geredet«, antwortete Conan. »Wenn es die Burg leer gefressen hat, läßt es sich vielleicht etwas Zeit, so wie ein Löwe, der satt ist.«

Der Cimmerier erzählte Talouf nicht, daß er gehört hatte, daß ein Beobachter sich in zwei Teile spalten würde, wenn er gesättigt war, und daß jeder neue Beobachter ebenso mächtig war wie der alte. Das war der Grund, warum er niemand an dem Beobachter vorbei zur Burg schleichen ließ. Wenn niemand zwischen dem Beobachter und dem offenen Land stand und er sich dann teilte, würden *zwei* Beobachter das Land verwüsten und alles verschlingen, was ihnen in den Weg kam.

Conan hatte nicht Hauptmann Khadjar gebraucht, um eine wichtige Lektion über den Krieg zu lernen: Wenn du den Feind vor dir hast, mußt du ihn dort bekämpfen, wo du kannst! Du darfst dich nicht auf deinen Arsch setzen und warten, bis er flieht und ihn dann verfolgen, wie ein alter Jagdhund ein junges Kaninchen!

Conan und Talouf ließen den Beobachter nicht aus den Augen. Plötzlich sah Conan eine dunkle Gestalt über den Abhang herabkommen. Der Mond stand jetzt am Himmel und gab genügend Licht, so daß der Cimmerier sehen konnte, daß die Gestalt klein und dünn war und scharfe Züge trug.

Skiron? Kam der Zauberer, um den Beobachter von einem hirnlosen Ungeheuer in eine Waffe zu verwandeln? Der Cimmerier beobachtete den Abstieg des kleinen Manns und maß die Entfernung mit den Augen. Er konnte – ja, bestimmt sogar – den Zauberer erreichen und töten, aber er würde niemals am Beobachter vorbeikommen.

Nun, für jeden Mann kam einmal die Zeit – früher oder später. Meistens früher, wenn er dank seines Schwerts und seines Verstands noch lebte. Für den Cimmerier war diese Erkenntnis keine Überraschung. Er hatte sein Bestes gegeben, und wenn Crom das Beste nicht für gut genug befand, ging das nur Crom etwas an.

Conan schlich vorwärts. Nach zehn Schritten rief Talouf ihn von hinten an.

»Hauptmann , schau!«

Auf dem Rücken des Beobachters war ein langer Spalt. Er reckte den Kopf zurück, in Richtung *zweier* mit Dornen bestückter Schwänze. Die Dornen waren länger als der Arm eines Manns und hart genug, um eine Rüstung zu durchbohren.

Der Beobachter teilte sich!

Conan wußte nicht, ob das seine Chancen, dem Biest zu entkommen, vergrößerte. Er wußte nur, daß es jetzt noch wichtiger war als vorher, Skiron zu töten, ehe er beide Beobachter beherrschte.

Conan lief los und stieß die Kriegsrufe eines halben

Dutzends Länder aus. Dabei schwenkte er sein Breitschwert. Er sah nicht, daß Talouf ihm folgte. Seine Augen waren auf den Beobachter und die dunkle Gestalt geheftet, die jetzt die Arme zu der charakteristischen Geste eines Zauberers hob, wenn er einen Zauber wirkt.

Skiron bemerkte den Cimmerier erst, als dieser die Kriegsrufe ausstieß. Doch selbst dann verschwendete der kleine Mann keine Gedanken an den Cimmerier. Zehn Conans waren keine Gegner für die Beobachter, die unter dem Zauberbefehl standen, zu fressen und sich zu teilen, zu fressen und sich zu teilen, bis sie so zahlreich wie Ameisen waren und so hungrig wie die Tiger.

Dann würden sie das Land Argos verwüsten, bis ein anderer Zauberer sie wieder in Fesseln legte. Der Mann, der imstande war, diesen Zauber zu wirken, konnte jeden Preis verlangen. Selbst die Archonten würden genug Gold geben, um ein Dutzend Schulen für Magie zu eröffnen! Akimos war zwar tot, nicht aber Skirons Hoffnungen.

Er spürte, wie sich der Zauber in ihm aufbaute, und er wußte, daß er damit seinen eigenen Körper schwächte. Er hatte wenig Mittel, die ihm zu zaubern erlaubten, ohne sich selbst zu schwächen. Sein stummer Sklave war in der Nacht verschwunden, vielleicht im Rachen des ersten Beobachters gelandet, und mit ihm alle magischen Gerätschaften. Es würde keine Rolle spielen, wenn die Herrschaft über die Beobachter ihm genügend Zeit verschaffte, um seine Stärke wiederzugewinnen und seine Geräte und Mittel zu ersetzen.

Skiron verströmte daher jetzt seine Kraft, ohne Rücksicht darauf, daß er nach dem Zauber wie eine leere Hülse sein würde. Er machte sich wegen nichts Sorgen, auch nicht wegen des Cimmeriers, der zum Beobachter hinaufrannte.

Die beiden Beobachterköpfe hatten inzwischen Zähne bekommen und schnappten nach dem Cimmerier. Er schlug ihnen mit dem Schwert auf die Schnauzen und sprang dann leichtfüßig wie ein Tänzer zurück, außer Reichweite der Rachen. Skiron nahm nur verschwommen wahr, wie blitzschnell die Arme und Füße des Cimmeriers waren. Dann konnte er nicht glauben, was er als nächstes sah.

Conan lief geradewegs auf ihn zu. Dem Beobachter war ein dritter Kopf gewachsen, mit dem er nach dem Cimmerier schnappte. Aber die scharfen Zähne trafen nur den Felsbrocken hinter ihm und lösten eine Lawine aus, die den Beobachter in eine Staubwolke hüllte.

Auf Skirons Stirn bildete sich kalter Schweiß, der sich durch das staubbedeckte Gesicht seinen Weg suchte. Während Skiron den Zauber über den Beobachter verstärkte, bewegte dieser sich immer träger. Verlangsamte der Zauber etwa die Teilung?

Skiron fuhr mit dem Zauber fort, während er über diese Fragen nachdachte. Erst als er Conan sah, hörte er mit dem Zauber auf. Noch wenige Schritte, dann konnte der Cimmerier ihn mit dem Schwert erreichen.

Ein einfacher Zauber würde gegen eine einfache Bedrohung ausreichen. Skirons Hände führten ein paar schnelle Gesten aus, und Conans Schwert flog durch die Luft. Es beschrieb einen Bogen. Ein Kopf des Beobachters schnappte danach und fing es auf, wie ein Vogel ein Insekt fängt.

Skiron überfiel ein ungutes Gefühl. Der Beobachter hatte sich *sehr schnell* bewegt – und Conan kam immer näher!

Das ungute Gefühl wurde zu nackter Angst. Skiron wich zurück, aber ebensogut hätte ein Lamm versuchen können, einem hungrigen Wolf zu entkommen.

Conan packte den Zauberer mit bloßen Händen. Skiron schrie vor Angst, als der Cimmerier ihn hoch über den Kopf stemmte. Dann versagte ihm vor Entsetzen die Stimme. Conan schleuderte den Zauberer dem Beobachter entgegen.

Die Angst blendete Skiron nicht. Er sah, wie die drei Köpfe des Beobachters hochschossen, sah, wie die Rachen sich öffneten, sah die spitzen Fänge auf sich zukommen und spürte den Schmerz, ehe der Tod für immer seine Augen schloß.

Conan lehnte mit gezücktem Dolch an einem Felsbrocken und sah zu, wie die Köpfe des Beobachters Skiron auseinanderrissen. Zweifellos würde sich das Ungeheuer als nächstes auf ihn stürzen. Der Zauberer war nicht mehr als eine Krume, und nachdem der Zauber gebrochen war, würde der Beobachter so schnell sein, daß selbst ein Cimmerier ihm nicht entkommen konnte.

Wenigstens hatte er Skirons Leben beendet und damit – so hoffte er – die Gefahr verringert, daß es mehr als einen Beobachter geben würde. Wenn seine Männer mit Feuer und Stahl heraufkämen, würden sie es leichter haben… und manche dürften wohl überleben und Livia berichten…

Der Beobachter zitterte. Der Spalt auf dem Rücken erstreckte sich jetzt von den Köpfen bis zu den Schwänzen. Rauch quoll hervor, der so dick und so stinkend war, daß Conan sofort Nase und Mund bedeckte.

Der Rauch war schwer, wie Meernebel. Es senkte sich auf den Beobachter und über den Cimmerier. Conan lief es kalt über den Rücken, als die stinkenden grauen Greifarme seine Haut berührten.

Aber im Rauch war keine Magie, nur ein ekelhafter Gestank, schlimmer noch als der beim ersten Beobachter. Er wollte sehen, was mit dem Beobachter hinter dem Rauchschleier geschah. Aber ebensogut hätte er versuchen können, durch eine Ziegelwand zu schauen.

Dann kam ein Geräusch, als hätte jemand das gesamte faulige Obst in Argos gleichzeitig auf einen Steinboden geschleudert. Blaues Licht blendete Conan. Es drang durch den Rauch, blendete ihn aber trotzdem. Er preßte das Gesicht gegen den Felsen, als der stinkende Sturm über ihn hinwegbrauste und gegen seine Haut Kiesel und unaussprechliche Teile des Beobachters schleuderte.

Endlich verging das grelle blaue Licht. Conan öffnete die Augen, wischte sich den Schmutz vom Gesicht und riß die Augen auf. Wo der Beobachter gestanden hatte, war jetzt ein tiefes Loch mit rauchendem blauen Glas, von schwarzem Fels eingesäumt. Verkohlte Hautfetzen des Ungeheuers lagen überall verstreut.

Conan war nicht sicher, ob Akimos den Beobachter vergiftet hatte. Auf alle Fälle hatte es der Zauberer getan, der ihn aus dem langen Schlaf geweckt hatte. Skiron samt Zauber zu fressen, war für den Beobachter zu viel gewesen.

Langsam ging Conan an dem Loch vorbei. Es wäre wirklich Schwachsinn, jetzt in das Höllenloch zu fallen, nur weil er nicht auf den Weg achtete. Endlich konnte er wieder frei atmen.

Als der Cimmerier den Weg erreichte, führte Harphos die Männer mit Fackeln und Feuerbränden hinauf, wo Talouf Wache hielt. Anfangs brachte keiner ein Wort über die Lippen. Sie starrten Conan an, als wäre er von den Toten wiederauferstanden.

Harphos brach schließlich das Schweigen. »Conan, was im Namen von…«

»Er hat etwas gefressen, das zu scharf für ihn war«, erklärte der Cimmerier und lachte ungezwungen. »Nämlich unseren Freund Skiron.«

»Gut«, sagte der Lokhri-Erbe. »Ich wäre böse, wenn meine Mutter immer noch unter seinem Zauber stehen würde. Aber es sieht so aus, als wirke er nur, solange

Akimos am Leben war. Sie ist aufgewacht und behauptete sofort, er sei tot. Dann wunderte sie sich, was ich mit meinen Kräutern und Salben tat, und schlief gleich wieder ein.«

»Den Göttern sei Dank für kleine Wunder«, sagte Conan.

»Wir brauchen mehr als ein kleines Wunder, wenn sie aufwacht und wieder herrschen will«, sagte Harphos.

»Nein, das brauchen wir nicht«, widersprach Conan. Er packte den jungen Mann an den Schultern. »Du mußt nur zwei Dinge tun: erstens, Livia um ihre Hand bitten. Zweitens, so ein Mann zu bleiben, wie du heute nacht warst.«

»Auch bei meiner Mutter?«

»Vor allem bei deiner Mutter.«

Lady Doris war so höflich, fast bis zum nächsten Abend zu schlafen. Es konnte also viel erledigt werden, während sie schlief. Doch kurz nachdem sie aufgewacht war, ließ sie Conan, Harphos und Lady Livia in ihr Gemach kommen.

Sie saß im Bett und trug ein Gewand, das aus den Tuniken toter Soldaten zusammengenäht war. Dennoch hatte sie viel von ihrer alten Stärke. Conan beobachtete, wie Harphos es vermied, seiner Mutter in die Augen zu schauen, während sie sich lang und breit darüber ausließ, was sie über ihn, Conan und Livia gehört hatte.

»Die Männer haben offenbar nicht gedacht, daß ich zuhörte, denn sie haben wie die Gänse geschnattert und genauso blöd und ordinär. Ich muß mich daher fragen, mein Sohn: Hast du vor, die Reste zu heiraten, die der Cimmerier dir übriggelassen hat?« Nicht nur Doris' Verstand hatte die Strapazen überstanden, auch ihre Entschlossenheit, zu herrschen oder ihren Sohn zu vernichten.

Hätte Livia ihren Dolch getragen, hätte Conan ihn ihr weggenommen. Wenn Livia sich an der bösen alten

Frau rächen wollte, würde diese alles – fast bis zum Erwürgen – verdienen.

Harphos sorgte für Frieden – oder verhinderte wenigstens einen Krieg.

»Mutter«, sagte er mit der Befehlsstimme, die Conan bei ihm während des Kampfes gehört hatte, »ich werde Lady Livia heiraten, wenn sie mich haben will. Weitere Fragen werde ich ihr nicht stellen. Ich werde auch nicht zulassen, daß irgend jemand sonst ihr Fragen stellt.«

»So kannst du nicht mit mir sprechen, Harphos! Ohne meine Einwilligung...«

»Mutter«, fiel ihr Harphos ins Wort, »ich bin mündig. Ich brauche deine Einwilligung nicht. Allerdings wäre es mir lieber, wenn du sie geben würdest. Aber laut Gesetz brauche ich nur die Lady Livias.« Er schaute die junge Frau an.

»Lady Livia, bist du bereit, mich nach den Gesetzen von Argos und den Göttern zu heiraten?«

Conan ließ kein Auge von Lady Doris, weil er jeden Moment einen Ausbruch befürchtete. Dann schaute er Livia an. Er schwor bei allen bekannten und unbekannten Göttern, daß er sie übers Knie legen und kräftig durchprügeln würde, wenn sie Harphos ablehnte.

Doch Livia nahm Harphos an beiden Händen. Ihre Augen sprachen mehr als tausend Worte. Conan nahm die Hand vom Schwertgriff.

Lady Doris gab sich noch nicht geschlagen. »Sie braucht Zeugen für ihr Einverständnis, argossische Bürger. Ich weigere mich, Zeugin zu sein. Conan ist kein Bürger. Daher...«

Livia verwandte einige ihrer kräftigen Soldatenworte. Dann lächelte sie Harphos boshaft an. »Ich erinnere mich daran. Aber ich erinnere mich auch daran, daß die Eide keine Zeugen brauchen, wenn nach dem Ablegen die Ehe vollzogen wird. Dann ist die Eheschließung nicht ungültig.«

»Con…?« fing Doris an, konnte aber danach vor Wut nicht weitersprechen. Das Schweigen war mehr als angenehm. Daher hörte man auch, daß es klopfte.

»Mylady?«

»Komm herein, Reza«, sagte Harphos. Der große Iranistani trat ein. Er blickte Conan schuldbewußt an. Er hatte seine Herrin nicht gerettet und hatte sein Vertrauen in einen Mann gelegt, der beinahe den Mann getötet hätte, den seine Herrin heiraten wollte.

»Reza«, sagte Harphos. »Du hast recht gute Arbeit geleistet, aber nicht immer. Ich werde dir das verzeihen, was nicht in Ordnung war, wenn du mir einen Gefallen erweist. «

»Mylord, dein Wunsch ist mir Befehl.«

»Ausgezeichnet! *Sorg dafür, daß Lady Doris in diesem Zimmer bleibt!*«

Um das zu erreichen, waren Conan und Reza nötig sowie ein Schlaftrunk, von Harphos gemischt. Als Conan endlich Livias Gemach erreichte, war die Tür geschlossen. Es drangen allerdings Laute heraus, die keinen Zweifel daran ließen, womit man sich drinnen vergnügte.

Conan stellte den Krug mit Wein und die beiden Becher ab, die er mitgebracht hatte, und stieg wieder die Treppe hinab. Er hatte vorgehabt, den Wein selbst zu trinken, aber Harphos würde die Stärkung mehr brauchen als er!

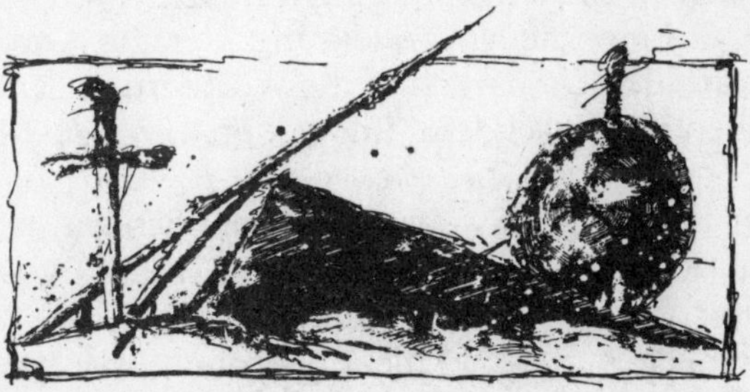

Zwanzig

Vor der Schenke *Schäfers Friede* in Messantia goß es in Strömen. Conans Tisch stand gegenüber der Tür, daher sah er den Mann mit der Adlernase sofort, der mit einem durchweichten Umhang der Wächter bekleidet war. Der Mann hinterließ Pfützen auf dem Boden, als er den Raum durchquerte.

»Talouf!«

»Hauptmann Conan! Ich habe gehört, daß du nach mir suchst, aber ich wußte nicht, wo ich dich finden kann. Wir Wächter haben unsere Möglichkeiten, den Göttern sei es gedankt!«

Die Schankmaid musterte Talouf ärgerlich, weil er alles naßgemacht hatte. »Mehr Wein, für mich und diesen guten Wächter«, sagte Conan. »Und könntest du hinauf in meine Kammer gehen und die Frau dort um den seidenen Beutel mit dem roten Band bitten …«

»Mit einem roten Band?«

»Ja, genau.« Conan versetzte ihr mit einer Hand einen Schlag auf das Hinterteil und gab ihr mit der anderen eine Münze. Die Dienerin ging lächelnd fort.

»Ist das eine neue Verkleidung?« fragte Conan und zeigte auf den Umhang und die Wächtertunika, die jetzt zu sehen war, nachdem Talouf den Umhang abgelegt hatte.

»Bei Erliks immerwährender Männlichkeit, nein! Ich bin tatsächlich ein Wächter und auch ein argossischer Bürger.«

Eigentlich war Conan nicht überrascht. Die Belohnungen für alle, welche am Kampf gegen Akimos, Skiron und die Beobachter teilgenommen hatten, waren großzügig, wenn auch diskret gewesen. Das Haus Damaos und das Haus Lokhri hatten beide eine offene Hand gezeigt, ebenso die Archonten (allerdings ging ihre Großzügigkeit auf Kosten von Lord Akimos' Erben.)

»Ich hoffe, daß dich das nicht daran hindert, das Silber zu nehmen, das ich für dich aufbewahrt habe, seit wir die Truppe aufgelöst haben. Du bist der letzte Mann, dem ich noch etwas schulde.«

»Nein, nein«, wehrte Talouf ab. »Ich möchte ein bißchen auf die hohe Kante legen. Bei meinem Sold würde das sehr lange dauern. Ich habe ein Auge auf eine Weinhändlertochter geworfen …«

»Wirklich auf sie oder auf die Fässer des Vaters?«

»Sie hat eine Figur wie ein Faß, das muß ich zugeben, aber sie ist eins von zwölf Kindern und eine Köchin, die selbst die Götter nicht verschmähen würden. Wenn du wieder einmal vorbeikommst, findest du mich bestimmt fett und väterlich vor. Ich bin in ein Alter gekommen, wo das viel für sich hat, ehrlich.«

»Für mich ist das nichts«, sagte Conan. »Ich wollte mir Messantia einmal ansehen, aber danach will ich weiter.«

Talouf schwieg, bis die Dienerin den Wein gebracht hatte und wieder außer Hörweite war. Dann flüsterte er: »Dann mach schleunigst, daß du wegkommst! Du bist nicht ohne Feinde, auch wenn du ihr Blut in Notwehr vergossen hast …«

»Ich weiß, ich weiß. Die Gesetze von Argos würden auf mich fallen wie die Fladen aus einem Riesenbullen. Man würde mich wieder ins Haus von Charof stecken. Ich werde vorsichtig sein, Talouf. Das schwöre ich.«

»Hauptmann, du hast keine vorsichtigen Knochen im Leib! Hast du je daran gedacht, auch bei den Wächtern einzutreten?«

»Ja, weißt du denn nicht, daß ich die ganze Zeit, die ich in Argos bin, Hauptmann bei den Wächtern war?«

Talouf trank einen Schluck und musterte den Cimmerier mißtrauisch. »Ein Wächter?«

»Es scheint, daß sie das Gesetz gegen mich wegen etwas bemühen müßten, das wir getan haben, wenn ich kein Wächter wäre. Da haben sie geschrieben, daß ich Hauptmann der Wächter in geheimer Mission gewesen bin. Weil ich aber meine Kompetenzen überschritten habe, hat man mich entlassen und für immer von den Wächtern ausgeschlossen.«

Talouf wollte auf den Boden spucken, erinnerte sich dann an den tadelnden Blick der Schankmaid und spuckte statt dessen in einen leeren Weinbecher. Er schüttelte den Kopf. »Die Gesetze von Argos!«

»Bist du sicher, daß du unter diesen Gesetzen leben und andere dazu zwingen willst, ihnen zu gehorchen?« fragte Conan.

»Es ist besser als ein kaltes Bett und die kümmerliche Verpflegung bei den Söldnern oder ein kurzes Leben als Dieb«, erklärte Talouf. »Aber wenn du als Söldner weitermachen willst, gebe ich dir die Namen von zwanzig Männern, die dir mit Freuden folgen würden.«

Der Gedanke war verführerisch. Argos und Aquilonien brauchten immer noch keine Söldner, aber Shem und Koth nahmen sie mit Kußhand auf. Sie fürchteten nämlich, daß Moranthes II versuchen könnte, seinen wackligen Thron durch einen Krieg im Ausland zu festigen, und dann wären sie die ersten, die in Frage kämen.

Aber das war auch sinnlos. »Ich würde mehr Silber brauchen, als ich besitze. Und mehr bekommen wir nicht von den Leuten, die wir gerettet haben. Nein, das ist undenkbar. Aber Livia und Harphos haben gelernt, daß mehr dazu gehört, um das Haus Lokhri in Ordnung zu bringen, als Reza mit einem Knüppel hinzuschicken.

Sie brauchen ihr ganzes Silber für sich und dazu alles, was sie den Archonten abschwätzen können.«

Talouf wollte gerade ein paar offene Worte über liebeskranke argossische Lords machen, als die Frau aus Conans Kammer zu ihnen trat und dem Cimmerier einen seidenen Beutel mit einem roten Band reichte. Talouf wog ihn vorsichtig in der Hand, lächelte bei dem Gewicht und starrte dann die Frau an.

»Shilka!«

»In der Tat, Feldwebel … Talouf?«

»Der nämliche. Wie kommst du denn nach Messantia?«

»Mit meiner Schwester, als sie bei Lady Livia ihren Dienst angetreten hat. Ich dachte, ich sollte mir die Stadt ansehen, ehe ich zurück nach Hause gehe. Und dann habe ich einen Mann getroffen, der den gleichen Gedanken hatte.«

»Also, ich möchte mich mit euch nicht streiten«, sagte Talouf und hob den Becher. »Aber, Hauptmann, vergiß nicht: In Argos gibt es zu viele Leute, die von dir nur deinen Rücken sehen wollen, wenn du an Bord eines auslaufenden Schiffs gehst.«

»Ich werde daran denken, Talouf«, sagte Conan und schenkte Shilka einen Becher voll. Dann hob er seinen Becher. »So, und jetzt laßt uns einen lüpfen, alte Kameraden, und dann von angenehmeren Dingen sprechen.«

Drei Becher erhoben sich. »Alte Kameraden!« sagten sie gleichzeitig.

»Und auf neue Abenteuer«, fügte Conan noch leise hinzu.

CONAN-SAGA

Robert E. Howard / Lin Carter / Lyon Sprague de Camp ·
Conan · 06/3202
Andrew J. Offutt · Conan und der Zauberer · 06/4006
Andrew J. Offutt · Conan der Söldner · 06/4020
Andrew J. Offutt · Conan und das Schwert von Skelos · 06/3947
Lyon Sprague de Camp · Conan und der Spinnengott · 06/4029
Robert E. Howard / Lin Carter / Lyon Sprague de Camp ·
Conan von Cimmerien · 06/3206
Poul Anderson · Conan der Rebell · 06/4037
Robert E. Howard / Lyon Sprague de Camp ·
Conan der Pirat · 06/3210
Karl Edward Wagner · Conan und die Straße der Könige · 06/3968
Robert E. Howard / Lin Carter / Lyon Sprague de Camp ·
Conan der Wanderer · 06/3236
Robert E. Howard / Lyon Sprague de Camp ·
Conan der Abenteurer · 06/3245
Lyon Sprague de Camp / Lin Carter · Conan der Freibeuter · 06/3972
(urspr. 1972 erschienen als Conan der Bukanier
unter der Nummer 06/3303)
Robert E. Howard / Lyon Sprague de Camp ·
Conan der Krieger · 06/3258
Lyon Sprague de Camp / Lin Carter / Björn Nyberg ·
Conan der Schwertkämpfer · 06/3895
Robert E. Howard / Lyon Sprague de Camp ·
Conan der Thronräuber · 06/3263
(urspr. 1971 erschienen als Conan der Usurpator unter derselben Nummer)
Lin Carter / Lyon Sprague de Camp · Conan der Befreier · 06/3909
Robert E. Howard / Lyon Sprague de Camp ·
Conan der Eroberer · 06/3275
Robert E. Howard / Björn Nyberg / Lyon Sprague de Camp ·
Conan der Rächer · 06/3283
Lyon Sprague de Camp / Lin Carter · Conan von Aquilonien · 06/4113

CONAN-SAGA

Lyon Sprague de Camp / Lin Carter · Conan von den Inseln · 06/3295
Lyon Sprague de Camp / Lin Carter · Conan der Barbar · 06/3889
Robert Jordan · Conan der Verteidiger · 06/4163
Robert Jordan · Conan der Unbesiegbare · 06/4172
Robert Jordan · Conan der Zerstörer · 06/6281
Robert Jordan · Conan der Unüberwindliche · 06/4203
Robert Jordan · Conan der Siegreiche · 06/4232
Robert Jordan · Conan der Prächtige · 06/4344
Robert Jordan · Conan der Glorreiche · 06/4315
John Maddox Roberts · Conan der Tapfere · 06/4346
Steve Perry · Conan der Furchtlose · 06/4663
Leonard Carpenter · Conan der Renegat · 06/4664
John Maddox Roberts · Conan der Champion · 06/4701
Steve Perry · Conan der Herausforderer · 06/4745
John Maddox Roberts · Conan der Marodeur · 06/4781
Robert E. Howard · Conan und der Schatz des Tranicos · 06/4915
Robert E. Howard / Lyon Sprague de Camp ·
Conan und die Flammenklinge · 06/4930
John Maddox Roberts · Conan der Draufgänger · 06/4959
Roland Green · Conan der Wagemutige · 06/4988
Leonard Carpenter · Conan der Kriegsherr · 06/5044
Leonard Carpenter · Conan der Held · 06/5081
Steve Perry · Conan der Unbezähmbare · 06/5098
Leonard Carpenter · Conan der Angreifer · 06/5143
Steve Perry · Conan der Landsknecht · 06/5197
Steve Perry · Conan der Schreckliche · 06/5198
Leonard Carpenter · Conan der Große · 06/5345
Roland J. Green · Conan der Beschützer · 06/5436
John Maddox Roberts · Conan das Schlitzohr (in Vorb.)
DAS CONAN UNIVERSUM von *Erhard Ringer* · 06/4908